COZY MYSTERY

T0203324

UNA MUERTE
DE LIBRO

ALMA

Título original: *Classified as Murder*

Copyright © 2011, Dean James
Primera edición: The Berkley Publishing Group, Penguin Group (USA) Inc.
Publicado de acuerdo con Nancy Yost Literary Agency Inc.
a través de la Agencia Literaria Carmen Balcells, S.A.

© de esta edición:
Editorial Alma
Anders Producciones S.L., 2023
www.editorialalma.com

© de la traducción: Inés Clavero y Eugenia Vázquez Nacarino
© Ilustración de cubierta y contra: Joy Laforme

Diseño de la colección: lookatcia.com
Diseño de cubierta: lookatcia.com
Maquetación y revisión: LocTeam, S.L.

ISBN: 978-84-19599-38-4
Depósito legal: B-16775-2023

Impreso en España
Printed in Spain

El papel de este libro proviene de bosques gestionados de manera sostenible.

COZY MYSTERY

MIRANDA JAMES

UNA MUERTE DE LIBRO

Un misterio felino para ratones de biblioteca

A la memoria de mi querido primo, Terry James (1955-2009),
que nos dejó demasiado pronto.

CAPÍTULO UNO

Hace más de cuarenta años, cuando yo era niño, la biblioteca municipal de Athena, Misisipi, ocupaba una casona de una planta construida en 1842. El ayuntamiento la había comprado en 1903 y convirtió las salas que daban a la fachada en un gran espacio diáfano lleno de anaqueles, sillas y mesas, presidido por el mostrador de préstamos. Las persianas protegían los libros y el mobiliario del sol. Tal vez por eso en mi recuerdo era un lugar fresco, ligeramente polvoriento, donde podía deambular entre las estanterías y encontrar un sinfín de tesoros. En aquella casa se sentía el poso del tiempo hundiendo sus raíces en el pasado... Justamente la sensación que siempre he creído que debería transmitir una biblioteca.

Volví a vivir a Athena hace unos años, cuando me mudé desde Houston, y apenas me instalé en la casa de mi difunta tía Dottie, fui directo a la biblioteca. Descubrí, con gran desilusión, que el ayuntamiento había construido una biblioteca nueva: eran unas instalaciones más amplias, pero con poco carácter y sin nada de particular; la típica mole anodina municipal de la década de 1980. La antigua biblioteca había quedado vacía y descuidada, como una viuda desamparada que ha sobrevivido a toda su familia. Siempre que podía, evitaba pasar por delante. Si hay edificios tristes, aquel sin duda era un buen ejemplo.

A pesar de lo mucho que añoraba el edificio original, no podía por menos que reconocer que el nuevo edificio tenía sus ventajas. Varios aseos, por ejemplo, y más espacio que un cuarto de las escobas para una oficina. De hecho, ahora había varios despachos para los seis empleados que trabajaban allí a jornada completa. Yo compartía uno con Lenore Battle, la catalogadora, los días que iba como voluntario.

Al haber dirigido un departamento de la red de Houston antes de retirarme, podía echar una mano en prácticamente cualquier cosa que hiciera falta en la biblioteca pública de Athena. A veces me dedicaba a catalogar —que era mi tarea preferida—, pero más a menudo atendía las consultas o el mostrador de préstamos.

Hoy me tocaba estar en el mostrador de referencias sustituyendo a la jefa del departamento, que se había tomado dos semanas de merecidas vacaciones. Teresa Farmer era una buena amiga, y yo estaba más que encantado de cubrirla. A mí dedicar unas horas del viernes a introducir referencias bibliográficas no me pesaba en absoluto.

Otro buen amigo, sentado debajo del escritorio, ronroneó a mis pies. Alargué la mano y le acaricié la cabeza.

—Diesel, qué paciencia tienes mientras trabajo, muchacho.

Mi gato Maine Coon, de casi tres años, me lanzó una de aquellas miradas que yo tan bien conocía. Había estado sesteando en la alfombra, pero ahora quería ir a darse una vuelta por la biblioteca para ver a sus amiguetes.

—De acuerdo... Anda, ve. —Le rasqué detrás de las orejas mientras se levantaba y se desperezaba. Se frotó en mi pierna, como diciendo: «Gracias, Charlie».

Diesel pesaba casi quince kilos y aún no había alcanzado la edad adulta. Al principio pensé que pararía cuando pesara diez u once, pero seguía creciendo, y no estaba gordo. Me acordé de Becky Carazzone, una conocida de Houston que criaba gatos Maine Coon, y le envié un correo electrónico a través de su página web para preguntarle por Diesel y su tamaño. Se sorprendió bastante porque nunca había visto un gato tan grande de esa raza, pero me aseguró que mientras Diesel estuviera sano no debía preocuparme.

Miré el reloj: era poco más de la una y media. Demasiado pronto todavía para la tromba de colegiales. Cuando llegaban no dejaba que Diesel se alejara de mi lado, porque había muchas manitas que querían jugar con el enorme gatito. ¡Algunos niños lo veían tan grande que pensaban que podían cabalgarlo! A pesar de que era un felino con muy buen carácter y no le molestaba que lo colmaran de atenciones, tampoco le apetecía hacer de caballito para los revoltosos críos de primero y segundo a los que soltaban en la biblioteca mientras papá o mamá hacían recados.

Diesel caminó los pocos pasos que había tras el mostrador compartido por el servicio de referencia y de préstamos hasta donde estaba su amiguita Lizzie Hayes, lista para sacar o renovar libros u otros artículos. Lizzie tenía una carita de duende rodeada por una nube de rizos negros. Sonrió a Diesel, que se irguió sobre las patas traseras para apoyarse en el taburete de Lizzie. La saludó con un gorgorito y ella le respondió rascándole afectuosamente la cabeza.

Lizzie se rio.

—Si alguna vez decides buscarle un nuevo hogar a ese muchacho, Charlie, quiero ser la primera de la lista.

En un tono de lo más impasible, le contesté:

—Si vieras lo que me gasto en comida con este gato, no dirías eso. Y además se adueña de mi cama y me arrincona hasta que tengo que agarrarme al borde para no caerme.

Lizzie volvió a reírse.

—Por él valdría la pena.

Tuve que darle la razón. Diesel había aparecido en mi vida cuando más consuelo necesitaba. Me lo encontré en el aparcamiento de la biblioteca hace casi tres años, tan chiquitín, y no renunciaría a él por nada.

Diesel siempre causaba sensación. A medida que iba creciendo, la gente se asombraba de su tamaño. Nadie esperaba ver un gato tan grande como un cachorro de labrador. La mayoría de los habitantes de Athena, incluido yo, hasta entonces nunca había visto un gato Maine Coon. Si me dieran diez centavos por cada vez que alguien me preguntaba «¿Qué animal es?», podría donar una suma considerable a la biblioteca y solventar algunos de los problemas de presupuesto que arrastraba.

Diesel, un gato atigrado gris a rayas oscuras, todavía no había mudado el pelaje del invierno. Las abundantes crines que le rodeaban el cuello, una característica de los Maine Coon, hacían que su cabeza pareciera todavía más grande. Le brotaban mechones de pelo de las orejas, y la «M» visible sobre sus ojos era una marca indeleble de la raza. Al ritmo que iba aún podía alcanzar los dieciocho kilos: un peso fuera de lo común incluso para los de su especie.

Una usuaria reclamó mi atención y me pasé diez minutos enseñándole a acceder y a utilizar una de las bases de datos que necesitaba para su investigación genealógica. Ayudar a la gente a encontrar la puerta, por así decirlo, al vasto mundo de la información disponible en internet es uno de los aspectos más gratificantes de ser bibliotecario.

Dejé a la usuaria la mar de contenta delante del ordenador consultando página tras página el censo de Estados Unidos del año 1820, y volví al mostrador de referencia. Diesel aguardaba pacientemente a los pies de Lizzie mientras ella ayudaba a la señora Abernathy, una enérgica octogenaria que acudía a la biblioteca todos los días de la semana para sacar tres libros. Al día siguiente los devolvía y sacaba otros tres. Una vez me explicó la ventaja de ser «una vieja viuda». Ya no tenía que escuchar a ningún viejo majadero regañándola para que «apagara la luz y guardara el maldito libro».

El difunto señor Abernathy, deduje, no había sido un gran lector.

Charlé brevemente con la señora Abernathy y con Lizzie. Diez minutos después de que la señora Abernathy saliera trajinando libros, entró otro de mis parroquianos favoritos. Se detuvo frente al mostrador de referencias y me dedicó una breve sonrisa.

—Buenas tardes, señor Harris —dijo James Delacorte—. ¿Cómo se encuentra usted esta tarde?

Tenía una ligera aspereza en la voz, con sus ricas cadencias del Misisipi.

Más o menos de la misma edad que la viuda Abernathy, el señor Delacorte era un caballero de la vieja escuela. Siempre vestía impecablemente con un traje oscuro de los que estaban de moda durante la Segunda Guerra Mundial. Debía de tener un armario lleno, todos del mismo estilo y color. Se notaba que eran antiguos, pero estaban bien cuidados, no andrajosos y raídos como cabría esperar. Despedían un tenue aroma a habanos caros; quizá la explicación de aquella voz áspera.

—Bien, señor Delacorte. —Sonreí—. ¿Y cómo está usted?

—Tirando —fue su inevitable respuesta. Siempre igual, ni más ni menos.

Era cordial pero reservado. Cuando hablaba con él, sentía que había una barrera entre nosotros. Nunca se mostraba grosero o desconsiderado, pero daba la impresión de ser un hombre celoso de su privacidad y que vivía alejado del mundanal ruido.

Desde la primera vez que me topé con él en la biblioteca, nunca había visto que usara un ordenador, ni siquiera para consultar el catálogo en línea. Sin duda sabía leer y escribir, pero no mostraba ningún interés por internet ni por nada relacionado con la informática. El personal de la biblioteca se encargaba de hacer las búsquedas y dirigirlo a los materiales impresos que necesitaba. Todos conocían sus costumbres.

Tal vez fuera un enemigo acérrimo de los ordenadores, pero el abanico de sus intereses nunca dejaba de sorprenderme. Un mes era la economía latinoamericana; al siguiente, las revoluciones de 1848 en Europa. El pasado otoño se leyó todo lo que pudo encontrar sobre la caída de Constantinopla a manos de los turcos en 1453, y después se sumergió en la poesía de Wordsworth, Coleridge y sus contemporáneos. ¿Qué le traería por allí hoy?

—¿En qué puedo ayudarle? ¿Quiere que le busque algo en el ordenador?

—Sí, gracias. —Me miró, esbozando una sonrisa—. Desearía documentarme sobre la vida de Louisa May Alcott y su familia.

—Déjeme ver qué tenemos.

Empecé a buscar en el catálogo en línea, confeccionando una lista de libros que podía consultar. Tardé unos minutos, pero el señor Delacorte esperó, haciendo gala de su paciencia habitual. Cuando le entregué un par de páginas de referencias bibliográficas, las examinó detenidamente.

—Ha sido usted de gran ayuda, señor Harris. —Me hizo una ligera reverencia con la cabeza, un gesto anticuado que a mí me parecía encantador—. La sed de conocimiento puede llevarnos por caminos de lo más interesantes. He recorrido muchos de esos caminos a lo largo de los años. Podría decirse que esta biblioteca ha sido mi agencia de viajes.

—Qué entrañable manera de expresarlo, señor Delacorte —Sonreí—. Yo inicié mis viajes de niño en la antigua biblioteca.

—Igual que yo. —El señor Delacorte frunció el ceño—. Es una lástima que la vieja sede se quedara pequeña, ¿no cree?

—Sí, señor, pero en conjunto una biblioteca más grande tiene ventajas.

—Indudablemente. —Asintió—. Al fin y al cabo, hay un momento para todo. Y los momentos pasan, demasiado rápido..., incluso sin la intervención del ser humano.

No supe qué responder. Por un momento me dio la sensación de que se había olvidado de mí. Tenía la mirada perdida en algún horizonte lejano a mis espaldas.

Parpadeó, como si de repente se acordara de que estaba allí.

—Perdone las divagaciones de un anciano, por favor —dijo con una leve sonrisa de disculpa.

Asentí con la cabeza, devolviéndole una sonrisa comprensiva, y esperé.

El señor Delacorte miró a su alrededor, como para ver si había alguien cerca que pudiera oír nuestra conversación.

—Tengo entendido que trabaja usted en la biblioteca de la universidad. Que está a cargo de la colección de libros raros.

—En efecto. Trabajo allí tres días a la semana.

Que yo recordara, era la primera vez que me hacía una pregunta personal.

—Estupendo —dijo—. Me gustaría hacerle una visita allí, si me lo permite, para comentar un asunto. Preferiría hacerlo en privado.

Volvió a echar una ojeada alrededor, pero no había nadie cerca que pudiera oírnos. Lizzie se había ausentado un momento del escritorio y Diesel también había desaparecido.

—Con mucho gusto —contesté—. En circunstancias normales me tocaría ir la semana que viene, pero como son las vacaciones de primavera, me temo que no volveré a la oficina hasta la semana siguiente. ¿Le gustaría que nos viéramos entonces?

El señor Delacorte frunció el ceño.

—Es un asunto de cierta urgencia para mí, pero supongo que posponerlo una semana no importará.

Me di cuenta de que por alguna razón se sentía defraudado. Por primera vez desde que lo trataba, parecía inquieto por algo.

—¿Qué tal mañana por la mañana? —le propuse—. A las nueve, por ejemplo.

—Es muy amable de su parte —respondió el señor Delacorte—. Siempre que esté seguro de que no le importuna mi visita.

—En absoluto —le dije. Reunirme con el señor Delacorte sería sin duda más interesante que arrancar las malas hierbas del jardín, que era mi plan inicial para la mañana siguiente—. Nos vemos en la puerta principal del edificio, a las nueve.

—Muy bien. Se lo agradezco muchísimo, señor Harris.

El señor Delacorte asintió, esbozó una breve sonrisa y se dirigió a las estanterías para buscar los libros seleccionados. Llevaba el maltrecho maletín de cuero sin el que nunca lo veía.

Me pregunté de qué querría hablarme. Era un asunto relacionado con libros raros, sin duda. Quizá deseaba hacer una donación a la universidad, ya fuera económica o para el fondo bibliográfico. Sabía muy poco de aquel hombre, así que debería esperar hasta la mañana siguiente para satisfacer mi curiosidad.

Lizzie y Diesel habían vuelto. Lizzie volvió a su sitio y Diesel se acercó a mi lado. Me agaché para acariciarle la cabeza, y me recompensó con un par de ronroneos.

Pasaban ya unos minutos de las dos y la persona que iba a relevarme llegaba tarde, como de costumbre. Anita Milhaus era —o al menos así se definía— una bibliotecaria de referencia talentosa y dedicada, capaz de encontrar la respuesta a cualquier pregunta que se le planteara.

El problema era conseguir que se sentara en el mostrador y atendiera las preguntas cuando los usuarios se acercaban a ella. Solo los más valientes se atrevían. Además de su mordacidad característica, Anita reaccionaba con evidente desprecio ante cualquier pregunta que considerara estúpida.

Tras mi primer encontronazo con ella hace varios años, acudí inmediatamente a la encargada de la biblioteca, Ann Manscoe, para presentar una queja. En mis años de gestor bibliotecario nunca había permitido que una empleada se comportara como lo hacía Anita. La señora Manscoe me dio la razón, pero con voz cansina me explicó que la familia de Anita contribuía cada año con una importante suma de dinero a diversas causas cívicas. Cualquier intento de despedirla supondría decir adiós también a una aportación de dinero muy necesaria por parte del clan Milhaus.

O sea que la biblioteca debía cargar con Anita. A mí me exasperaba, pero entendía que en un pueblo como Athena no quedaban muchas opciones, aparte de empujar a Anita delante de un camión.

Justo en ese momento, para mi sorpresa, Anita salió de las estanterías. Normalmente estaba en la sala de personal echando la siesta cuando se suponía que le tocaba atender al público. Rodeó el mostrador y frunció el ceño al ver a Diesel.

Al menos había dejado de quejarse de su presencia, porque cuanto más tiempo pasaba yo en el mostrador, más podría ella zanganear.

No dijo nada, ni yo tampoco, mientras cambiábamos de sitio. Se dejó caer en el taburete y se apoyó en el mostrador. Levantó la mano derecha y movió la pulsera de diamantes que llevaba en la muñeca. Los diamantes centellearon reflejando la luz. Anita miraba la pulsera con evidente placer.

—Es preciosa —comenté—. ¿Es nueva?

—Sí. Me la ha regalado mi caballeroso amigo.

Anita me dirigió lo que probablemente pretendía ser una mirada coqueta, pero parecía más bien un bovino estreñido intentando aliviarse.

—Qué detalle —dije mientras ella seguía embelesada contemplando su pulsera.

—Toma, te has dejado algo en la impresora —me dijo, cuando me disponía a marcharme.

Me volví y vi que me tendía una hoja de papel. La cogí y le eché un vistazo. Era la última página de las referencias bibliográficas sobre los Alcott.

—Es para el señor Delacorte. No me di cuenta de que había otra página. —La miré y le dije—: Gracias. Iré a dársela.

Anita señaló con un gesto hacia los anaqueles.

—El vejestorio está en su mesa de siempre. Ese hombre tiene más dinero que los Rockefeller. La verdad es que no me cabe en la cabeza que siga viniendo aquí cuando podría permitirse comprar cualquier libro que se le antoje.

—Debe de ser por el ambiente acogedor y el esmerado servicio de atención al cliente —contesté impávido.

Lizzie, detrás de mí, ahogó una carcajada. Anita me lanzó una mirada de desdén. Yo me limité a sonreír.

—Es hora de irnos a casa —dije—. Vamos, muchacho. Hasta luego, Lizzie.

Lizzie me saludó, y Diesel y yo fuimos hacia las mesas donde trabajaba el señor Delacorte. No estaba en la mesa, pero localicé su maletín y dejé encima la última página de las referencias bibliográficas. De camino a la sala de personal nos cruzamos con Anita, entretenida en el dispensador de agua en lugar de quedarse en el mostrador. Cuando pasamos de largo, Diesel murmuró y asentí con la cabeza.

—Ya lo sé, amigo; qué personaje de mujer. Menos mal que solo tenemos que verla una o dos veces por semana. —Suspiré—. Y espero que a la señora Manscoe y el resto del personal Dios les recompense por aguantarla a diario.

Diesel me observó mientras recogía la chaqueta y la bolsa del almuerzo de la taquilla. A las dos terminaba mi turno, y me disponía a volver a casa. Era viernes por la tarde y el pronóstico anunciaba un tiempo primaveral espectacular para los próximos días. Me aguardaba un fin de semana apacible trabajando en el jardín y leyendo; siempre con la ayuda de Diesel, por supuesto.

De camino al coche, recordé mi cita con James Delacorte a la mañana siguiente. Me picaba la curiosidad por hablar con él y saber qué quería.

Llegando a casa con Diesel en el asiento del copiloto, vi un coche último modelo con matrícula de Texas y cubierto de polvo aparcado justo delante.

Conocía ese coche. Era de mi hijo Sean.

No me había avisado de que venía. Desde que me mudé a Athena de nuevo, solo había venido a verme una vez, la Navidad pasada. Aparecer de buenas a primeras no era su estilo. Siempre había sido un chico metódico y organizado; no hacía nada sin planearlo con antelación.

Se me cayó el alma a los pies. No podían ser buenas noticias.

CAPÍTULO DOS

Después de meter el coche en el garaje y apagar el motor, me quedé un momento especulando sobre la repentina aparición de Sean. Cuando vino a pasar las vacaciones de Navidad conmigo y con su hermana Laura, no me contó gran cosa. Cada vez que le preguntaba por su trabajo o su vida en Houston, me contestaba con evasivas.

Algo debía de andar mal o no se habría presentado sin avisar. Sean, como su difunta madre, se atenía siempre a los planes establecidos. Laura, dos años más joven, era como yo, flexible y despreocupada; tal vez porque aspiraba a abrirse camino como actriz en Hollywood, había tenido que adaptarse rápidamente a la incertidumbre de su profesión.

Diesel me dio un par de embestidas en el brazo y me sacó de mi ensueño.

—Ya, ya lo sé, muchacho. Hora de entrar.

Necesitaba ver a mi hijo y asegurarme de que estaba bien.

Abrí la puerta y Diesel pasó por encima de mí y saltó al suelo del garaje. Mientras yo recogía mis cosas y cerraba el coche, abrió la puerta de la cocina. Era un truco que había aprendido recientemente, y yo sospechaba que se lo había enseñado mi inquilino, Justin Wardlaw.

Dejé mis cosas en la mesa de la cocina y Diesel desapareció en el lavadero para visitar la caja de arena.

Salí de la cocina y fui al pie de la escalera.

—Sean, ¿dónde andas? —Esperé un momento y volví a llamarlo.

La casa estaba en silencio. Justin se había marchado por la mañana de acampada con su padre y otros familiares. La semana siguiente eran las vacaciones de primavera en la Universidad de Athena, donde Justin estaba estudiando el primer curso de la carrera. Como le había dicho al señor Delacorte, yo también tenía la semana libre en la biblioteca de la universidad, donde trabajaba a media jornada como catalogador de libros raros.

Sentí una presión en las pantorrillas cuando Diesel se frotó contra mí. Me volví a mirarlo.

—¿Dónde crees que está Sean?

Supuse que con su olfato podría localizar a Sean más rápido que yo. Diesel me miró como si sopesara mi pregunta, y al cabo de un momento bordeó las escaleras y siguió el pasillo hacia la parte trasera de la casa. Mientras lo seguía, percibí un ligero aroma acre. El gato se detuvo frente a la puerta cerrada que daba al porche trasero. Maulló.

—Adelante, claro que sí.

Se levantó sobre las patas traseras y con las delanteras agarró el picaporte. Con un hábil giro y un fuerte empujón, abrió la puerta. Reconocí el peculiar aroma, más intenso allí. Sean debía de estar fumándose un cigarro.

Antes de que Diesel y yo pudiéramos salir al porche, una especie de derviche ladrador se abalanzó hacia nosotros. Tanto el gato como yo nos quedamos perplejos ante aquella bolita de pelo color champán que brincaba sin parar en medio de un griterío estridente.

—Dante, basta ya. —La voz densa y profunda de Sean, desde el fondo del porche, apenas tuvo efecto en el perro.

Diesel se acercó al caniche, descollando en altura, y le soltó un bufido. El perro retrocedió unos centímetros, pero siguió ladrando. El gato gruñó al caniche y luego alargó una pata y le dio un zarpazo a Dante en la cabeza. Asombrado, a juzgar por la cómica expresión de su cara, el perro se calló de golpe y se sentó. Los dos animales se miraron en silencio.

Eché una ojeada hacia Sean, que estaba tumbado en uno de los sillones de mimbre del rincón. Paseé la mirada por su corpachón de metro ochenta de estatura, desde las botas vaqueras gastadas y los vaqueros desteñidos, pasando por la camiseta que ceñía su torso musculoso, y el rostro atractivo con la barba de tres días. Llevaba el pelo negro muy corto y no quedaba ni rastro de los rizos que había lucido en Navidad. Con el pelo tan corto se le veía más demacrado. Había perdido peso en los últimos tres meses.

—Sean, no esperaba tu visita. Qué grata sorpresa. —Procuré sonar radiante y alegre, aunque me inquietó ver a Sean tan delgado.

—Hola, papá. —Sean se levantó. Hizo un gesto con la mano derecha—. He venido a fumarme un cigarro.

—Me he dado cuenta. Notaba un olor peculiar en el pasillo, pero no estaba seguro de qué era.

Pasé esquivando a Diesel y Dante, que ahora se olfateaban con cautela.

—Debería haberte llamado, pero espero que no te importe que me haya presentado así. Y con un perro.

—Faltaría más. Tú y Dante siempre sois bienvenidos, podéis quedaros todo el tiempo que queráis. Diesel estará contento de tener un compañero de juegos y yo me alegro de tener a mi hijo aquí, con cualquier excusa.

Sentí un nudo en el pecho. ¿Mi hijo de verdad podía dudar si era bienvenido en mi casa?

—Gracias. —Sean no sonrió.

—¿Hace cuánto que has llegado?

—Unos veinte minutos.

Sean dio un par de pasos hacia mí y se detuvo. Me dolió ver la expresión de sus ojos y la rigidez de sus gestos. Dio una calada y una voluta de humo se dispersó a través de las mosquiteras.

Quise abrazarle, pero no se acercó. Esperé demasiado tiempo y el momento pasó.

Sean permaneció en silencio, fumando y observándome.

Le miré a la cara. Parecía cansado, pero después de doce horas de viaje desde Houston, no era de extrañar.

—¿Cuándo has empezado a fumar? —Fruncí el ceño.

—En la facultad. Siempre que tenía que quedarme despierto estudiando. —Se encogió de hombros—. Ahora lo hago para relajarme. Un buen cigarro normalmente me tranquiliza.

Yo prefería un buen libro, pero decidí reservarme mi opinión.

—Habrás conducido toda la noche.

—Salí de Houston sobre las dos de la madrugada.

—Debes de estar agotado. ¿Por qué no te echas una siesta?

—Dentro de un rato, sí. Cuando me lo acabe —Sean blandió el cigarro. Miró detrás de mí y frunció el ceño—. ¡No, Dante! ¡Perro malo!

Me giré y vi que el caniche levantaba la pata junto al sofá de mimbre. Sean consiguió agarrarlo antes de que causara más daños, y luego abrió la puerta que daba al jardín y dejó al perro en el escalón.

—¡Sal de aquí! Ve a hacer tus necesidades fuera.

Dante miró a su amo. Sean hizo un gesto de impaciencia, y el perro bajó los escalones escopeteado. Diesel lo siguió antes de que me diera tiempo a reaccionar.

—Lo siento, papá. No quería que se escapara el gato.

Sean cerró la puerta, pero no me miró.

—El jardín está vallado, y a Diesel no le da por intentar salir.

Me acerqué a Sean, procurando que el humo no me diera en la cara, y desde la puerta observamos a los dos animales persiguiéndose por la hierba.

—Parece que se llevan bien. —Sean se frotó los ojos con la mano libre—. Temía que no se entendieran.

—Diesel es bastante fácil de tratar. Además, debe de pesar nueve kilos más que Dante. Lo mantendrá en su sitio.

Sean se rio. Fumó y se quedó mirando cómo retozaban.

—¿Desde cuándo tienes a Dante? No lo mencionaste en Navidad.

—Hace un par de meses. Era de un amigo que no podía seguir cuidándolo, así que le dije que me lo quedaría. Tiene unos quince meses.

Sean hablaba con una voz apagada. Tal vez era el cansancio, pero sonaba deprimido.

—Hijo, ¿va todo bien? —Le puse una mano en el brazo—. ¿Te encuentras mal?

—No, no me pasa nada, papá. Estoy cansado, nada más.

Sean se alejó de mí y volvió a su silla. Se sentó y echó la ceniza en el cenicero de la mesa que había junto a la silla. Con cara de malhumor, miró a través de la mosquitera que tenía delante.

Me quedé observándolo, apoyado en el marco de la puerta. Era evidente que estaba más que cansado, pero ¿cómo podía hacer que se abriera a mí?

—Me alegro de que hayas podido tomarte un tiempo libre tan pronto después de las vacaciones. Sé que en otras épocas ha sido difícil.

Sean era abogado mercantilista en un gran bufete de Houston. Con veintisiete años, le quedaba un buen trecho por delante antes de pasar a ser socio. Trabajaba una media de setenta u ochenta horas a la semana.

Sean se encogió de hombros. Dio una calada al cigarro y lo dejó en el cenicero. Exhaló el humo al levantarse.

—Me tocaban vacaciones. No se me ocurría ningún otro sitio adonde ir, así que vine aquí. —Bostezó—. Creo que iré a echarme esa siesta.

—Claro. Puedes instalarte en la misma habitación que tenías en Navidad.

No iba a empeñarme en que hablara conmigo. Su voz apagada y su expresión ceñuda me disuadieron.

Sean volvió hacia la puerta trasera y la abrió para llamar a su perro:

—¡Dante, ven aquí! —Silbó—. ¡Ven!

Momentos después, Dante subió trotando los escalones, jadeante después de la sesión de juego. Diesel entró corriendo detrás.

Sean se agachó y cogió a Dante en brazos. El perro le lamió la cara y Sean apartó la cabeza con una mueca.

Me miró un momento mientras Dante se retorcía en sus brazos. Sonrió, y de repente pude ver al niño que solía venir a pedirme ayuda con los deberes de matemáticas. Un niño al que no había visto en años.

Tragué saliva con un nudo en la garganta mientras Sean y su perro entraban en casa. Me acerqué a la butaca que Sean había desocupado y me senté, tratando de asimilarlo todo.

Su apariencia y su comportamiento me inquietaban. Sabía que su trabajo le exigía mucho, pero tampoco hasta el punto de que no le diera tiempo a comer. A mí con el estrés me daba por la glotonería, así que seguramente en su lugar hubiera ganado un montón de kilos. En ese sentido, Sean no se parecía a mí.

Desde la muerte de su madre, hacía casi cuatro años, Sean se había mantenido distante conmigo. Yo no sabía muy bien por qué. Siempre se sintió más unido a Jackie, mientras que mi hija, Laura, estaba más unida a mí. A pesar de que no es una dinámica inusual en familias como la nuestra, pensé que la muerte de mi esposa, a raíz de un cáncer, nos uniría más. Y eso no había sucedido.

Diesel se subió a mi regazo y me restregó la cabeza en la barbilla. Me acomodé para rodearlo entre mis brazos. Se acurrucó contra mí y ronroneó. Nos quedamos unos minutos así, y me sentí mejor. Diesel siempre sabía cuándo necesitaba consuelo.

—Haremos todo lo posible por ayudarle, ¿verdad, Diesel?

Le pasé la mano por el lomo un par de veces antes de indicarle suavemente que tenía que levantarme.

En la cocina leí la nota que Azalea Berry, mi asistenta, me había dejado en la puerta de la nevera. Aquella mujer estaba decidida a no dejarme morir de hambre, o eso parecía por las comidas que preparaba. Según la nota, me esperaba carne al horno, patatas gratinadas, judías verdes y pan de maíz, con tarta helada de limón de postre. La tarta estaba en el frigorífico, pero todo lo demás estaba en el horno, probablemente aún caliente.

Si algo podía abrir el apetito de Sean era la cocina de Azalea. En cuanto le echara la vista encima, no me cabía duda, iba a querer cebarlo.

Miré el reloj. Eran casi las cuatro; tardaría un rato en que se me abriera el apetito. Decidí esperar hasta que Sean se levantara de la siesta, y entonces podríamos comer juntos.

—Vamos, Diesel —dije al ver que volvía de otra visita al lavadero—. ¿Qué tal si me acompañas arriba a cambiarme de ropa? Quizá leamos un rato antes de cenar.

Cualquiera que me oyera hablar con el gato cuando estábamos en casa podría creer que estoy gagá; pero, francamente, no me importaba mucho. Diesel es un compañero cariñoso, y por norma estoy convencido de que entiende exactamente lo que le digo.

Subió los escalones a toda prisa delante de mí y cuando llegué a mi dormitorio lo encontré tumbado en la cama, con la cabeza apoyada en una almohada. Parpadeó un par de veces antes de cerrar los ojos. No estaba acostumbrado a retozar por el jardín con un perro. Pronto dormiría como un tronco.

Cuando dejé el libro a un lado eran más de las seis, y mi estómago me recordó que era hora de cenar. Diesel seguía dormido en la cama cuando salí del dormitorio y me dirigí hacia la escalera.

Me detuve un momento y agucé el oído. La puerta del dormitorio de Sean, un poco más allá, continuaba cerrada. Con lo cansado que estaba, seguro que podría dormir toda la noche.

Entonces me acordé del perro. Dudaba que Dante aguantara encerrado hasta la mañana siguiente, querría comer y salir otra vez. Si Sean no se levantaba en algún momento antes de que yo me fuera a la cama, me ocuparía de Dante procurando no molestar a mi hijo.

A mitad de la cena, oí pasos y patas bajando las escaleras. Sean, descalzo pero todavía vestido, entró en la cocina al cabo de unos instantes, precedido por el gato y el perro. Dante saltaba en círculos alrededor de Diesel mientras que el gato avanzaba majestuosamente hacia mí.

—Dante, cálmate, por el amor de Dios —le gruñó Sean a su mascota, y el perro se sentó justo delante de Diesel, que pasó acto seguido por encima del caniche, y Sean se rio.

—Justo a tiempo para la cena. —Señalé lo que había en la mesa—. Aunque imaginaba que quizá dormirías toda la noche.

—Probablemente habría seguido durmiendo —Sean bostezó—. Pero Dante me ha despertado y me he dado cuenta de que estoy muerto de hambre. Supongo que él también.

—No tengo comida para perros. —Fruncí el ceño—. Aunque puede que haya unos restos de jamón en la nevera.

—Tranquilo, papá. Le he traído comida.

Sean fue al lavadero y volvió con una lata y dos cuencos, donde le puso comida y agua al perro. Diesel se acercó, con cara de interés, y el caniche le gruñó antes de hundir la cabeza en el cuenco. Diesel sacudió la cola un par de veces antes de darse la vuelta. Vino a sentarse en el suelo, junto a mi silla.

—Sírvete un plato. Hay té con hielo y Coca-Cola *light* en el frigorífico.

—¿Qué? ¿No hay cerveza? —Sean frunció el ceño.

—No, lo siento.

—Traeré algunas más tarde.

Sean fue a buscar un plato y cubiertos y se sentó frente a mí.

Comimos en silencio durante unos minutos, y me alegró ver que algunas señales de tensión se habían desvanecido de su rostro.

—Supongo que Azalea ha preparado la comida —dijo Sean, bajando el tenedor.

—Pero, bueno, ¿no crees que tu viejo pueda cocinar así de bien? —me hice el ofendido.

Sean se rio.

—Eres un cocinero decente, papá, pero nunca has hecho un asado como este. —Se metió otro pedazo de carne en la boca y masticó—. Mmmmm.

—No te lo voy a negar. Azalea cocina de maravilla. —Sonreí—. Tanto que estoy empezando a sufrir la enfermedad de la curva...

Sean pareció alarmado y me apresuré a aclarar:

—La curva de la felicidad.

Recibió ese guiño de humor sureño con cara de circunstancias. Comió un poco más. Luego apartó el tenedor a un lado y carraspeó.

—No voy a volver a Houston, papá. ¿Puedo quedarme aquí contigo?

CAPÍTULO TRES

M iré a Sean perplejo, sin atinar a contestar nada.
El momento se alargó demasiado y Sean clavó la vista en su plato vacío.

—Si no me quieres aquí, encontraré otro sitio adonde ir.

Se levantó con brusquedad.

—Sean, siéntate.

Mi tono tajante nos sorprendió a ambos, creo, pero me hizo caso. Se quedó observándome, con incertidumbre evidente.

—¿Cómo puedes pensar que no eres bienvenido aquí? —Procuré refrenar mi arranque de furia—. Por supuesto que puedes quedarte.

Sentí el roce de una pata en la pierna. Diesel me miró y soltó uno de sus murmullos. Le froté la cabeza para que supiera que no pasaba nada.

—Perdona, papá. —Sean se quedó mirando de nuevo el plato, cabizbajo.

—¿Hasta cuándo duran tus vacaciones? Desde luego se nota que las necesitas, has adelgazado una barbaridad.

Iba a hacer que hablara, aunque tuviera que arrancarle las palabras con sacacorchos.

Sean me lanzó una mirada furibunda.

—Permanentes.

—¿Qué quieres decir? No sé si te estoy entendiendo.

—Vacaciones permanentes. O sea, que he dejado el trabajo —contestó Sean en un tono de exagerada paciencia. Se cruzó de brazos y esperó a ver cómo reaccionaba.

Supongo que no me sorprendió del todo. Debería habérmelo imaginado, porque era extraño que se presentara en casa sin avisar un viernes por la tarde.

—¿Por qué has dejado el trabajo? —procuré que la pregunta sonara natural, no beligerante.

Descruzó los brazos y se agachó a darle una palmada a Dante en la cabeza.

—Porque ya no lo aguantaba más.

Siempre que Sean no quería contarme la verdad, evitaba mirarme a los ojos.

—¿Qué era lo que no aguantabas? —Tal vez armándome de paciencia consiguiera llegar al fondo de la cuestión.

—La cantidad de horas, de entrada —dijo, mirándome de reojo—. No tenía vida.

—Cuando empezaste en el bufete parecías contento de aceptar toda esa carga de trabajo.

Sean se crispó, tomándoselo quizá como una crítica.

—No me da miedo el trabajo. Les daba el ciento diez por ciento cada día, los siete días de la semana.

—Era una observación, no una crítica. Yo no habría durado ni seis meses. Ni mucho menos habría logrado licenciarme en

Derecho. No me cabe duda de que trabajaste muy duro, y de la suerte que tuvieron de contar contigo. —Puse tanta calidez en mis palabras como pude.

—He trabajado como una bestia, la verdad. —Sean se relajó un poco, apoyándose de nuevo en el respaldo de la silla.

—Es un nivel de estrés increíble para cualquiera.

Sean me miró entonces.

—Sí, era tremendo. Al principio no me importaba. Me ayudaba a no pensar en..., bueno, ya sabes.

Desde luego que lo sabía: su madre murió el verano en que Sean hacía el primer curso en la Facultad de Derecho de Austin. Cuando empezó segundo, apenas nos veíamos. Entonces murió mi tía y me dejó esta casa. Laura se fue a vivir a Los Ángeles y yo decidí volver a Athena.

Y Sean se quedó solo en Texas.

Qué curioso, nunca me lo había planteado así hasta ahora. Me chocó darme cuenta.

Supongo que tras la muerte de Jackie estaba demasiado sumido en mi propia desgracia como para entender el impacto de abandonar el único hogar que mis hijos habían conocido.

¿Sería esa la raíz de mi difícil relación con Sean en aquellos últimos cuatro años? ¿Qué podía decirle ahora que compensara lo que había hecho?

Antes de que me diera tiempo a hablar, Dante nos sobresaltó a ambos con un ladrido. Se puso a dar saltos junto a la silla de Sean.

—Perdona. Quiere salir. —Sean se levantó—. Si no lo saco ya, se hará pis en el suelo.·

Levantó al perro en brazos.

—Claro. Iré contigo, si no te importa.

Eché atrás la silla. Diesel murmuró en señal de protesta.

—Estás en tu casa. —Sean se adelantó dando zancadas, y el gato y yo lo seguimos hasta el porche trasero.

Dejé salir a Diesel con el caniche, y Sean y yo nos quedamos de pie en el porche, atisbando el jardín apenas iluminado. Ambos animales desaparecieron entre las sombras de mis azaleas. El aire estaba fresco y perfumado, con los efluvios del jazmín de leche que crecía a lo largo de la valla.

—Me alegro de que estés aquí. —Le di un apretón en el hombro a Sean.

—Gracias, papá. —Respiró hondo, con evidente placer—. Había olvidado la tranquilidad que hay aquí. En Houston oyes el ruido del tráfico a cualquier hora.

—Es un buen lugar para relajarse y reponer fuerzas. —Guardé silencio un instante. Quería reencauzar la conversación, pero en ese momento dudaba si debía tantear el tema de fondo—. ¿Tienes alguna idea de lo que te gustaría hacer?

—¿Aparte de dormir una o dos semanas seguidas? —Sean hizo una pausa—. A lo mejor entonces tendré la cabeza despejada y se me ocurrirá algo.

—Tómate el tiempo que necesites.

—Quizá necesite más del que crees. —Sean se apartó y fue a sentarse en la butaca que había ocupado esa tarde.

—No importa.

Eché una ojeada al jardín buscando al gato y el perro. Justo entonces salieron disparados de las sombras, Diesel persiguiendo al caniche.

—Pagaré alquiler de buena gana. Tengo ahorros. No me quedaba mucho tiempo para gastarme el dinero que cobraba en nada —comentó Sean con amargura.

—Aquí no hace ninguna falta tu dinero. Me alegro de que hayas venido, y punto. —¿Era demasiado vehemente?

—Vale, gracias. —Sean se reclinó en la silla y cerró los ojos—. No te molestaré. Probablemente recuperaré todo el sueño atrasado.

Estaba dejando muy claro que no quería hablar conmigo. De repente me sentí demasiado cansado para insistir. Tal vez estaría más comunicativo por la mañana.

Dante ladró y arañó la puerta mosquitera, y fui a dejarles entrar a él y a Diesel. El caniche fue derecho a Sean y se subió de un salto a la silla que había a su lado. Sean se agachó y acarició la cabeza del perro hasta que se calmó.

Diesel ronroneó y me embistió la pierna con la cabeza.

—Creo que Diesel y yo iremos a recoger la cocina, y luego a la cama. Nos vemos por la mañana.

—Vale. Buenas noches. —Sean aún no había abierto los ojos.

—Buenas noches.

Mirando a mi hijo en ese momento, me sentí como cuando su madre y yo lo arropábamos a la hora de dormir. Diesel volvió a embestirme la pierna, devolviéndome al presente, y me dirigí con él a la cocina.

No tardamos mucho en recoger y lavar los platos, así que nos fuimos pronto a la cama. Estuve un rato leyendo, pero finalmente dejé el libro a un lado y apagué la luz.

Me costó conciliar el sueño. Sean me ocupaba el pensamiento, y me reproché no haberme dado cuenta antes de que nuestra relación se había resentido cuando decidí volver a vivir en Athena. Interpretaba que era una señal positiva que viniese a verme después de renunciar a su trabajo, pero también estaba seguro de que lo que le pasaba iba más allá de que se hubiera derrumbado por la presión.

A la mañana siguiente me desperté con un ligero dolor de cabeza, la inoportuna resaca de mi agitación nocturna. No había ni rastro de Diesel cuando me levanté de la cama y me dirigí al baño a por una aspirina.

Bajé a la cocina en pijama y bata y me di cuenta de que Sean también se había levantado durante la noche. Vi un par de platos sucios en el fregadero y la puerta de un armario entreabierta.

La cafetera estaba medio llena y todavía caliente. Me serví una taza y fui a buscar el periódico al jardín delantero.

Cuando me acabé la primera taza y estaba pensando en el desayuno, caí en la cuenta de que aún no había visto a Diesel. Me llamaba la atención, porque solía rondarme cerca..., salvo cuando iba a visitar su caja de arena.

Un poco intranquilo, fui inmediatamente a echar un vistazo al porche trasero, y encontré con alivio a Diesel dormido en el suelo, junto al sofá, donde también dormían Sean y Dante.

Diesel se despertó cuando lo llamé por su nombre en voz baja. Bostezó y se desperezó antes de venir a mi encuentro en la puerta. Se deslizó dentro mientras me quedaba allí unos instantes observando a mi hijo, que dormido parecía más joven y menos atribulado. Dante se despertó y bostezó, olisqueó un par de veces, y luego volvió a tumbarse y se acurrucó más cerca de Sean.

Cerré la puerta suavemente y volví a la cocina.

Después de un desayuno rápido, subí trotando a bañarme y vestirme. Disponía de unos treinta y cinco minutos antes de reunirme con el señor Delacorte a las nueve en mi despacho de la universidad. Por suerte para mí, el trayecto al trabajo eran tres manzanas y menos de diez minutos a pie.

El señor Delacorte, tan impecablemente vestido como siempre, estaba en la escalinata de la mansión colonial que albergaba las oficinas administrativas de la biblioteca, una parte de la colección de libros raros y los archivos, y mi despacho. Miré el reloj con disimulo, temiendo haberme retrasado, pero faltaban cinco minutos para las nueve.

—Buenos días, señor Delacorte —dije mientras Diesel y yo nos acercábamos a él—. Siento haberle hecho esperar.

—Buenos días, señor Harris. No tiene por qué disculparse. Después de todo, llego pronto. —Miró a Diesel, que llevaba un arnés con una correa atada—. Creo que es la primera vez que veo a alguien paseando a un gato con una correa. Es un hermoso animal, desde luego.

Diesel soltó un gorgorito como diciendo «Gracias por el cumplido», y el señor Delacorte sonrió.

—Gracias. Me acompaña a todas partes.

Abrí la puerta y entré con el gato. Le hice un gesto al señor Delacorte invitándolo a pasar y cerré la puerta.

—El edificio no suele estar abierto los fines de semana —dije mientras me dirigía a las escaleras—. Mi despacho está en la primera planta. Hay ascensor si lo prefiere...

Titubeé dudando si debía mencionarlo, porque el señor Delacorte parecía estar en forma, pero nunca se sabía.

—Por las escaleras me va bien.

El señor Delacorte subió conmigo, mientras que Diesel, ya sin la correa, salía disparado hacia arriba.

Al entrar en el despacho, Diesel se subió al cojín de la ventana que había detrás de mi escritorio, donde pasaba la mayor parte del tiempo mientras yo trabajaba. El señor Delacorte se detuvo en el centro de la sala y miró a su alrededor durante unos instantes.

Esperé pacientemente a que echara una ojeada y lo invité a ocupar la silla que había junto a mi escritorio. Una vez que se acomodó, le pregunté:

—Veamos, señor Delacorte, ¿en qué puedo servirle?

—Usted es experto en libros raros, ¿verdad?

Me escrutó con una mirada penetrante, y por un momento temí que estuviera a punto de someterme a un interrogatorio.

—Sí, hasta cierto punto —le dije—. Llevo casi tres años catalogando la colección, y durante ese tiempo he adquirido cierta experiencia. Sin embargo, no poseo un conocimiento exhaustivo sobre los libros raros en general.

—Posee el conocimiento suficiente —dijo el señor Delacorte en un tono que no admitía discusión—. Y además es bibliotecario, y un bibliotecario, por encima de otras consideraciones, debería saber cómo encontrar la información que necesita.

—Desde luego —asentí, reprimiendo una sonrisa. Era un placer inusual tratar con alguien que manifestara tanto respeto por mi profesión.

—Quizá usted no sepa que soy dueño de una extensa colección bibliográfica, con muchos volúmenes raros e insólitos. Le he dedicado muchos años a esa labor y me ha resultado muy gratificante.

Asintió con la cabeza para enfatizar la satisfacción que sentía.

—Debe de ser una colección magnífica —comenté—. No conocía su existencia.

—Me gustaría que la viera —prosiguió el señor Delacorte—. Es un placer mostrar mi colección a alguien capaz de apreciarla. —Hizo una pausa—. También me gustaría contratarle para que me ayudara a hacer un inventario.

—Me interesa, desde luego, pero ¿le corre mucha prisa? Aparte de mi trabajo aquí, soy voluntario en la biblioteca municipal. Así que no me queda mucho tiempo libre, excepto los fines de semana.

—Desearía que fuese cuanto antes —dijo el señor Delacorte frunciendo el ceño—. Verá, creo que me faltan algunas obras y quiero poner fin a los hurtos.

CAPÍTULO CUATRO

—¿No está seguro de si falta algo en su colección?

Me extrañó aquella curiosa manera de formular la frase. O faltaban cosas o no faltaban.

—Es una colección de más de siete mil volúmenes —contestó el señor Delacorte con cierta acritud—. Y yo ya no soy joven ni tengo la memoria de un joven. Llevo más de cincuenta años coleccionando libros y mis recuerdos de lo que adquirí hace décadas son imprecisos. Tengo un extenso registro escrito a mano, pero no hay un índice.

—Desde luego, lo comprendo —repuse en un tono conciliador.

El señor Delacorte continuó como si yo no hubiera dicho nada.

—Además, reconozco que la colección no está tan bien organizada como debería. Hoy en día tampoco tengo energía para repasarla de cabo a rabo y comprobar si falta algo.

Guardó silencio y me miró con el ceño fruncido.

—Por eso busco la ayuda de un profesional.

—Entendido. Y estaré encantado de ayudarle en todo lo que esté en mi mano —le dije. Mi descanso primaveral estaba a punto de desvanecerse—. Tengo la semana que viene libre, de manera que adelantaré todo el trabajo que pueda durante esos días.

—Es muy amable de su parte —dijo el señor Delacorte, con una breve sonrisa de aprobación—. Le pagaré trescientos dólares la hora. Confío en que le parezca suficiente.

—Es más que generoso —dije, un tanto perplejo.

En realidad, el dinero no era un problema. Habría hecho el trabajo por mucho menos, pero sabía que le ofendería si intentaba rebajar la tarifa. Sin embargo, para mí había una condición imprescindible, y eso sí podía ser un problema. Como si me leyera el pensamiento, el elemento decisivo me puso una pata en el hombro y soltó un débil ronroneo.

—¿Qué opina de los gatos, señor Delacorte?

Diesel volvió a ronronear y sonreí. El aparente sinsentido no pareció inmutar al anciano.

—A decir verdad, me gustan mucho. El mío falleció hace unos meses, pobrecito, con diecinueve años.

—Cuánto lo siento —le dije—. Aportan mucho a nuestra vida, ¿verdad? —Después de que asintiera, continué—: Se lo pregunto porque estoy acostumbrado a llevarme a Diesel prácticamente a todas partes. Y se porta muy bien.

Al señor Delacorte se le iluminó la cara con una sonrisa.

—Por mí encantado de que traiga a tan excelente compañero. Será bienvenido en mi casa.

—Gracias. Trato hecho, entonces. ¿Quiere que empiece el lunes por la mañana?

—Sí. ¿A las nueve le parece bien?

—Me parece bien —dije—. Una cosa más, antes de que se me olvide... ¿Tiene alguna idea de quién podría estar hurtando obras de su colección?

—Hay varios sospechosos posibles —dijo el señor Delacorte—. Lamentablemente, me temo que todos son miembros de mi familia... —se interrumpió, como si de pronto se iluminara—: Tal vez sería una buena idea que se los presentara antes de empezar a trabajar el lunes. ¿Está disponible esta tarde a las cuatro?

—Sí, señor.

—Excelente —dijo—. Entonces le espero para tomar el té. Es una costumbre en mi casa, un legado de los años que viví en Inglaterra, hace ya décadas. Y traiga a Diesel con usted.

Se levantó y me tendió la mano. Me levanté para estrechársela.

—Nos vemos esta tarde a las cuatro. Permítame ponerle la correa a Diesel y le acompañaremos a la salida.

Un par de minutos más tarde, después de cerrar la puerta principal, Diesel y yo nos despedimos del señor Delacorte.

Esperé a que se marchara en su coche antes de volver a casa. Hacía una mañana estupenda, ni demasiado fresca ni demasiado calurosa, y el paseo fue de lo más agradable. Al aproximarnos a nuestra manzana me di cuenta de que el coche de Sean ya no estaba. Confiaba en que no se hubiera arrepentido de quedarse conmigo. Seguro que no había vuelto a Texas.

Cuando llegamos a la entrada, oí ladridos dentro de casa. Curiosamente calmado por el alboroto de Dante, abrí la puerta con cuidado de no dejar salir al revoltoso caniche, que se apartó enseguida cuando Diesel le dio un zarpazo. Entré como pude y al cerrar la puerta descubrí trozos de periódico a lo largo del pasillo y en los tres primeros peldaños de la escalera. Dante había hecho lo que todos los perros aburridos y tristes hacen cuando se quedan solos. Me dio lástima por el pobre animalito, pero iba a dejar que Sean limpiara aquel desastre.

Después de quitarle el arnés a Diesel, comprobé que no le faltara agua y pienso en el lavadero, y luego fui a ponerme ropa más informal de fin de semana.

Cuando el gato y yo volvimos a bajar, unos veinte minutos más tarde, Sean ya estaba en la cocina poniendo unas botellas de cerveza en el frigorífico. No había ni rastro del desastre de Dante, que estaba tendido en el suelo a unos pasos de Sean, con la cabeza apoyada en las patas delanteras. Diesel se acercó al perro y se sentó a su lado.

—Siento lo del periódico, papá —me dijo Sean mientras cerraba la puerta del frigorífico—. He regañado a Dante por armar semejante lío. No sé cómo ha podido alcanzar el periódico, a no ser que se las haya ingeniado para subirse a la mesa de un salto.

Señalé una de las sillas, que estaba un poco apartada.

—Probablemente saltara a la silla y de ahí subiera, pero no es para tanto. Simplemente no le ha gustado quedarse solo.

—Lo sé —dijo Sean—. Pero no puedo llevarlo a todas partes. Sería de locos.

Dos segundos después, se dio cuenta de lo que había dicho. Intentó disculparse, pero le quité importancia.

—Tampoco es para tanto. No eres el primero que me considera excéntrico porque Diesel me acompaña prácticamente a todas partes —sonreí—. Toda familia sureña que se precie de serlo cuenta como mínimo con un excéntrico entre sus filas. Y yo soy el del clan Harris.

—Lo tendré en cuenta cuando Laura y yo creamos que no estás en plenas facultades mentales —dijo sin inmutarse.

Ese se parecía más al Sean que yo conocía, siempre a punto para una réplica ingeniosa. Después de una noche de sueño reparador, tenía mejor aspecto. Ahora solo necesitaba buena comida en abundancia para recuperar los kilos que le faltaban, y volvería a la normalidad…, al menos físicamente.

—¿Has desayunado? Cuando bajé esta mañana parecía que te habías levantado a comer algo durante la noche.

Fui al fregadero a por un vaso de agua.

—Me hice un tentempié a eso de las tres de la mañana —dijo Sean—. Ahora mismo acabo de parar en un restaurante de comida rápida y he tomado algo antes de ir al supermercado. —Chasqueó los dedos y la cabeza de Dante se levantó como un resorte—. Vamos, perro, creo que necesitas salir a correr al jardín de atrás y quemar un poco de esa energía inagotable. Hasta ahora, papá.

Dante siguió a Sean hacia la puerta que daba al pasillo, y Diesel fue con ellos.

—Espera un momento, Sean —le dije, y se volvió a mirarme—. Para el almuerzo… pensaba que podría llevarte a comer a uno de mis sitios favoritos. Está a unos quince minutos a pie de aquí, y podemos llevarnos a estos dos muchachos.

—Debe de ser un sitio interesante si admite animales —dijo Sean. Se encogió de hombros—. Claro, ¿por qué no? ¿A qué hora quieres ir?

—Sobre las once.

—Pues así quedamos.

Sean desapareció por el pasillo con sus dos acompañantes.

Mientras me acababa el vaso de agua, pensé cómo actuaba Sean conmigo; era cordial pero distante. Tal vez conseguiría que se abriera un poco más durante el paseo o la comida. Cuanto más relajado se sintiera, mejor. Decidí ir a leer hasta la hora de marcharnos y subí a mi dormitorio.

A las once, Sean se reunió conmigo en la puerta principal. Llevaba a Dante con la correa puesta.

—¿Adónde vamos? —me preguntó cuando estábamos fuera, en el sendero de delante.

—A la plaza. Hay una panadería francesa, y la dueña, Helen Louise Brady, es una vieja amiga mía y de tu madre.

—Suena interesante. —Sean me lanzó una mirada—. Yo te invito a comer.

—Estupendo. Helen Louise tiene un menú de mediodía con pocos platos, pero todos deliciosos.

Durante el paseo le hablé a Sean del trabajo que me había propuesto el señor Delacorte. Silbó cuando le comenté la tarifa que me pagaría por hora.

—¡Eso es más de lo que ganan muchos abogados!

—Es sumamente generoso, pero no quise discutirle el precio.

—¿Y qué hay de esa familia? —dijo Sean—. ¿Conoces a alguno de los parientes?

—No, no los conozco —respondí—. Y admito que me despiertan mucha curiosidad. Sobre todo si alguien se está dedicando a robar libros de la colección.

—Esperemos que ese alguien no la tome contigo cuando se entere de lo que estás haciendo allí.

Sean tiró de la correa cuando Dante se paró a olisquear un arbusto.

—De eso se encargará el señor Delacorte —dije con firmeza.

Unos minutos después llegamos al local de Helen Louise, y Sean se detuvo junto a una mesa vacía en la terraza.

—Si quieres entrar primero, me quedaré aquí fuera vigilando a este par. —Indicó a Diesel y Dante con un movimiento de cabeza.

Yo sonreí.

—No pasa nada. Helen Louise pasó un tiempo en París. Tener animales en la panadería no le molesta.

—¿Aquí no es una infracción de la normativa sanitaria que haya animales dentro? —Sean frunció el ceño, con un aire severo y juicioso.

—En teoría, sí, pero yo siempre entro con Diesel y hasta ahora nadie se ha quejado. Y si alguien se quejara, Helen Louise probablemente le diría que se marchara y no volviera.

Me reí mientras abría la puerta y con un gesto hice pasar a Sean y Dante.

—Si dices que no hay problema... —Sean se encogió de hombros. Dante, ya excitado por los apetitosos efluvios, tiraba de la correa.

Miré el reloj. A pesar de que habíamos estado veinte minutos paseando tranquilamente, aún faltaba un rato para que llegara la horda habitual de los sábados a mediodía. Helen Louise estaba detrás del mostrador, charlando con un cliente. Me acerqué, con Sean pegado a mí, y esperé a que Helen Louise terminara.

—¡Charlie, tú sí que sabes cómo darle chispa a un sábado! Me alegro de verte —Helen Louise sonreía de oreja a oreja, y al fijarse en Sean arqueó una ceja—. ¿Y quién es este *très beau* joven que te acompaña? —Tendió una mano por encima del mostrador—. Tú debes de ser Sean.

—*Merci, mam'selle. Tu es très gentille* —contestó él, estrechándole la mano y devolviéndole la sonrisa.

Sean debía de tener buen acento en francés, a juzgar por el embeleso de Helen Louise.

—*Et tu es très charmant, m'sieur.*

Dante saltó varias veces y Helen Louise sonrió.

—*Et le petit chien aussi.*

—Ahora que los dos habéis demostrado oficialmente lo cosmopolitas que sois, ¿hablamos de la comida?

Sonreí para dejar claro que estaba bromeando, y tanto Sean como Helen Louise se rieron.

—*Certainment, mon cher.* ¿Qué os apetece? —Helen Louise se lo pensó un momento—. Tenemos *quiche* fresca, con *gruyère* o salchicha, queso y cebolla. También hay ensalada *niçoise* o ensalada mixta con mi aderezo especial.

Sean hizo una mueca cuando mencionó la primera ensalada. No le gustaban el atún y las anchoas más que a mí.

—Tomaré la *quiche* de salchicha, queso y cebolla con la ensalada mixta. Y agua sin gas. —Se volvió hacia mí y preguntó—: ¿Papá?

—Tomaré lo mismo. Gracias, hijo. Y asegúrate de dejar sitio para el postre. No te arrepentirás.

Me di unas palmaditas en la tripa.

—Vosotros sentaos allí. —Helen Louise indicó una mesa en la esquina, cerca de la caja—. En unos minutos os llevo la comida, y luego me cuentas cómo te ha ido últimamente. Hace una eternidad que no te veía.

—Trato hecho. —Sonreí mientras Helen Louise se alejaba con brío.

Sean y yo nos pusimos cómodos, y Dante y Diesel se tumbaron debajo de la mesa, casi nariz con nariz. Me alegraba ver que seguían llevándose tan bien.

Fiel a su palabra, Helen Louise volvió en menos de cinco minutos y con una floritura nos puso delante las ensaladas, las *quiches* y el agua. También había traído dos cuencos y sendas botellas de agua para sus huéspedes de cuatro patas. Mientras Helen Louise iba a buscarse un café, Sean y yo les pusimos agua a los muchachos y atacamos la comida con fruición. Me di cuenta de que tenía más hambre de lo que pensaba.

Una voz chillona me sacó de mis cavilaciones y me sobresaltó tanto como a Sean.

—¿Qué hacen aquí esos animales inmundos?

Sean y yo nos dimos la vuelta al mismo tiempo. De pie, a un par de pasos de nuestra mesa, había una pelirroja retacona con un copete de cotorra que debía de sumarle casi un palmo a su estatura. Con los brazos en jarras y temblando de indignación, miraba a Diesel y Dante horrorizada.

—No están molestando a nadie —recalcó Sean poniéndose de pie y mirando desafiante a la mujer—. Ni meten las narices donde no los llaman.

—Da lo mismo —replicó la mujer con un tono tan agrio como sarcástico era el de Sean—. No dejan de ser animales inmundos, y no pintan nada en un sitio donde hay gente comiendo.

Antes de que Sean o yo pudiéramos responder, Helen Louise entró en escena con una taza de café en la mano. Con la mano libre dio unos toquecitos en el hombro a la mujer, que se volvió visiblemente molesta por la interrupción.

Helen Louise no le dio la oportunidad de hablar.

—Mary Anna Milligan, me gustaría saber quién te ha dado derecho a llamar a nadie «animal inmundo». Dime, ¿las palabras «bragas comestibles» te suenan de algo?

La transformación de la señora Milligan fue asombrosa. Se le puso la cara más colorada que el pelo, y el copete se le desinfló ante nuestros ojos. Abrió la boca, pero no emitió ningún sonido.

—Te agradeceré que recuerdes que la que manda en mi negocio soy yo, y prefiero tener aquí a ese perro y a ese gato que a ciertas personas a quienes prefiero no nombrar.

Helen Louise tenía la luz de la batalla en la mirada y a esas alturas habría hecho falta una tropa de amazonas para hacerla retroceder. Mary Anna Milligan no tenía suficientes agallas, saltaba a la vista. Farfulló algo mientras se alejaba, y prácticamente salió corriendo de la panadería. Varios clientes que también habían presenciado la discusión se echaron a reír, y una mujer aplaudió y gritó:

—Así se habla, cariño.

Sean se dejó caer en la silla y, por la expresión de su cara, me di cuenta de que la escena lo había sorprendido tanto como a mí. Eché un vistazo debajo de la mesa; los «animales» no parecían haber prestado mucha atención a la gresca humana. Diesel estaba limpiándose una pata y Dante roía la correa.

Helen Louise, con una amplia sonrisa, se sentó justo delante de mí.

—¿Quién demonios era esa mujer? —preguntó Sean casi espurreando las palabras, porque empezó a reírse—. ¡Vaya rapapolvo le has dado!

—Desde luego —me reí—. Recuérdame que nunca te haga enfadar, amiga mía.

Helen Louise sonrió pícaramente.

—Ya sabes cómo las gasto —dijo, y tomó un sorbo de café.

Sean se inclinó hacia Helen Louise y le habló en voz baja.

—A ver, ¿qué historia es esa de las bragas comestibles?

Confieso que yo también sentía curiosidad.

Helen Louise nos miró arqueando una ceja.

—Bueno, veréis. Mary Anna Milligan siempre va dando lecciones a todo el mundo de cómo hay que ir por el mundo para ser un dechado de virtudes y ciudadanos tan respetables como ella y su marido.

Hizo una pausa, sin duda deliberada, sabiendo que estábamos en ascuas.

—Una de mis amigas tiene un hermano en Memphis asiduo a establecimientos donde se venden artículos que podríamos llamar «picantes». ¿Me seguís? —Helen Louise sonrió.

Sean y yo cruzamos una mirada y rápidamente desviamos la vista. Ambos entendimos de qué estaba hablando Helen Louise.

—Más o menos cuatro meses atrás, el hermano de mi amiga estaba en una de esas tiendas echando un vistazo cuando de repente apareció Mary Anna con su respetable marido, Raymond. ¿Y a ver si adivináis qué buscaban? —Bebió otro sorbo de café.

—Y supongo que estabas esperando el momento apropiado para mencionarle esa pequeña coincidencia a la señora Milligan, ¿no?

Intenté no cargar más las tintas con la mofa. Helen Louise nunca podía resistirse a burlarse de alguien como la señora Milligan.

—Por supuesto —contestó Helen Louise, tan campante—. Sabía que tarde o temprano me incordiaría tanto que me iría bien tener ese as en la manga. No volverá a aparecer por aquí, ni falta que me hace.

Señaló el plato que Sean tenía a medias.

—¿Qué te parece? —preguntó mientras Sean y yo reanudábamos la comida.

—*Magnifique* —vocalizó Sean a la perfección entre bocado y bocado de *quiche.*

Helen Louise le sonrió. En cuanto a mí, ya sabía que me encantaban sus creaciones culinarias. Esperó hasta que me acabé la mitad de la *quiche* antes de continuar.

—Por ahora está bastante tranquilo y Debbie puede encargarse de todo. Así que dime, Charlie, ¿qué has hecho últimamente? ¡Temía no verte hoy, y eso me hubiera arruinado el sábado!

Me cohibía un poco que Helen Louise hablara así delante de Sean. Nos conocíamos desde el instituto y sabía que a ella siempre le había gustado coquetear, pero últimamente estaba empezando a creer que las insinuaciones que me lanzaba iban en serio. Era una mujer muy atractiva, y a veces me sentía tentado de averiguar si de verdad estaba interesada en mí. Simplemente no sabía si estaba preparado para salir de nuevo con alguien.

—Sean ha venido a verme —le dije—. Y estoy encantado, como te imaginarás. Aparte de eso, todo sigue más o menos igual que siempre.

—Charlie me ha hablado mucho de ti —le dijo Helen Louise a Sean—. Sé lo orgulloso que se siente.

Sean pareció incómodo y no reaccionó. Hablé para cubrir el tenso silencio.

—He tenido una reunión con James Delacorte esta mañana. Fue una sorpresa que me abordara, ya que apenas lo he tratado más allá de sus visitas a la biblioteca. ¿Tú lo conoces?

Helen Louise se encogió de hombros.

—No mucho mejor que tú, supongo. Viene aquí una vez por semana, puntual como un reloj, y siempre pide lo mismo. Una docena de mis bollos de canela, dos docenas de *croissants* y mi *gâteau au chocolat* especial.

—Debe de ser muy goloso —comenté—, pero no puedo reprochárselo. Tus tartas y tus pasteles son de otro planeta.

Helen Louise sonrió ante el cumplido. Se acercó a mí y me tomó brevemente del brazo. Volviéndose hacia Sean dijo:

—¿Entiendes por qué adoro a este hombre? Es un encanto.

—Si tú lo dices... —Sean dejó la frase en suspenso y, en un evidente esfuerzo por desviar la conversación hacia otros temas, añadió—: Papá va a trabajar para el señor Delacorte.

—¿En serio? ¡Cuenta, cuenta! —A Helen Louise le picaba la curiosidad.

Le expliqué brevemente el trabajo que me había propuesto el señor Delacorte, omitiendo sus sospechas en relación con las obras robadas.

—Voy esta tarde a las cuatro a tomar el té con él y su familia. ¿Conoces a los parientes?

—Por desgracia, sí —Helen Louise hizo una mueca—. Son puro veneno, todos. —Se encogió de hombros—. Pero si quieres saber más sobre el clan Delacorte, ¿por qué no le preguntas a Azalea?

CAPÍTULO CINCO

—¿Azalea? —Miré a Helen Louise sin comprender, sobresaltado al oír que de pronto nombraba a mi asistenta—. ¿De qué conoce Azalea a esa familia?

—¿De qué va a ser? —Helen Louise meneó la cabeza ante mi lentitud de reflejos—. Trabajó en su casa hace años, antes de empezar a trabajar para tu tía, ¡pero no duró mucho allí! —Se echó a reír—. Tres meses nada más, creo recordar.

—No tenía ni idea. Aunque, claro, hay muchas cosas que no sé de Azalea.

Tomé un sorbo de agua. Diesel se frotó contra mi pierna y alargué la mano para acariciarle la cabeza.

—Si se lo preguntas con un poco de tacto, estoy segura de que te dará una idea de cómo son. —Helen Louise apuró la taza y la dejó en la mesa—. Y no es que le tengan mucho cariño al cabeza de familia, desde luego.

—¿De qué los conoces tú? —Sean jugueteó con el tapón de la botella, haciéndolo rodar de lado encima de la mesa—. Adelántanos lo que puedas hasta que papá tenga ocasión de hablar con Azalea. Seguro que sabes detalles jugosos, ¿a que sí?

Helen Louise se echó hacia atrás con una sonrisa al oír a Sean engatusándola.

—Van a la misma iglesia que yo. Juraría que la hermana, Daphne Morris, no falta nunca a misa. —Soltó un bufido—. Es una cristiana ejemplar..., salvo cuando se trata de remangarse de verdad, como echar una mano en el comedor popular o colaborar con alguno de los comités. Es delicadísima, oye.

El rotundo desdén que destilaba dejaba pocas dudas sobre los sentimientos que le inspiraba. Y era comprensible: Helen Louise, a pesar de las exigencias de llevar un negocio propio, dedicaba buena parte de su tiempo libre a causas benéficas.

—¿Quién más hay, aparte de la hermana? —Puse una mano encima de la de Sean para que dejara de juguetear con el tapón de la botella. De siempre fue un crío inquieto y ahora era un adulto inquieto. Me miró con cara de asombro, pero soltó el tapón.

Helen Louise observó nuestra interacción con otra sonrisa.

—Veamos. —Levantó una mano y empezó a contar con los dedos los nombres que recitaba—. Está el hijo de Daphne, Hubert, que se cree el no va más. Eloise, la mujer de Hubert, es una de esas niñas de papá ricas del delta del Misisipi. Ya sabes, como esas de las que escribe Carolyn Haines en sus libros... —Helen Louise y yo compartíamos el gusto por las novelas de misterio, y Haines era una de nuestras autoras favoritas.

—¡Parecen encantadores! —Sean sonaba completamente sincero, pero la expresión de su cara contradecía ese entusiasmo—. Estoy deseando conocerlos.

—Pues si conoces a Eloise, prepárate —se rio Helen Louise—. He oído que últimamente está como un cencerro.

No había oído esa expresión en mucho tiempo. Decidí no tirarle de la lengua a Helen Louise sobre Eloise.

—¿Alguien más?

—Hay una sobrina nieta, nieta de uno de los hermanos Delacorte. Se llama Cynthia y es enfermera en el hospital. No sé mucho de ella, aparte de que hablando con ella podrías morir congelado. Espero no necesitar nunca sus cuidados si estoy en el hospital. —Helen movió la cabeza con resignación—. El último es un sobrino nieto, Stewart Delacorte, nieto del último hermano. Es profesor de química en la Universidad de Athena. —Le guiñó un ojo a Sean—. Estoy segura de que le encantaría conocerte. Tiene buen ojo para los hombres atractivos.

Sean se sonrojó. Helen Louise se echó a reír y le dio unas palmaditas en el brazo.

—No me hagas ni caso, tesoro. Tu padre ya te contará que no puedo resistirme a tomarle el pelo a la gente.

—Tranquila, no pasa nada. —Sean forzó una sonrisa.

—¿Ninguno de esos dos hermanos Delacorte vive todavía? —decidí reencauzar la conversación.

—No, solo queda Daphne. Es la más joven, y James era el mayor. —Helen Louise hizo una pausa—. Tiene ochenta y tantos años, diría yo.

—No los aparenta, la verdad. —Yo le habría echado unos setenta—. Antes has dicho que su familia no le tiene mucho aprecio. ¿Por qué?

—Es millonario, y todos andan detrás del dinero. He oído a Daphne y a Hubert quejándose de eso a menudo en la iglesia, cuando deberían estar pensando en otras cosas. —Helen Louise estaba indignada, saltaba a la vista—. Al parecer, James Delacorte tiene esa idea tradicional de que cualquiera capaz de trabajar debería ganarse el sustento y no vivir como una sanguijuela a costa de un pariente rico. Pero también he oído que puede ser muy tacaño. Creo que a la familia siempre le ha costado conservar a los empleados porque se niega a pagarles dignamente.

—¿Y su hermana? ¿El hijo se hace cargo de ella? —A Sean le despertaba tanta curiosidad la familia como a mí.

—¡Qué va! —dijo Helen Louise—. El difunto y muy poco llorado marido de Daphne era tan cretino con los negocios como ahora es su hijo. La dejó prácticamente sin blanca, y James Delacorte la acogió. No creo que contara con que le tocaría acoger también a Hubert y Eloise, pero sé que a Hubert no le dura nada ningún empleo y oí que a Eloise su hermano dejó de pagarle la asignación tras la muerte del padre hace unos años. Si no fuera por James, vivirían todos debajo de un puente.

—Has dicho que la sobrina y el sobrino trabajan, de todos modos. —Apuré el último trago de agua mientras esperaba la respuesta de Helen Louise.

—Trabajan, sí, pero apuesto a que estarán deseando echarse a la bartola en cuanto reciban su parte de esos millones. —Soltó una carcajada—. ¡A ver si no se llevan un chasco! El señor Delacorte podría dejar toda su fortuna a la universidad o a alguna organización benéfica. Y a los demás les estaría bien empleado.

—¡Menuda familia! —Sean negó con la cabeza—. Parece sacada de una novela de Agatha Christie.

—Después de todo lo que nos has contado, no sé si tengo muchas ganas de conocerlos esta tarde —comenté.

—Me olvidaba de alguien —dijo Helen Louise—. ¡El mayordomo! Es inglés, creo, y lleva cuarenta años o más con James Delacorte. Un sirviente muy leal, según dicen —enarcó las cejas—. Y desde luego a veces eso ha desatado las malas lenguas, debo deciros. En especial dado que James Delacorte nunca se casó ni mostró interés en ninguna mujer.

—¿Cómo se llama? —preguntó Sean.

—Truesdale —contestó Helen Louise al cabo de un momento—. De vez en cuando viene a recoger el pedido semanal del señor Delacorte. Nunca entra en muchos detalles personales.

—Pase lo que pase cuando vayas esta tarde a tomar el té, papá, creo que no te aburrirás. —Sean se levantó y me dio la correa de Dante—. ¿La aguantas un momento? Vuelvo enseguida, si me disculpáis.

Helen Louise siguió con la mirada a Sean, que iba al baño, y luego se volvió hacia mí.

—¡Cómo debes de estar disfrutando de su visita! Aunque no me dijiste que venía la última vez que te vi.

Negué con la cabeza.

—No tenía ni idea de que iba a venir. Se presentó ayer sin avisar. —Dudé un instante, pero necesitaba confiarme en alguien—. Ha dejado el trabajo y quiere pasar un tiempo en casa conmigo.

—¿Y a ti qué te parece? —preguntó, mirándome con ternura.

—Estoy contento de que haya acudido a mí, salta a la vista que hay algo que lo tiene angustiado. —Me encogí de hombros—. Pero hasta ahora no me ha contado por qué lo dejó, aparte de que estaba cansado de vivir con tanta presión.

—Trabajar para uno de esos bufetes jurídicos puede ser un infierno —dijo Helen Louise con un mohín.

Me acordé entonces de que ella también había estudiado Derecho. Fue la segunda de su promoción. Trabajó unos años en una gran firma de Memphis antes de abandonarla para cumplir su sueño de montar su propia pastelería.

—¿Te importaría que se lo cuente a Sean? —Me pasé una mano por la frente; me sentía repentinamente cansado—. Quizá le ayude hablar con alguien que ha pasado por lo mismo. No sé hasta qué punto le apetecerá explicarme qué es lo que le preocupa de verdad. Hace mucho que no me hace confidencias.

—Claro, estaría encantada de hablar con él, cuando quiera. —Helen Louise se inclinó hacia mí y me dio una palmada en el brazo—. Dale su tiempo, verás como al final comparte contigo sus preocupaciones.

—Espero que tengas razón —dije bajando la voz al ver que Sean volvía hacia la mesa.

Helen Louise se levantó.

—Bueno, *mes amis,* vuestra visita ha sido un placer, pero vale más que vuelva al trabajo antes de que a Debbie le dé una pataleta. Empieza a llegar la gente para el almuerzo.

Con una dulce sonrisa, volvió al mostrador. Efectivamente, no paraban de llegar clientes.

—Deberíamos ir tirando, de todos modos —dije. Me levanté, sujetando las dos correas—. Sacaré fuera a este par mientras vas a pagar la cuenta. Compra algo de postre para llevar, y podemos tomarlo con la cena.

—Estupendo. Salgo en un minuto. —Sean fue al mostrador con paso decidido.

Fuera hacía más calor aún, con el sol de mediodía. Me apetecía volver a casa a descansar un rato, sin pensar demasiado en lo que me deparaba la tarde.

Sean salió cargado con una caja de pasteles, atada con un cordel. Le devolví la correa de Dante y nos encaminamos de regreso a casa.

—¿Qué has elegido?

Sean sonrió.

—Es una sorpresa. Helen Louise me ha asegurado que te gustaría.

—Seguro que sí.

Dante tensaba la correa, husmeando con avidez, y deduje que estaba buscando un arbusto o un macizo de hierba para regarlo. Nos detuvimos cuando lo encontró, y Diesel se quedó observándolo con gran interés.

—Tú a ella sí le gustas, desde luego —comentó Sean cuando nos pusimos de nuevo en marcha.

—¿A Helen Louise? —Me encogí de hombros—. La conozco desde que íbamos al instituto, y ella y tu madre eran buenas amigas.

—Ya sé que os lleváis bien, papá. —Sean meneó la cabeza—. Me refiero a que hay algo más. Le gustas de verdad.

—Ah.

—¿Eso es todo lo que tienes que decir? —Sean sonaba irritado.

—Me parece una mujer atractiva —añadí, sin saber muy bien si solo le picaba la curiosidad o le molestaba que pudiera interesarme en una mujer que no fuese su madre.

—Eso también es obvio. ¿Estás saliendo con ella?

—No, no salgo con ella. He pensado en pedirle una cita, pero no sé si quiero poner en riesgo nuestra amistad.

Aguardé a ver su reacción. Sean se quedó callado un momento.

—Han pasado casi cuatro años, papá. Creo que mamá querría que fueras feliz. —No me miró mientras me hablaba—. Deberías pedirle esa cita.

Un repentino nudo en la garganta me impidió contestar enseguida. Cuando recuperé el habla, mi voz sonó áspera.

—Me lo pensaré. ¿Y crees que no tendrías ningún problema en que saliera con alguien?

—Ninguno, y Laura tampoco. Hemos estado los dos preocupados por ti. —Sean me lanzó una mirada de soslayo.

—Me las arreglo bien, te lo prometo. Ha sido difícil para todos, y no hay día que no piense en tu madre. Siempre la llevo conmigo.

—Lo sé, papá —dijo Sean con la voz enronquecida por la emoción, y por un momento pensé que iba a llorar—. Yo también.

Seguimos caminando a casa en un silencio incómodo. Incómodo por mi parte, al menos.

Sean parecía completamente absorto en sus pensamientos, y yo dudaba si entablar una nueva conversación después de la carga emocional que acabábamos de concluir: no parecía un buen momento para sacarle el tema del trabajo a Sean y las razones de que lo hubiera dejado.

Cada vez que le echaba un vistazo a Diesel, lo sorprendía mirándome. Creo que percibía mi inquietud y no me quitaba ojo. Me maulló y le froté la cocorota para tranquilizarlo.

Dante parecía ajeno a todo. Seguía encontrando rastros interesantes que olfatear, y Sean tenía que espabilarlo a cada momento. Cuando por fin llegamos a casa, me apetecía estar un rato tranquilo. Sean llevó la caja de la pastelería a la cocina, y esperé a que volviera para preguntarle si tenía planes para la tarde.

—La verdad es que no —dijo—. Pensaba revisar el correo electrónico, si puedo usar el ordenador.

Dante bailaba alrededor de sus pies.

—Por supuesto, siempre que quieras —dije—. Pero me instalaron una red inalámbrica justo después de las vacaciones de Navidad. —Le di la contraseña—. Incluso te puedes sentar en el jardín de atrás y usarlo allí.

—Fantástico. Me he traído el portátil. Lo probaré. —Pasó trotando a mi lado por las escaleras. Dante corría delante.

—A las seis estaré de vuelta, seguro —le grité cuando ya había llegado arriba. Creo que no me oyó.

Acabé de subir los escalones arrastrando los pies. Diesel había desaparecido, probablemente para usar la caja de arena y comer un poco de pienso antes de subir conmigo. Quería relajarme un rato antes de prepararme para ir a tomar el té con los Delacorte.

A las cuatro menos cuarto, Diesel y yo estábamos en el coche de camino a la mansión de los Delacorte. Los Delacorte vivían en la parte más antigua de Athena, donde se asentaron las primeras familias del pueblo durante el auge del algodón, a principios del siglo xix. Muchas de aquellas familias seguían siendo propietarias de las mismas casas, aunque la mayoría no eran tan ricas como lo habían sido hace más de dos siglos.

Cuando giramos en la calle de la mansión, me asaltó una sensación de *déjà vu*. Tardé un momento, pero entonces recordé que un par de veces había ido allí de excursión con la escuela cuando estudiábamos el periodo de la esclavitud y la guerra de Secesión. La vieja mansión de los Honeycutt, en la esquina, a menudo acogía grupos de turistas, ya que conservaba gran parte del mobiliario de la primera época, junto con retratos y otras reliquias tradicionales. A mi profesora de historia en el instituto, la señora Pittman, descendiente de aquella familia, le encantaba llevar a sus alumnos a visitar la casa.

La mansión Delacorte, alejada de la calle, era una de las más grandes de la manzana: un inmenso edificio de estilo neogriego tan popular en el sur antes de la Guerra Civil. Sin duda la habían ido ampliando con el paso de los años, ya que la mayoría de las mansiones de la calle no alcanzaban ni la mitad de envergadura, pero los añadidos armonizaban con la arquitectura original y el resultado era impresionante.

Enfilé el camino de la entrada, bordeado por una hilera de robles a cada lado. El camino serpenteaba a través de los jardines hasta que se bifurcaba: un ramal seguía hacia la parte posterior de la casa y el otro trazaba una curva frente a la puerta principal.

Seguí este último y aparqué el coche unos metros más allá del sendero que llevaba al porche.

Diesel y yo nos apeamos y nos dirigimos hacia la imponente puerta de doble hoja de la entrada. Subimos los cinco escalones que conducían a la galería. Levanté la aldaba y golpeé un par de veces.

Momentos después, la puerta se abrió de par en par y apareció un hombre alto y enjuto que debía de rondar los setenta años y vestía con un traje oscuro.

—Buenas tardes. —Se hizo a un lado para dejarnos entrar, mirando a Diesel ceñudo—. Usted debe de ser el señor Charles Harris. Y acompañante. —Cerró la puerta de nuevo—. El señor Delacorte les espera.

—Gracias —dije—. Este es Diesel.

Como si se diera por aludido, mi gato maulló. Al mayordomo no pareció hacerle gracia.

Me detuve en la entrada para recrearme admirando el escenario que me rodeaba, con la sensación de que en cualquier momento podía salir altivamente Escarlata O'Hara de una de las habitaciones proclamando: «Hablar de la guerra arruina todas las fiestas», o: «Ya lo pensaré mañana».

Contemplando la espléndida escalinata de mármol del fondo, parpadeé: ¿tenía visiones o realmente había una mujer con falda de miriñaque y crinolinas deslizándose por las escaleras?

CAPÍTULO SEIS

Contemplé en silencio mientras la mujer, rodeada de una campana verde de tela, sorteaba los escalones. En cada peldaño temía que se inclinara hacia delante y cayera rodando, pero consiguió mantener el equilibrio, arremangándose la falda y sosteniendo el miriñaque un poco en alto para bajar sana y salva.

No pareció reparar en el mayordomo, en mí ni en mi gato hasta que llegó al pie de la escalinata. Una vez abajo, se detuvo para alisarse las arrugas de la tela y pude apreciar mejor su rostro. De mi edad, año arriba año abajo, rubia y con un cutis tan tenso que debía de dolerle sonreír. Aparentaba una delgadez extrema, al menos en las partes de su persona que quedaban por encima de la falda. El corpiño del vestido estaba plano como una tabla y sus brazos bien hubieran podido ser los de una cría de ocho años.

El mayordomo avanzó hasta quedarse a un par de pasos de ella.

—Señora, permítame presentarle al señor Charles Harris y a su acompañante. —En su acento inglés se filtraba un deje de desdén. Estaba claro que no le entusiasmaba la idea de tener al gato de un desconocido en casa. Se volvió brevemente hacia mí—. Señor Harris, permítame presentarle a la señora de Hubert Morris.

La señora Morris inclinó la cabeza en mi dirección. Su pelo, tan fino como todo en ella, estaba recogido en un moño bajo ladeado. Echó una mirada a Diesel.

—En esta casa no tenemos ratas ni ratones.

Qué comentario tan raro. ¿Me habría tomado por un exterminador de plagas y a Diesel por mi ayudante? Antes de que me diera tiempo a contestar, volvió a hablar.

—Ya he terminado las invitaciones para el baile de la cacería de verano, Truesdale. Asegúrate de mandarlas por correo de inmediato.

Nunca había oído hablar de ningún baile de cacería de verano en Athena, si bien es cierto que tampoco me movía en los círculos de la alta sociedad. Con todo, me sonaba raro.

—Sí, señora —contestó el mayordomo.

Acto seguido, la mujer se dio media vuelta, se arremangó la falda de nuevo y se encaminó hacia unas puertas al fondo del vestíbulo. Truesdale se las arregló para adelantarse a abrírselas; una vez que se hubo ido, las cerró de nuevo con suavidad y regresó hacia mí.

—El señor Delacorte lo recibirá en la biblioteca, señor Harris. Acompáñeme, por favor.

Truesdale atravesó el vestíbulo y cruzó las puertas por las que la señora Morris había desaparecido hacía apenas un instante.

Unas coloridas alfombras persas cubrían el suelo de mármol y amortiguaban nuestros pasos. Una colección de figuritas de porcelana china adornaba las mesitas que había repartidas por el vestíbulo y varios paisajes primorosamente enmarcados colgaban de las paredes. El efecto general era de opulencia, pero de buen gusto. Me dio por preguntarme si los tapices orientales habrían sido tendencia antes de la guerra. Sin duda, la señora Pittman se habría decepcionado conmigo, después de todo el tiempo que dedicó a llevarnos a aquellas excursiones escolares.

Truesdale abrió otra puerta de doble hoja y pasó. Una vez dentro, divisé a James Delacorte en el centro de la estancia, tras un gran escritorio de madera tallada. Caoba, pensé, y probablemente bicentenaria.

Mi anfitrión se puso de pie y rodeó lentamente la mesa para venir a estrecharme la mano. Iba vestido como siempre lo había visto, con un traje de corte clásico. Tenía mala cara, como si le doliera algo.

—Buenas tardes, señor Harris. Y buenas tardes a ti también, Diesel. —Por la voz, parecía cansado. Se inclinó hacia adelante y le acarició la cabeza—. Qué criatura tan bella.

—Gracias —contesté.

Diesel le agradeció el cumplido con un gorjeo.

Recorrí la estancia con la mirada. Tenía unas dimensiones generosas, unos nueve metros por doce, calculé. Las paredes estaban cubiertas de anaqueles que ascendían casi hasta el techo. En la pared que daba al exterior había dos grandes ventanas de mirador a sendos lados del escritorio, con estantes encastrados bajo el cristal. Todas las baldas estaban abarrotadas de libros y, además, había vitrinas repartidas por la sala. Un cristal ocultaba el contenido de los estantes de una pared, tal vez allí se guardaban los libros más raros de la colección, mientras que las vitrinas de madera albergarían otros tesoros. Ardía en deseos de indagar.

—Iremos con los demás dentro de unos minutos, Nigel —dijo el señor Delacorte—. Ve sirviendo el té.

—Por supuesto, señor —contestó Truesdale con una ligera reverencia. Se retiró en silencio de la habitación.

—Siéntese, por favor. —El señor Delacorte señaló el butacón de piel que había junto a su escritorio mientras volvía a acomodarse—. En breve conocerá a mi familia. Supongo que no ha coincidido con ellos.

—No, aunque me he cruzado brevemente con la señora de Hubert Morris. Bajaba por las escaleras cuando Diesel y yo hemos llegado.

Con gesto apenado, el señor Delacorte inquirió:

—¿Y cómo iba vestida Eloise?

—Llevaba una falda con miriñaque —contesté.

El señor Delacorte suspiró.

—La esposa de mi sobrino vive ligeramente desconectada de la realidad la mayor parte del tiempo. Es una mujer encantadora, incapaz de hacerle daño a nadie, pero cuando atraviesa uno de sus periodos de lucidez mermada, le da por vestirse como Escarlata O'Hara.

—Parecía un encanto, sí —dije, tratando de ser diplomático—. Aunque debo admitir que por un momento he temido estar teniendo visiones.

—Ya, Eloise acostumbra a provocar ese efecto en la gente —dijo el señor Delacorte con sequedad—. Su marido, Hubert, es el hijo de mi hermana Daphne, que se quedó viuda. Estarán los tres tomando el té, así como el resto de la familia. El té del sábado por la tarde es casi un rito en esta casa —añadió y se permitió una breve sonrisa.

—Un rito agradable —apunté.

El señor Delacorte continuó hablando.

—También estarán Stewart y Cynthia, los nietos de mis difuntos hermanos menores. Todos viven en la residencia familiar.

—Tengo muchas ganas de conocerlos.

—Ninguno es particularmente encantador —añadió el señor Delacorte con implacable franqueza—. Eso sí, he hecho lo que he podido por cumplir con las obligaciones familiares. —Su rostro se ensombreció un instante—. Y pensar que uno de ellos me está robando... Se me llevan los demonios... Después de todo lo que he hecho por ellos.

—¿Tiene alguna pista que apunte hacia alguien en concreto?

Noté que Diesel se apretaba contra mi pierna. Probablemente el tono áspero del señor Delacorte lo habría puesto nervioso. Le rasqué el lomo un instante.

—Aún no, aunque desde luego descartaría a Eloise. —La voz del señor Delacorte se suavizó—. Puede ser inteligente en sus momentos de lucidez, pero me temo que tamaña perfidia queda fuera de su alcance. Lo mismo diría de mi hermana Daphne. Está demasiado preocupada por su salud como para interesarse por nada más.

—¿Está enferma? —pregunté.

El señor Delacorte resopló con desdén y se le encendió el rostro.

—Según ella, sí. Pero desde mi punto de vista, no es más que una afición.

Me pareció una curiosa manera de explicarlo, aunque entendía a qué se refería. Cuando dirigía el departamento de la red de bibliotecas públicas de Houston, me había topado con dos personas, una de cada género, que acudían a la biblioteca al menos una vez a la semana para consultar manuales de medicina. Ambas parecían estar absolutamente convencidas de que padecían un sinfín de dolencias, aunque yo las veía sanas como una manzana... O, al menos, físicamente.

—No, el ladrón tiene que ser uno de estos tres: Hubert, Stewart o Cynthia. Tanto Stewart como Cynthia son astutos y capaces de hacer algo así. —El señor Delacorte hizo una pausa y arrugó el gesto—. Hubert no es precisamente una lumbrera, pero allí donde haya dinero, hará lo indecible por conseguirlo sin tener que trabajar.

No tenía claro qué respuesta esperaba de mí, así que me limité a asentir y esperar. Diesel había vuelto a sentarse al lado de mi butacón.

El señor Delacorte se puso en pie y extendió los brazos.

—Bueno, y aquí la colección, claro. El lunes le haré la visita guiada, por así decirlo, antes de que se ponga manos a la obra. Si empezara a mostrársela ahora, se nos pasaría la hora del té.

—Tengo muchas ganas de verla —dije—. Seguro que habrá muchas piezas fascinantes.

—Así es —contestó el señor Delacorte—. Esta colección me ha brindado una gran satisfacción a lo largo de los años. Reunirla ha sido un acto de amor. En tanto que artefactos físicos, los libros son asombrosos. —Negó con la cabeza—. No logro entender este furor actual por los libros en el ordenador, no son más que una cadena de palabras en una pantalla. No puedo imaginarme relajado con algo parecido a un ordenador para leer. En fin, supongo que, como con tantas otras cosas, soy un dinosaurio...

—No es usted el único —lo consolé, conmovido por su elocuencia—. A quien le guste el libro electrónico, bien está. Yo encantado de que lean. Pero sin duda prefiero sostener un libro en papel entre las manos.

El señor Delacorte asintió.

—Y que lo diga. Muchas gracias por ayudarme, Charlie. —Rodeó el escritorio—. Venga, vayamos a tomar ese té.

Diesel y yo lo seguimos, bajamos hasta el vestíbulo y entramos en lo que, de haber sido mi casa, habría llamado «sala de estar», a secas, pero parecía un término demasiado pedestre para describir la hermosa estancia en la que estábamos. «Sala de recepciones» o «salón de aparato» parecían términos más apropiados.

La sala, de las mismas dimensiones que la biblioteca, tenía también ventanas en mirador en las dos paredes exteriores, y el mobiliario, todo antigüedades, debía de costar una fortuna. Allí dentro era tal la profusión de objetos bellos que fui incapaz de fijarme en todos mientras seguía al señor Delacorte hasta la chimenea. Había dos grandes sofás enfrentados en ángulo recto con la chimenea, una larga mesa rectangular de madera tallada —¿era palisandro?— entre ambos y sillas por detrás. Un pequeño diván colocado frente a la chimenea a un metro de los sofás cerraba el círculo.

La cháchara desganada que oí al entrar se apagó cuando el señor Delacorte se plantó ante la chimenea y se volvió hacia su familia. Me quedé con Diesel guardando una distancia respetuosa hasta que mi anfitrión nos presentara.

Aproveché la espera para observar a los presentes. En primer lugar examiné a Eloise Morris. Estaba sentada entre los dos sofás, rodeada de sus voluminosos faldones. No se veía ninguna silla, así que debía de tener debajo algún tipo de taburete.

El hombre que estaba sentado un poco más allá, en el sofá de la derecha, debía de ser su marido, Hubert. De mi edad más o menos, con un traje anticuado de una tela brillante por el desgaste y el paso del tiempo y una media melena morena con las puntas hacia afuera, al estilo de Marlo Thomas en la época de *Esa chica*. Tenía un rostro anodino, de los que pasan fácilmente desapercibidos entre una multitud e incluso en un grupo reducido.

Una anciana, que con toda probabilidad era Daphne, la madre de Hubert, estaba sentada en un extremo del otro sofá y se frotaba la frente con una mano mientras con la otra se agarraba la garganta. Su raído vestido negro había conocido tiempos mejores y su rostro surcado de arrugas guardaba un parecido increíble con el de su hermano.

Los dos últimos miembros de la familia, los sobrinos, ocupaban sendas sillas detrás de Hubert Morris. En la cuarentena, o quizá ni eso. La sobrina nieta, Cynthia Delacorte, era la viva estampa de la reina de las nieves. Rubia, con un vestido azul claro, parecía completamente ajena a todos y todo cuanto la rodeaba.

Su primo, Stewart Delacorte, también rubio, marcaba un contrapunto interesante. Sus ojos centelleantes transmitían una atención plena mientras nos observaba con curiosidad, y sus manos no dejaban de juguetear con un objeto pequeño que no logré identificar. Era notablemente más bajo que Cynthia. Aunque sus sillas eran idénticas, la cabeza de ella sobresalía por lo menos medio palmo.

—Hoy tenemos un invitado que ha venido a tomar el té con nosotros. Bueno, en realidad son dos —dijo el señor Delacorte con una fugaz sonrisa—. Os presento a Charles Harris. Es bibliotecario en la Universidad de Athena y trabaja también en la biblioteca pública, donde me ha sido de gran ayuda en un sinfín de ocasiones.

—Ya decía yo que su cara me sonaba... —Stewart Delacorte asintió—. Seguro que lo he visto en el campus. Soy profesor asociado en el departamento de química.

Antes de darme tiempo a responder, James Delacorte añadió:

—Es Stewart, nieto de mi difunto hermano Arthur. Y a su lado está Cynthia, nieta de mi hermano Thomas.

Pese al gesto majestuoso con el que Cynthia inclinó la cabeza, su mirada delataba una profunda indiferencia por Diesel y por mí.

El señor Delacorte continuó con las presentaciones.

—A Eloise ya la conoce. Mi sobrino Hubert, su esposo, y mi hermana Daphne, la madre de Hubert.

—Buenas tardes a todos —saludé—. Es un placer conocerlos. Me gustaría presentarles a mi amiguito. —Rasqué la cabeza de Diesel—. Este es Diesel. Es un gato Maine Coon, tiene casi tres años.

Daphne Morris dejó de frotarse la frente y miró a Diesel con evidente fascinación.

—¿Es un gato? —preguntó, con una voz apenas más alta que un susurro.

—Sí, señora —contesté—. Los gatos Maine Coon son grandotes. Y, de hecho, Diesel supera la media de la raza.

En ese momento, se oyó la voz de Eloise entre el frufrú de sus faldas:

—La verdad es que el té chino me parece muchísimo mejor que el indio. No soporto el Darjeeling y sin embargo el Lapsang Souchong me encanta.

—Cállate, Eloise. Nos importa un pimiento qué tipo de té prefieres.

El tono de Hubert, agudo y solapado, me sorprendió por su acritud.

Daphne volvió a frotarse la frente.

—Hubert, por favor —gimoteó—, hoy tengo un dolor de cabeza atroz. No lo empeores.

La voz grave de Stewart retumbó mientras fulminaba a Hubert con una mirada virulenta.

—Mi queridísima tía, no haga ni caso a las estupideces de Hubert. Ya sabe que solo grita a la pobre Eloise para fastidiarnos a todos.

—¿Y qué hay de ese pipiolo con el que te vi la otra noche? Ni veinte años tendría... —Hubert se volvió bruscamente hacia

Stewart—. Eso es mucho peor que una estupidez, es repugnante. ¿Saben sus padres que anda por ahí con un hombre que le dobla la edad? Me das asco.

Diesel y yo retrocedimos para apartarnos de la desagradable escena que se desarrollaba ante nuestros ojos. Diesel se colocó detrás de mí y me preparé para salir escopetado de la habitación. Aquella gente se pasaba de la raya, soltando ese tipo de cosas delante de un desconocido.

Eloise se puso a cantar, Stewart le chilló algo a Hubert y Daphne aulló aún más fuerte.

Yo contemplaba la escena, horrorizado y fascinado a partes iguales, hasta que oí un grito ahogado del señor Delacorte.

Tenía la cara colorada y le costaba respirar. Se llevó la mano al pecho y temí que le estuviera dando un ataque al corazón.

CAPÍTULO SIETE

H ice ademán de ir a ayudar al señor Delacorte, pero Cynthia me apartó de un empujón. Tropecé hacia atrás y me agarré a la repisa de la chimenea para no caer. Era enfermera, recordé, me lo había contado Helen Louise en nuestra conversación sobre la familia. Me alivió saber que había una profesional.

Cynthia rebuscó en el bolsillo de la chaqueta del señor Delacorte y encontró un frasquito, del que sacó rápidamente una pastilla diminuta y se la puso debajo de la lengua al señor Delacorte, antes de volver a ponerse de pie mientras cerraba el frasco.

Con mucho esfuerzo, el señor Delacorte recuperó la respiración, fue poco a poco relajándose y su rostro recuperó un tono más normal. Cynthia lo acompañó del brazo al sofá que ocupaba Hubert. El señor Delacorte le hizo un gesto con la cabeza y ella retrocedió un paso.

—Gracias, Cynthia —dijo con voz aún temblorosa.

En ese momento apareció Truesdale —¿lo habría llamado algún miembro de la familia?— y ofreció a su señor un vaso de agua. El señor Delacorte esbozó una breve sonrisa antes de dar un trago. Truesdale lo observó, visiblemente preocupado. Cynthia recuperó su asiento junto a Stewart.

Me sentía bastante violento allí en medio, y el pobre Diesel no se despegaba de mis piernas. Encontré una silla que quedaba junto al sofá de Daphne y me senté. Diesel me plantó las patas delanteras encima, le froté la cabecita y le murmuré unas palabras tranquilizadoras.

Todos guardaban silencio, y observé a los miembros de la familia uno por uno mientras seguían con la vista clavada en el señor Delacorte. ¿Alguno sentía remordimientos por haberle provocado el ataque? Al menos yo daba por hecho que ese había sido el detonante.

Diesel se sentó en el suelo a mi lado y le dejé una mano en el lomo.

Al fin, Daphne rompió el silencio con voz dubitativa:

—James, querido, ¿estás bien?

En aquel momento, deseé que nadie me lanzara nunca una mirada como la que James Delacorte dirigió a su hermana. La mujer se encogió en el sofá y agachó la cabeza.

Aparté un momento la vista, incómodo por la crudeza que se percibía entre los hermanos.

El señor Delacorte volvió a hablar con una voz más fuerte y cargada de acritud.

—Estoy todo lo bien que cabría esperar, Daphne, después de este comportamiento bochornoso con el que mi familia ha obsequiado a mi invitado. Le debéis todos una disculpa al señor Harris por esta escena lamentable.

En ese momento, deseé esconderme bajo el sofá. Hubert me lanzó una mirada torva, como si el incidente hubiese sido culpa mía. Stewart estaba absorto en algo que tenía en las manos.

Daphne no se volvió hacia mí y Eloise parecía perdida en su mundo. Cynthia me escrutó con frialdad y tuve que contenerme para no salir de allí como un rayo. Aborrecía las confrontaciones como aquella y me estaba replanteando muy en serio prestar ayuda al señor Delacorte con su inventario. Tratar con aquella familia con cierta regularidad podía ser más de lo que estaba preparado para soportar.

No parecía avecinarse ninguna disculpa y, para ser sinceros, lo agradecí. Lo único que quería era olvidar aquel incidente.

—¿Desea que le traiga algo más, señor? —Truesdale seguía rondando junto a su amo.

—Un té —respondió el señor Delacorte—. Señor Harris, ¿le apetece una taza?

Me sentía cohibido.

—Sí, gracias —articulé al fin—. Con leche y dos azucarillos.

Nadie rompió el silencio mientras Truesdale nos servía el té. Di las gracias con un hilo de voz y el mayordomo respondió con un parco asentimiento. Regresó a su puesto detrás del sofá junto al señor Delacorte.

Mi anfitrión dio un sorbito a su té, con una forzada expresión de cortesía. Al cabo de un momento, tomó la palabra.

—He invitado al señor Harris y a Diesel, aquí presentes, a venir esta tarde para que os conocierais todos. El señor Harris es un experto en libros raros y en catalogación, y lo he contratado para que me ayude con mi colección. Hace ya mucho tiempo que la empecé y no tengo inventario, y me dije que debería contar con la ayuda de un experto.

Todos clavaron la vista en mí, haciéndome sentir terriblemente incómodo. Les devolví la mirada uno a uno, preguntándome si podría descifrar algún indicio de malestar en su rostro o en su postura que me permitiera identificar al ladrón.

No hubo suerte. Si uno de ellos estaba hurtando libros de la colección, no capté ninguna pista. Todos, con la excepción de Eloise, ensimismada en su pequeño mundo, tenían una cara de póquer excelente.

De pronto, caí en la cuenta de que el silencio se había prolongado demasiado. El señor Delacorte me contemplaba expectante.

—Estoy deseando ponerme manos a la obra —dije, con exagerado entusiasmo—. Seguro que va a ser la mar de interesante. —Hice una pausa. ¿Qué más podía decir?—. Ah, y me traeré a Diesel conmigo. No será un estorbo para nadie, se lo prometo. Está acostumbrado a acompañarme a todas partes y yo estoy acostumbrado a tenerlo siempre a mi alrededor.

«De acuerdo, hora de cerrar el pico», me reprendí con severidad.

—Diesel es bienvenido en esta casa —dijo el señor Delacorte. Su tono no dejó lugar a réplica—. Echo muchísimo de menos tener un gato merodeando.

—Creo que me apetece una ensalada de atún para comer —anunció Eloise. Se levantó de su asiento y se alejó en dirección a la puerta.

Hubert frunció el ceño y le dijo en voz baja a su tío:

—Está para ir derechita a Whitfield, tío James. Cada vez más chiflada. No me digas que no te has dado cuenta.

Aquellas intimidades me daban ganas de salir corriendo. El Hospital Estatal de Misisipi, un sanatorio psiquiátrico, estaba en Whitfield, no muy lejos del capitolio estatal, en Jackson.

—Pamplinas —repuso bruscamente el señor Delacorte—. Eloise es una excéntrica, nada más. Aquí está estupendamente. Y no pienso volver a hablar del tema.

Hubert me lanzó una mirada.

—¿Y a usted qué le parece Eloise? ¿Una excéntrica o una chiflada?

Stewart me salvó de tener que dar una respuesta.

—Claro que está chiflada, Hubert. Si no, ¿cómo se habría casado contigo? —Se rio.

—Stewart, no deberías decir eso. —Daphne soltó un profundo suspiro—. Ya sabes que me da mucha pena.

—Lo siento, tía Daphne —contestó Stewart, en tono jocoso—. Espero que no te vaya a dar uno de tus ataques. ¿Debería ir a buscarte las sales? ¿Un barreño de agua, tal vez?

—Basta, parad inmediatamente. Y va por todos. —El señor Delacorte estaba volviendo a ponerse colorado. Daba la impresión de que le faltaba el aire.

¿Estaba su familia intentando deliberadamente provocarle un ataque al corazón? A estas alturas, tenía miedo de que lo consiguieran. Truesdale seguía estoicamente junto a su amo. Esperaba que no hiciera falta otra pastilla de nitroglicerina.

—Lo siento, tío —murmuró Stewart, sin parecer en absoluto contrito.

Hubert lanzó una mirada envenenada a su tío mientras su madre languidecía en el sofá sin que nadie, aparte de mí, le prestara la menor atención.

Diesel me dio un toquecito en la pierna con la pata. Bajé la vista hacia él y me miró. Era muy sensible a la tensión circundante y estaba a todas luces incómodo. Ambos lo estábamos entre tanta pulla. Le acaricié un rato más el lomo, tratando de calmarlo.

Estaba buscando una manera elegante de sacarnos de aquel desagradable berenjenal, pero justo cuando iba a levantarme y anunciar nuestra partida, me quedé sin palabras.

Contra todo pronóstico, Cynthia Delacorte fue el bálsamo que calmó un poco las aguas.

—La verdad es que su trabajo debe de ser muy interesante, señor Harris. ¿La universidad tiene una colección de libros raros?

Estaba tan agradecido que le sonreí de oreja a oreja.

—Sí, hay una colección de incunables, y también un montón de primeras ediciones de obras de escritores sureños, en particular oriundos de Misisipi. También tenemos documentos de un buen número de nuestros licenciados distinguidos. Ah, y una pequeña colección de diarios de la época colonial y de la guerra de Secesión.

—¿Como el de Mary Boykin Chesnut? —El señor Delacorte iba animándose.

—De ese estilo, sí, aunque no tan conocidos, claro —contesté con una sonrisa—. Desde que estoy a cargo de la colección, ya he ayudado a un par de estudiantes del departamento de historia a preparar su tesis sobre dietarios. Aunque ninguna está publicada.

Después, respondí un par de preguntas del señor Delacorte y de Cynthia sobre el archivo y su contenido. Ni Hubert ni Daphne parecían tener el menor interés por el tema. Daphne pasaba alternativamente de alisarse la falda del vestido a frotarse las sienes, mientras que Hubert se debatía entre beber sorbos de té y refunfuñar. Stewart parecía estar jugueteando con el teléfono móvil, aunque tenía el decoro de no ponerse a hablar por él.

Mientras conversaba con mis anfitriones, observaba de reojo el reloj de la repisa de la chimenea. A medida que iban transcurriendo los minutos, me pregunté cuánto tiempo tardaría en salir con mi gato de aquel aprieto sin parecer descortés. Aunque me traía sin cuidado ofender a la mayoría de las personas presentes en aquella estancia, quería corresponder a la hospitalidad del señor Delacorte sin perder las formas. Varias generaciones de mis antepasadas sureñas se habrían revuelto en su tumba si hubiera sido maleducado con mi anfitrión en cualquier circunstancia.

Cuando el minutero marcó la media, decidí que había cumplido dignamente con los dictados de los buenos modales y dejé mi taza vacía en la bandeja. Con la primera pausa en la conversación, me volví al señor Delacorte y dije:

—Gracias por invitarme a acompañarlos esta tarde. No abusaré más de su hospitalidad. —Me puse de pie y Diesel se restregó contra mis piernas—. Diesel y yo estamos deseando volver a verle el lunes.

El señor Delacorte se levantó despacio. A pesar de su enérgico tono de voz, parecía cansado. Extendió la mano y se la estreché.

—Nos vemos a las nueve, Charlie.

—Sí, señor. Aquí estaré. —Asentí mirando al resto de los miembros de la familia y Truesdale se adelantó con sigilo para acompañarme a la puerta principal.

La familia guardó silencio mientras salíamos de la habitación, pero en cuanto Truesdale cerró las puertas a nuestra espalda, distinguí una colérica voz masculina. Quizá el señor Delacorte estaba pegando un rapapolvo a su familia por avergonzarlo ante un extraño con su deplorable conducta.

Una vez fuera de allí, pensé que tenía que tomar una decisión. ¿Debería regresar el lunes o mantenerme alejado de aquella familia tan desagradable y rematadamente peculiar?

CAPÍTULO OCHO

En los apacibles confines de mi cocina conseguí relajarme al fin. Incluso Diesel parecía más contento cuando salió zumbando hacia el lavadero. Me senté a la mesa para aclararme las ideas y pensar en qué preparar para la cena.

Me sorprendió ver en el reloj de la pared que solo eran las cinco y cuarto. Después de todo, el té con los Delacorte tampoco había durado medio siglo.

Me levanté para examinar el contenido del frigorífico y me encontré una notita pegada a la puerta con un imán.

El mensaje de Sean era breve. Seguía agotado del viaje y estaba arriba durmiendo. Ya se prepararía algo de cenar cuando se levantara.

Dejé la nota encima de la mesa, meditabundo. De acuerdo, Sean estaría cansado del viaje y, además, intuía que tampoco habría podido dormir mucho o descansar bien las últimas semanas antes de marcharse de Houston. Pero también podía ser una jugada para evitar hablar de por qué había decidido dejar el trabajo y venirse a Misisipi.

Deseaba que se sintiera a gusto para sincerarse conmigo. Me daba pena ese abismo que se había abierto entre nosotros, ¿qué podía hacer para recuperar nuestra antigua cercanía?

Estuve dándole vueltas durante la cena, en compañía de Diesel, que se quedó a mi lado mientras comía, en parte con la esperanza de rapiñar algún trocito de pollo frito, pero también para reconfortarme. Agradecí su compañía, como siempre. La gente que no tiene mascotas es incapaz de entender el vínculo que los amantes de los animales tenemos con nuestros compañeros peludos.

A eso de las nueve, me fui a acostar sin que mi hijo hubiera dado señales de vida. Me sorprendió que a Diesel no le diera por buscar a Sean y a Dante, pues acostumbraba a ser un minino muy sociable. Esa noche no se separaba de mí. Estaba repantingado en su lado de la cama, dormido como un tronco.

Apagué la luz y traté de seguir su ejemplo, pero me costaba dominar mis pensamientos para conciliar el sueño. Media hora de lectura me sosegó y caí rendido.

A la mañana siguiente descubrí que Sean había pasado por la cocina temprano. Quedaba café y el periódico del domingo estaba encima de la mesa. Su coche seguía aparcado en la calle, pero no había ni rastro de él en la planta baja; tampoco en el porche trasero.

Desayuné con Diesel mientras leía el periódico. Cuando subí a cambiarme para ir a la iglesia, eché una ojeada desde el rellano hacia el cuarto de Sean. Tenía ganas de hablar con él, pero la puerta estaba cerrada. Preferí no molestarlo por si había vuelto a echarse una cabezada. Quizá estuviera levantado para cuando regresara a casa.

Le dejé una nota en el frigorífico para que supiera adónde iba y cuándo regresaría. Diesel me miró esperanzado en el pasillo al verme ir hacia la puerta, pero la iglesia era el único sitio donde no me lo llevaba. Le acaricié la cabecita y le dije que volvería enseguida, y me respondió con un gorjeo. Aunque sabía perfectamente que me marchaba sin él, no podía evitar ponerme a prueba.

Con las vacaciones de primavera, hubo poca asistencia a la misa aconfesional de la capilla de la universidad. El capellán centró el sermón en la paciencia, una virtud que claramente me hacía mucha falta, al menos en lo tocante a Sean. Escuché con atención y cuando terminó me sentí más reconciliado con el panorama doméstico.

Entre mi humor más templado y el fabuloso clima primaveral, volví a casa como flotando en una nube. Al cerrar la puerta, oí ruido en la cocina.

Vestido con un raído pantalón corto de deporte y una sudadera andrajosa, Sean estaba de espaldas delante de los fogones. Dante y Diesel, en el suelo a su lado, lo contemplaban con ávido interés.

—Hola, Sean —saludé—. ¿Qué tal te encuentras?

—Mejor —contestó sin volverse—. He pensado que podía encargarme del almuerzo y que te despreocuparas al menos de una comida. No es nada del otro mundo, pero creo que lo disfrutarás.

El aroma era tentador. Me acerqué al fuego para ver qué estaba cocinando. Había cuatro pechugas de pollo, previamente asadas, cociéndose a fuego lento en una sartén grande con un sofrito de tomate, cebolla y brócoli. Sean añadió una pizca de sal y pimienta, removió con cuidado y puso la tapa.

—Le faltan unos veinte minutos —dijo dándose la vuelta—. Es una comida bastante completa, pero creo que aún queda ensalada en el frigorífico si te apetece algo de guarnición.

—No, lo que estás preparando me parece estupendo —dije—. Y huele que alimenta. No tenía ni idea de que te gustara la cocina, pensaba que casi siempre comías por ahí.

Sean se pasó la mano por el mentón rasposo.

—Ya, bueno, acabé harto de los restaurantes. Son una ruina. Así que aprendí a apañarme con lo básico. —Me rozó al pasar—. Voy a darme una ducha y a afeitarme. Te dejo a cargo, dale un par de vueltas, ¿vale? Bajo dentro de veinte minutos.

El perro salió escopetado tras él.

—Vale.

Fruncí el ceño viendo cómo se alejaba, un poco desmoralizado por su frialdad, pero traté de que no me afectara demasiado. Me quité la chaqueta y la colgué en el respaldo de la silla, me aflojé la corbata y me arremangué. Diesel me observó un instante antes de escabullirse hacia el lavadero. Estaba removiendo la sartén cuando Sean regresó, tal y como había dicho, veinte minutos después. Dante iba brincando a su lado, con la cabeza vuelta hacia su amo.

Ahora, recién duchado y afeitado, con vaqueros y camisa, Sean estaba mucho más presentable que un rato antes. Observándolo más de cerca, me pareció que tenía cara de haber descansado bien. Su rostro había perdido los signos de tensión que veía ayer.

Se acercó y echó un vistazo a la sartén.

—Podemos comer cuando tú digas. Yo estoy listo.

Noté el limpio olor del jabón que emanaba de él y el vago aroma a tabaco que desprendía su camisa.

—Te huele la ropa a tabaco —solté sin pensar.

Sean se apartó, tenso.

—¿Vas seguir dándome la murga con eso? Pues saldré a fumar desnudo al jardín y así la ropa no cogerá mal olor.

—No te pongas así —dije—. No era una queja, y no he dicho que oliera mal.

En realidad sí que había sido una queja, me daba cuenta, pero también sabía que tenía que pensármelo dos veces antes de hablar mientras Sean siguiera de mal humor.

—¿Ah, no? —Sean enarcó una ceja, un gesto que llegué a odiar durante su adolescencia.

—No. Era un comentario sin más. Me recuerda a mi abuelo, al padre de mi padre. Murió cuando tenías tres años, así que probablemente no te acordarás de él. Él también fumaba, hasta el día que murió, a los ochenta y cuatro años.

—Anda. —Sean esbozó una sonrisa—. Parece que es una costumbre familiar, entonces.

—Hubo un salto de un par de generaciones —contesté irónico—. Venga, saca dos platos, ¿o mejor comemos en cuencos? Voy a servir este mejunje tuyo. —Retiré la tapa y saqué un cucharón del cajón.

—Dante, siéntate. —Sean trataba con severidad al perro, que merodeaba ansioso entre sus pies. Fue hacia el aparador y cogió dos platos—. Tengo pan de ajo en el horno. Lo sacaré cuando hayas servido.

Dante obedeció. Diesel se acercó y lo olfateó antes de adoptar su regia pose felina junto al perro. Ambos me siguieron con una mirada atenta mientras servía el pollo y la verdura en los platos. Sean puso los cubiertos y las servilletas en la mcsa, colocó el pan en una fuente y se sacó un botellín de cerveza del frigorífico. Yo opté por un té helado.

El guiso de Sean estaba delicioso y lo felicité.

—Tendrás que pasarle la receta a Azalea. Hace colección.

Volvió a enarcar la ceja.

—Ya, claro. Como si a Azalea pudiera interesarle un plato mío.

Pinchó otro trozo de pollo con el tenedor y se lo llevó a la boca.

¿Estaba haciendo una regresión a la adolescencia simplemente por volver a vivir bajo mi techo? Aquella insolencia no me hacía ninguna gracia.

—Ojito con ese tono, joven —dije tratando de que el mío sonara más jovial que autoritario, aunque creo que con escaso éxito.

—Tranquilo, papá. Solo me parecería curioso que a una cocinera de la talla de Azalea le interesara esta receta tan básica.

Paseó el tenedor vacío por el plato.

¿Quizá sugerirle que compartiera la receta había sido un poco condescendiente? Eso podía explicar en parte su reacción.

Tal vez fuera el momento de cambiar de tema.

—Fue una experiencia interesante ir a tomar el té ayer con los Delacorte.

—¿Están muy chalados? —preguntó con una sonrisita cómplice—. Tu amiga Helen Louise parece pensar que son peculiares.

—Helen Louise estaba en lo cierto —dije—. El señor Delacorte es un hombre encantador y refinado. Pero su familia... —Negué con la cabeza al recordar el esperpento de la víspera—. Voy a darte un ejemplo para que te hagas una idea. Eloise Morris, la mujer de Hubert, el sobrino del señor Delacorte, bajaba por la escalera cuando llegué. Iba vestida con una falda con miriñaque que parecía sacada de *Lo que el viento se llevó*. —Me reí—. Y al vernos a Diesel y a mí, dijo que en aquella casa no había ratas ni ratones.

Sean se rio. Por un instante, parecía otra vez un niño.

—Eso es más que peculiar. Es ser una excéntrica como la copa de un pino. ¿Y los demás?

—Lo peor de los demás es que no paraban de chismorrear y de lanzarse pullas. Y encima delante de un desconocido. Fue francamente desagradable —añadí con una mueca de disgusto.

—No te gustaría nada —apuntó Sean.

—Ni un pelo —dije—. Fue de una mala educación vergonzosa, para empezar. Me ha hecho replantearme si de verdad tengo ganas de volver mañana.

—¿Por qué no? —Sean parecía contrariado, aunque se me escapaba el motivo. Continuó—: ¿Qué más te da? Tú estarás trabajando en la biblioteca, ¿no? Lo más probable es que ni los veas, a no ser que te quedes a almorzar. Puedes escaquearte de tomar el té otra vez.

—Supongo que sí. —Estaba claro que no iba a obtener ninguna compasión de mi hijo. Tampoco es que la necesitara, me dije, sintiéndome ligeramente ridículo. No iba a hacer un mundo por tratar con la familia Delacorte.

Me disponía a compartir mi reflexión con Sean cuando empezó a sonar una melodía a todo volumen y me sobresaltó. Los acordes de *Another One Bites the Dust,* la canción de Queen, rasgaron el aire.

—Perdón —murmuró Sean. Se levantó y se sacó el móvil del bolsillo del pantalón. Lo miró y farfulló algo entre dientes, una palabra que preferí pasar por alto—. Disculpa, papá.

Salió apresuradamente al vestíbulo.

Dante salió corriendo tras él. El pobre perrito no podía perder a su dueño de vista.

Me levanté para servirme otro vaso de té. Sean no se había alejado mucho y no pude evitar oír el final de su conversación mientras me llenaba el vaso.

—Deja de llamarme de una vez. No te debo nada, digas lo que digas.

CAPÍTULO NUEVE

Terminé de servirme el té y volví a sentarme a la mesa. Ahí ya no me llegaba la voz desde el pasillo.

No tenía por qué poner la oreja y enterarme de las conversaciones telefónicas de mi hijo, era su intimidad, me dije.

En ese momento Sean regresó, visiblemente molesto.

—Vaya cara más larga —comenté.

Se encogió de hombros.

—Una estúpida llamada de alguien con quien trabajaba. —Se sentó—. Dante, deja de perseguirme, siéntate.

El perro se sentó, escarmentado por la dureza en la voz de Sean. A mi lado, Diesel soltó un par de gorjeos, y le rasqué la cabecita.

Asumí que las preguntas sobre ese antiguo compañero de trabajo no serían bien recibidas y preferí no arriesgarme a un desplante.

Sean miró lo que le quedaba en el plato con cara de asco, como si de repente se le hubiera cerrado el apetito. Se puso de pie, recogió el plato y se dirigió al cubo de la basura bajo el fregadero. Vació las sobras en el cubo y dejó el plato en la pila.

—Ya friego luego —dijo. Rodeó la mesa y chascó los dedos—. Venga, Dante, ¿te apetece ir afuera?

El perro se puso en pie y meneó la cola. Diesel también se irguió. Sabía lo que significaba «afuera».

—Diesel quiere ir con vosotros, si no te parece mal —dije.

—Claro que no —dijo Sean—. Creo que voy a quedarme un rato tranquilo en el porche de atrás y fumarme un cigarro mientras estos dos juegan en el jardín.

—Estupendo.

Lo contemplé salir de la cocina, con «estos dos» pegados a los talones.

El resto del domingo transcurrió con tranquilidad. Me puse al día con el correo electrónico y terminé el libro que estaba leyendo. Diesel entró en mi dormitorio a media tarde y saltó a la cama, donde permaneció hasta la hora de cenar. Se echó una buena siesta y yo lo acompañé dando una cabezada.

Por la noche, volví a encontrarme una nota en el frigorífico. Sean había salido y se había llevado a Dante. Ya se prepararía la cena más tarde.

Me llevé un chasco, aunque tuve que recordarme que Sean necesitaba tiempo a solas para resolver sus problemas. Había buscado refugio en mí, y no debía olvidarlo. Seguro que más pronto que tarde llegaría el momento en que se sintiera preparado para sincerarse conmigo.

Diesel y yo pasamos una velada tranquila en mi dormitorio. Diesel sesteó un poco más y yo leí. Oí a Sean volver a eso de las ocho. Había dejado la puerta de mi cuarto abierta, pero pasó de largo sin detenerse, como me hubiera gustado que hiciera.

A la mañana siguiente, cuando Diesel y yo bajamos a la cocina a eso de las siete, Azalea Berry, mi asistenta, ya estaba trajinando en los fogones. Azalea tenía cincuenta y muchos años y había trabajado para mi tía Dottie durante dos décadas. Cuando la tía Dottie me dejó la casa, en cierto modo también heredé a Azalea. El día que me instalé, Azalea vino a darme la bienvenida. Me contó que la tía Dottie quería que me llevara la casa y, por lo que a ella respectaba, no había más que decir. Yo no tuve ni voz ni voto y, a decir verdad, descubrí que tener una asistenta me resultaba mucho más llevadero de lo que me habría imaginado. Especialmente los lunes por la mañana, cuando una pila de tres tortitas y varias tiras de beicon y una taza de café humeante me esperaban en la mesa junto al periódico.

—Buenos días, Azalea. ¿Qué tal? —Mientras me sentaba para empezar el desayuno, Diesel desapareció rumbo al lavadero.

—Así, asá, señor Charlie, así, asá. ¿Y usted? —contestó Azalea sin despegar la vista de los fogones.

—Bien, bien —dije—. Con una comida así, el día ha de ser bueno por fuerza. —Di un sorbo al café.

—Todo hombre tendría que empezar el día con un desayuno contundente. —Azalea sirvió las tres tortitas en un plato, añadió el beicon y me lo colocó enfrente—. Más vale que ese hijo suyo baje antes de que se le enfríe el desayuno.

—¿Cómo sabes...? —Dejé la frase en el aire cuando me di cuenta de la respuesta—. Claro, el coche.

Azalea no se molestó en contestar mientras se volvía a los fogones.

—Puede que no baje a desayunar —añadí—. Necesita dormir. Me parece que llevaba una racha trabajando mucho y ha venido a verme para descansar. Ah, y se ha traído un perrito, un caniche que se llama Dante.

Empezaba a divagar, pero Azalea solía provocar ese efecto en mí.

—Eso no significa que no deba comer a diario —dijo—. Y más le vale a ese perro no hacer ningún estropicio en mis suelos limpios. O tendrá que aprender a vivir fuera.

Reprimí una sonrisa, aunque Azalea siguiera de espaldas. Estaba convencido de que tenía ojos en la nuca, igual que la señora Tenney, mi profesora de quinto, a la que no se le escapaba nada de lo que pasara dentro del aula.

—Dante parece bien educado y acostumbrado a vivir en una casa —dije—. Sean lleva a rajatabla lo de sacarlo al jardín para que haga sus necesidades.

Diesel reapareció debajo de la mesa, cerca de mis pies. Se cuidaba de estar lejos de Azalea. También esperaba que le diera un mordisco de tortita o de beicon, pero a Azalea no le hubiera hecho ninguna gracia sorprenderme compartiendo su comida con mi gato.

—Buenos días a todos. Azalea, sabía que andabas por aquí porque huele de maravilla y me muero de hambre.

Sean entró en la cocina mientras Dante correteaba hasta que reparó en la presencia de Diesel, debajo de la mesa. Soltó un ladrido de alegría y se acercó a saludar a su compañero de juegos. Diesel contempló al caniche un instante antes de ponerle la pata encima de la cabeza. El perro se tumbó y Diesel le lamió una oreja.

Sean sacó una silla y se sentó. Aunque estaba sin afeitar, se lo veía bastante aseado, con los vaqueros y la camisa de la víspera arremangada hasta el codo.

Azalea lanzó una mirada a los animales y movió la cabeza con resignación.

—Pues para mí no tiene mucha pinta de perro.

Sean soltó una carcajada.

—No es tan malo. Le prometo que no causará estropicios.

—Más le vale —dijo Azalea—. Ya puedes comerte el desayuno antes de que se te siga enfriando. —Frunció el ceño mientras evaluó su rostro—. Parece que te hace falta un buen desayuno. Tienes la cara chupada, pero puedo encargarme de ponerle remedio.

—Sí, señora. —Sean sonrió a Azalea y advertí que su expresión se suavizaba—. No hay nada mejor que desayunar tortitas. Aunque con tres tendré más que de sobra.

Atacó el plato, cortando las tortitas y bañándolas en sirope. Azalea lo observó un instante y después, visiblemente satisfecha, se encaminó al lavadero.

Entre bocado y bocado, Sean masticaba con evidente satisfacción. Tragó.

—Son las mejores tortitas que he probado nunca. O al menos desde que las comí en Navidad. —Siguió dando cuenta del desayuno.

Tendría que andarme con ojo. Si Azalea se proponía cebar a Sean, yo también podría acabar con algún kilo de más. Ya tenía que vigilar la tripa, porque los manjares de Azalea no tenían nada de dietético. Tampoco me quejaba, claro, pero ahora hacía más ejercicio que antes de mudarme a Athena.

Sean bajó la vista al suelo.

—No, Dante, no puedo darte. Azalea nos cortaría el cuello a ambos.

El perro, encarnación de la paciencia y el optimismo, se quedó sentado mientras Sean continuaba comiendo.

Comprobé que Diesel seguía tumbado a mis pies. Mientras los animales estuvieran lejos de Azalea, todo el mundo estaría contento.

—¿Vas a preguntarle a Azalea por los Delacorte? —dijo Sean—. Tu amiga nos contó que trabajó para ellos. Quizá así averigües hasta qué punto están chiflados.

—¿Chiflados quién? —Azalea volvió a la cocina al oír el final del comentario de Sean.

—Los Delacorte —contestó Sean sin dejarme ocasión para responder—. Nos han contado que trabajaste para ellos.

Azalea asintió.

—Hará unos veinticinco años. Aunque no aguanté mucho. Era casi imposible trabajar para la anciana señora Delacorte, la mamá del señor James y la señorita Daphne. Siempre andaba quejándose por algo, y le daba lo mismo a quién pillara por banda cuando se le cruzaba el cable, que era cada dos por tres.

—No me extraña que duraras poco —dijo Sean.

—¿Y a qué viene el interés por la familia? —quiso saber Azalea.

—James Delacorte me ha pedido ayuda con el inventario de su biblioteca. Ayer por la tarde fui a tomar el té y los conocí. —Guardé silencio, tratando de encontrar una manera diplomática de expresar mis impresiones—. Me han parecido bastante peculiares.

Azalea negó con la cabeza.

—Ándese con cien ojos en esa casa, señor Charlie. Son para darles de comer aparte. Ni uno solo merece la pena. Bueno, quizá el mayordomo del señor Delacorte se libra. Ese señor trabaja como el que más. Si necesita cualquier cosa, pídasela a él.

—Sí, lo conocí ayer —dije—. Parece un hombre de lo más competente. Aunque no sea de por aquí, claro.

—Por lo visto es inglés. El señor Delacorte se lo trajo hace algunos años, cuando se cansó de estar todo el día de acá para allá y decidió volver a su Athena natal. Dicen que trabajaba de actor en Inglaterra. Sabía ser elegante cuando se lo proponía, desde luego.

Azalea agarró la cafetera y la llevó a la mesa para rellenarnos las tazas.

—Bueno, yo estaré trabajando en la biblioteca con el señor Delacorte; espero no cruzarme mucho con la familia mientras esté por allí.

—Mejor para usted —dijo Azalea mientras volvía a poner la cafetera en su sitio—. Aunque algo me dice que no se librará de ellos. Irán a fisgonear y a meter las narices; más vale que cuente con ello. Cualquier cosa relacionada con el dinero les interesa, y una vez les oí decir que los libros del señor Delacorte valían una fortuna.

—Sin duda —asentí. Dudé un momento, pero mi curiosidad pudo más que mi sentido de la discreción—. Azalea, dime una cosa, ¿Eloise Morris está loca de verdad? ¿O es una especie de pantomima?

Azalea se cruzó de brazos y me miró un instante:

—En aquella época era tan poquita cosa... Daba la impresión de que, solo con saludarla con la mano, se iba a caer de espaldas. Tenía diecisiete años cuando se casó con ese patán de Hubert, un par de años antes de que yo entrara a servir a la anciana señora Delacorte. —Suavizó el gesto—. Siempre se portó muy bien conmigo y jamás me entró en la cabeza por qué acabó casada en aquella familia.

—Pero ¿ya era excéntrica por aquel entonces? —Azalea tenía tendencia a irse por las ramas y no me pareció grave insistir un poco.

Azalea hizo una mueca.

—La oí decir que su madre se pasó años encerrada en su dormitorio porque se quitaba toda la ropa y salía a pasearse por la plantación como Dios la trajo al mundo. Y me parece a mí que la pobre señorita Eloise ha salido a su pobre madre.

—Eso lo explica todo, entonces —dije, compadeciéndome de Eloise Morris.

—Mi amiga Lorraine es la cocinera de la casa —dijo Azalea—. A veces me cuenta cosas. El señor Delacorte le paga un buen dineral; si no, no seguiría trabajando allí.

—Parece un buen hombre —dije—. Una pena que tenga una familia tan rara.

—Una cosa le digo, señor Charlie: de tal palo, tal astilla —dijo Azalea con gesto enigmático—. No se fíe mucho de él.

CAPÍTULO DIEZ

—¿Y por qué no? —pregunté, sorprendido—. Tengo que reconocer que no sé gran cosa de él, aunque sí puedo decir que siempre me ha tratado con respeto y educación.

—Tiene buenos modales, eso se lo concedo —asintió Azalea—. Pero no irá a creerse que un hombre puede hacer fortuna tratando bien al personal, ¿verdad? Dicen que, en cuestión de negocios, era peor que el mismísimo Satanás. Pobre del que se cruce en su camino.

Lo cierto era que no había pensado en la faceta empresarial del señor Delacorte, pues solo lo conocía de nuestras interacciones en la biblioteca. Aunque siempre era agradable, había intuido un núcleo de acero bajo sus buenos modales.

—Ya no sigue en los negocios, ¿verdad? —Sean apoyó el tenedor en el plato vacío.

—No, se jubiló hará diez años —contestó Azalea—. Al cumplir los setenta y cinco, me parece.

—¿Y cómo se porta con su familia? ¿Igual que hacía con la competencia? —Sean me sorprendió con su interés por el chismorreo. Quizá estaba saliendo de su pozo oscuro.

Azalea fue tajante:

—Bueno, les dio un techo, ¿no? La señorita Daphne, el señorito Hubert y la señorita Eloise estarían en un hospicio si el señor James no los hubiera acogido —farfulló—. El marido de la señorita Daphne era un cantamañanas sin oficio ni beneficio que empinaba el codo a base de bien. Se ahogó en la piscina. Y el señorito Hubert no era mucho mejor que su padre, salvo por lo de la bebida.

Sean me miró inquisitivamente.

—Vaya, papá, parece que te embarcas en una aventura con una gente encantadora.

—Fíese de lo que le digo, señor Charlie, por la cuenta que le trae. Mientras esté en esa casa, no pierda a nadie de vista.

Traté de quitarle hierro a la situación, aunque las declaraciones de Azalea sobre la familia iban poniéndome cada vez más nervioso.

—Diesel estará conmigo, velará por mí como un perro guardián.

Al oír su nombre, Diesel se incorporó y maulló.

Azalea miró a mi gato de soslayo, a todas luces poco impresionada por mi afirmación.

—Grande es, bien lo sabe Dios. —Miró el reloj—. En fin, no puedo quedarme aquí de cháchara, tengo que hacer la colada. Hágame caso de lo que le digo.

Desapareció por el lavadero.

—Papá, en serio... —dijo Sean en cuanto Azalea estuvo demasiado lejos como para oírnos—. ¿Estás seguro de querer meterte en líos con esa gente? Cuanto más sé de ellos, más pienso que tenías razón. ¿Por qué no llamas al señor Delacorte y le dices que has cambiado de idea?

—No negaré que tenía mis dudas. —Doblé mi servilleta de lino y la dejé junto al plato—. Pero he decidido que mientras pueda estar apartado del resto de la familia, me las arreglaré.

—¿Y qué pasa si el señor Delacorte quiere llevarte a tomar el té otra vez con su familia? Te conozco, papá. Eres demasiado educado. Serás incapaz de decir que no.

¿Me estaba pareciendo detectar un sutil desprecio en el tono de mi hijo? Respondí un poco airado:

—Ser educado no tiene nada de malo. El señor Delacorte es un caballero; si rechazo su invitación con buenas maneras, no insistirá para convencerme.

Sean puso cara de fastidio.

—Demasiados formalismos para mí. Tú sabrás lo que haces.

—Gracias —dije. No tenía sentido alargarlo más y me puse de pie—. Bueno, si me disculpas, voy a darme una ducha antes de ir a la casa de los Delacorte. Vamos, Diesel.

—Hasta luego —se despidió Sean cuando Diesel y yo salíamos de la cocina.

A escasos minutos de las nueve, aparqué a la sombra de uno de los imponentes robles que bordeaban el sendero de la entrada de los Delacorte. Debía de ser un ejemplar centenario y había más árboles de dimensiones y edad similares por la finca, todos adornados con colgaduras de musgo español. Por un momento, fantaseé con haber hecho un viaje en el tiempo y estar dos siglos antes de que se construyera aquella mansión.

El sonido del tráfico cercano y el maullido de mi gato me devolvieron a la realidad. Liberé a Diesel de su arnés, agarré la cartera y salí del coche con el gato.

Me quedé un instante contemplando la fachada de la casa. Respiré hondo un par de veces y enfilé el camino hacia la entrada. Diesel me seguía dando zancadas.

Truesdale abrió la puerta según levanté la mano para llamar.

—Buenos días, señor Harris. —Se hizo atrás para dejarnos pasar y cerró la puerta con cuidado—. El señor Delacorte los espera en la biblioteca.

—Gracias, Truesdale —respondí.

Antes de que pudiera decirle que conocía el camino y que yo mismo anunciaría mi llegada, el mayordomo se dirigió hacia la biblioteca. Después de todas las novelas inglesas de misterio que había leído, debería haberme dado cuenta de que no existían los atajos con un mayordomo. Diesel y yo fuimos tras él.

Truesdale abrió la puerta y pasó al interior.

—Ha llegado el señor Harris. Con su acompañante.

James Delacorte se levantó mientras Diesel y yo íbamos a su encuentro.

—Buenos días, Charlie. Y a ti, Diesel. —Sonrió al mirar al gato. Me complació ver que parecía más animado que el sábado por la tarde.

—Buenos días, señor Delacorte —saludé. Diesel gorjeó y nuestro anfitrión soltó una carcajada.

—Qué sonido tan encantador. —El señor Delacorte rodeó la mesa para acercarse a acariciarle la cabeza.

Truesdale carraspeó discretamente y me volví hacia él.

—¿Le apetece un refresco, señor Harris? —El mayordomo esperó mi respuesta, con una expresión de cortesía rígida como una careta.

—Ahora mismo no, gracias —dije—. Tal vez luego un poco de agua, si no es molestia.

—En absoluto, señor. —Truesdale se inclinó en una leve reverencia antes de volverse hacia su jefe—. ¿Señor?

—Puedes retirarte, Nigel, gracias. —El señor Delacorte despidió a su mayordomo con la mano—. Te avisaré cuando te necesite.

—Por supuesto, señor. —Truesdale hizo otra reverencia y salió de la habitación.

—Es usted puntual, sin lugar a dudas —dijo el señor Delacorte—. Una virtud, a mi juicio. —Regresó a su silla tras el escritorio—. Por favor, tome asiento.

Me senté en la butaca que había ocupado hacía dos días y dejé la cartera en el suelo. Diesel empezó a merodear por la habitación. Lo vigilé un momento, aunque no era un gato destructivo. No temía que se pusiera a saltar de anaquel en anaquel y a tirar cosas al suelo, solo quería olisquear la estancia y ver lo que tenía que ofrecer.

El señor Delacorte carraspeó y me volví hacia él.

—Disculpe, señor.

Me disponía a asegurarle que Diesel no iba a causar ningún daño cuando el señor Delacorte dijo:

—No se preocupe. Cuando tenía un gato, siempre le permitía entrar aquí. Nunca tuve ningún problema, más allá de alguna bola de pelo de vez en cuando. Bueno, vayamos al inventario —continuó—. A lo largo de los años, en estos volúmenes he llevado una especie de catálogo personal de la colección y he ido añadiendo cada nueva adquisición. —Dio una palmadita a una pila de cuatro tomos encuadernados en cuero, de un par de centímetros de grosor, que tenía delante en el escritorio—. Supongo que debería informatizarlo en algún momento, pero no soy precisamente un amante de esos cacharros. Me gustaría continuar haciendo las cosas a mi manera, por anticuada que esté.

—¿Esos volúmenes son la única copia de su inventario?

Mi preocupación debió de reflejarse en mi rostro. El señor Delacorte dejó escapar una risita.

—No, hay una copia de seguridad. La tiene mi abogado en su despacho, junto con más documentos importantes míos. La actualizo cada dos meses más o menos. Es una de las tareas para esta semana, pues este último mes he incorporado varias piezas que tengo que incluir.

—Una copia de seguridad es siempre una buena idea —dije—. Ya sea electrónica o en papel. Si quiere, puedo crearle una base de datos de su colección para que también la tenga digitalizada.

—No mencioné que la versión electrónica le daría más flexibilidad que la física. ¿Cómo se las arreglaba para encontrar cosas en esos libros? Era imposible, a menos que recordara exactamente cuándo y en qué orden había comprado cada pieza de su colección...

En ese momento caí en la cuenta de la magnitud de la empresa. ¿Cómo esperaba emparejar las obras de las estanterías con las entradas de su catálogo? A menos que la colección siguiera el orden de entrada. O sea, que el primer libro que había comprado fuera el primero de la primera estantería, seguido de la segunda adquisición, y así sucesivamente con todas sus compras, dispuestas siguiendo ese criterio en todos los estantes de la habitación.

O quizá se regía por otro sistema. Con que hubiera uno... De lo contrario, tratar de inventariar la colección sería un caos.

Nunca fui un buen jugador de póquer y el señor Delacorte me observaba atento. Sonrió.

—Ya sé lo que está pensando, Charlie. «¿Cómo consigue encontrar algo ahí?». ¿Me equivoco?

—No, señor. Me temo que es el tipo de situación que puede ser un quebradero de cabeza para un bibliotecario.

—He seguido un método en mi registro, no se preocupe por eso. Quizá no sea la manera convencional, pero ya llevo cincuenta años con este sistema y me ha funcionado. —Golpeó los tomos encuadernados en cuero—. Cada uno de estos libros corresponde a una serie de estantes. Los libros están colocados por orden de entrada, como creo que lo llaman ustedes los bibliotecarios, ¿verdad? Así se corresponde la ubicación en la estantería con la entrada en el libro de registro.

—Efectivamente, es el término que empleamos —dije, profundamente aliviado.

Sin embargo, las siguientes palabras del señor Delacorte me volvieron a dejar la moral por los suelos.

—Al menos se correspondían —dijo, obviando mi comentario—. La semana pasada descubrí que alguien ha cambiado el orden de varias estanterías, y ahora todo está manga por hombro.

CAPÍTULO ONCE

V aya, era una mala noticia: podía llevar días, si no semanas, volver a clasificar los libros en el orden de entrada previo. Reorganizar la colección era una trastada, y quienquiera que fuese el responsable, obviamente lo había hecho adrede. ¿Sería alguien de la familia? Esa parecía la respuesta más probable.

—¿Anaqueles enteros?

—No exactamente —contestó el señor Delacorte—. Más bien debería decir que se han movido libros a estanterías que no les corresponden. Me di cuenta porque reconocí mi ejemplar de una edición posterior del *Libro de los salmos de la Bahía,* una de mis primeras adquisiciones, en una estantería de obras que compré hace..., hum, unos ocho años.

«Qué emocionante», pensé. El *Libro de los salmos de la Bahía,* traducciones métricas de los salmos en inglés, fue el primer libro que se conserva publicado en las colonias estadounidenses. Por lo que alcanzaba a recordar, se sabía que tan solo habían sobrevivido once ejemplares de aquella primera tirada impresa en 1640 en Cambridge, Massachusetts. Me impresionó que, aun de una edición posterior, el señor Delacorte contase con un ejemplar en su haber.

Me quedé tan absorto pensando en ese libro que tuve que obligarme a volver a centrarme en la conversación.

—¿Tiene alguna idea de cuántos volúmenes pueden estar fuera de lugar?

—No, pero el estante en el que encontré mi *Libro de los salmos de la Bahía* contenía varias obras más adquiridas en periodos distintos —dijo, y añadió cariacontecido—: Me temo que sean bastantes.

No podía culparlo por aquella pesadumbre, pero sus temores me desmoralizaron aún más.

—¿Qué día lo descubrió?

—El miércoles —contestó sin titubeos el señor Delacorte—. Regresé a casa de un breve viaje de negocios a Nueva York el martes por la noche. Cuando entré en la biblioteca a la mañana siguiente, me di cuenta de que una mano traviesa había hecho de las suyas en mi ausencia.

—¿Y pidió explicaciones a su familia de la... travesura? —pregunté, aunque en mi opinión esa palabra se quedaba corta.

—Naturalmente, porque todos estaban aquí durante mi viaje —contestó el señor Delacorte—. Y todos aseguraron que no sabían nada. Los observé con tanto detenimiento como pude, y la única reacción que me pareció flagrantemente falta de sinceridad fue la de Stewart. De niño y en la adolescencia era un bromista de cuidado. Pensé que ya habría madurado, pero esto estaría en la línea de las típicas jugarretas que solía hacer.

—Salvo que en este caso la jugarreta va a salir cara..., al menos en tiempo —comenté.

Diesel había acabado la primera expedición por la biblioteca y volvió para acomodarse en el suelo, a mi lado. Como de costumbre, me agaché a acariciarle la cabeza, y ronroneó suavemente.

—¡Desde luego! —Vi que el señor Delacorte se ponía colorado; no mucho, pero lo suficiente para hacer que me asustara por si se repetía un episodio como el del sábado.

—Estoy seguro de que pronto podremos hacer avances para que la colección vuelva a quedar organizada como es debido —afirmé con tanta convicción como fui capaz de poner en mi voz.

—Ojalá que sea así —dijo el señor Delacorte, al tiempo que se le bajaban los colores—. Tal vez ahora comprenda usted mis temores acerca de posibles robos. A primera vista, podría parecer simplemente una travesura inconsciente...

Al ver que dejaba la frase en suspenso, concluí el razonamiento:

—Pero podría ser que con eso pretendieran ocultar un robo y que así resultara más difícil descubrirlo.

El señor Delacorte asintió. De pronto me asaltó una idea, y me sentí avergonzado.

—Hay una pregunta importante que me olvidé de hacerle. ¿Cierra con llave la biblioteca cuando usted no está?

—Así es. Nigel custodia la única otra llave —dijo, y levantó una mano para añadir—: Y antes de que me lo pregunte, no, no creo que él sea responsable. Ha sido otro miembro de la familia.

Por su tono comprendí que de nada servía discutírselo.

—¿Vio algún indicio de que hubiesen forzado la cerradura?

El señor Delacorte negó con la cabeza.

—No. No tengo ni idea de cómo la consiguió, pero el malhechor... o la malhechora... sin duda tiene una llave en su poder.

Le di la razón.

—Lo primero sería comprobar si realmente falta algo. Si se ha producido un robo, puede llamar a la policía.

—Preferiría no implicar a las autoridades —dijo el señor Delacorte, con expresión dolida—. No siento mucho afecto por mi familia, debo reconocerlo, pero me gustaría evitar los disgustos de una investigación policial.

Era decisión suya, y yo no tenía intención de discutírsela. Supuse que quizá se estaba preparando para lo peor al plantear el posible robo, y que cuando descubriera que todo seguía allí, solo que revuelto, se tranquilizaría.

—Entonces creo que deberíamos empezar por el inventario —le dije—. Una cosa más: ¿las piezas de las vitrinas también están en ese inventario?

—No —dijo el señor Delacorte—. Son en su mayoría mapas y cartas, esa clase de cosas. Las tengo en un inventario aparte. Ahora mismo no me preocupa esa parte de la colección. Los libros son lo más importante del conjunto.

—Entonces los libros exigen prioridad. —Observé un instante al anciano—. Permítame empezar con el primer tomo del registro y examinarlo un poco, a ver qué encuentro. Tal vez no sea tan grave como usted se teme.

—Gracias, Charlie —dijo el señor Delacorte con un esbozo de sonrisa—. Me complace contar con su ayuda en este asunto. Confieso que la consideraba una tarea abrumadora para emprenderla por mi cuenta y no quería implicar a Nigel, que ya tiene bastantes obligaciones, y sabía que padecería por desatenderlas mientras me ayudara aquí.

—Encantado de serle de ayuda —dije al tiempo que me levantaba. No le recordé que me pagaba generosamente por el trabajo—. Veamos: ese anaquel donde descubrió que alguien había mezclado los libros... ¿Volvió a colocar alguno en el lugar que le correspondía?

—Empecé —dijo el señor Delacorte—. Pero estaba tan enfadado que me vi incapaz de pensar, y decidí dejarlos tal cual hasta encontrar a un ayudante competente. —Guardó silencio—. El *Libro de los salmos de la Bahía* está en su sitio, de todos modos. Y hasta ahí llegué.

Extrajo el tomo del inventario del fondo de la pila que había en el escritorio y me lo entregó.

—A mí lo que me va a resultar más difícil con una colección tan maravillosa —dije— es centrarme en la tarea que nos ocupa y no hojear cada obra de cabo a rabo.

El señor Delacorte asintió.

—Lo comprendo. Y le prometo que, en cuanto terminemos, le invito a venir aquí cuando quiera y despacharse a gusto todo el tiempo que le apetezca.

—Gracias. —Levanté el tomo del inventario y lo sopesé con una mano. Dos kilos, aproximadamente—. Por cierto, una explicación sobre la correspondencia entre los libros y los anaqueles no estaría de más. Debería de habérselo preguntado ya.

—Por supuesto —dijo el señor Delacorte, y se levantó del escritorio para encaminarse hacia la pared que quedaba a la derecha de la puerta según se salía de la biblioteca.

El primer tomo del registro comenzaba con el primer libro de la estantería superior y seguía el orden bajando los cinco anaqueles y pasaba a la siguiente, prácticamente hasta el final, donde empezaba el segundo tomo del registro. Decidí que con eso bastaría por ahora. Iríamos tomo a tomo.

Iba a ser tedioso, pero debía admitir que saboreaba el desafío. Poner orden en el caos: esa ha sido la misión de los bibliotecarios durante miles de años.

Me coloqué delante de la primera estantería y abrí el libro mientras el señor Delacorte volvía a su mesa y me comentaba que iba a ocuparse de la correspondencia mientras yo empezaba a revisar el inventario.

En la portadilla había un título que simplemente decía «Colección de James S. Delacorte», seguido de su dirección postal. La caligrafía era clara y precisa, las letras pulcras y con un trazo prolijo. Pasé la página, ocupada únicamente por la primera entrada. Leí por encima la información del *Libro de los salmos de la Bahía* y se me escapó un silbido cuando vi lo que había pagado el señor Delacorte por aquel ejemplar. Vaya, una ganga. Entonces me di cuenta de que lo había comprado hacía cincuenta años, así que si tenía en cuenta la inflación era una suma considerable, tratándose de una edición posterior.

Comprobé que el libro estaba en la estantería, conteniendo la tentación de sacarlo y ahondar en indagaciones. Al pasar la página vi la segunda entrada, y por poco se me cae el tomo del registro cuando leí que el título que aparecía era una primera edición en tres volúmenes de *Orgullo y prejuicio,* de Jane Austen, publicada en Londres en 1813. Era una de mis novelas favoritas, y la idea de tener en mis manos una primera edición me emocionó.

Comprendí que esa emoción tendría que esperar al examinar el segundo libro de la estantería. No pertenecía al juego de los tres volúmenes, porque para empezar sobresalía en altura; a ojo calculé que seguramente medía unos treinta y siete centímetros. La cubierta estaba deteriorada y no se leía el título. Antes de manipularlo, debía prepararme.

Fui a por la cartera que había dejado en la silla y saqué una caja de guantes de algodón que puse encima de la mesa de trabajo. Sonreí al ver que Diesel había ocupado mi sitio. Estaba hecho un ovillo y medio boca arriba, durmiendo. Dejé la cartera en el suelo y me puse los guantes.

Extraje con cuidado el volumen de la estantería y lo sostuve para abrirlo. Leí el título, *Tabulae Anatomicae,* de Bartolomeo Eustachio, publicado en Roma en 1728. Era un ejemplar de casi trescientos años. Me maravilló que siguiera aún intacto en la que tal vez fuese su encuadernación original.

Cuando dejé el libro en una mesa de trabajo para consultar de nuevo el registro, no encontré aquel título entre las veinticinco o treinta entradas siguientes. Empezó a dolerme un poco la cabeza, porque de golpe sentí con más fuerza todavía la enormidad de la tarea que me aguardaba.

Iba a tener que apartar cada volumen que estuviera mal colocado en la estantería, buscar el que correspondía para ponerlo en su sitio y seguir adelante. Uno tras otro, siguiendo el inventario. ¿Habría suficiente espacio en la mesa?

Sin embargo, me animé al pensar que al patán que cambió los libros de sitio no le había dado tiempo a desordenar muchos. O bien que se cansó y lo dejó.

Consulté el registro y leí la descripción que hacía el señor Delacorte de los tres tomos de *Orgullo y prejuicio,* que había reencuadernado en algún momento en piel jaspeada de becerro marrón oscuro, con florones de cuero verde en los lomos. Debían de ser fáciles de reconocer. Dejé a un lado el registro y empecé a pasar revista a las estanterías.

Mientras buscaba me fijé en muchos títulos que me habría gustado examinar, pero contuve el impulso para no desconcentrarme. Recorrí seis tramos de estanterías, adentrándome ya en las obras del segundo tomo del inventario, antes de encontrar los tres tomos de Austen.

Aquel patán por lo menos no había separado los volúmenes. Anidaban entre sendas novelas de dos autores desconocidos sureños de antes de la guerra. Saqué los tres libros y los llevé a la estantería correspondiente. Coloqué el segundo y el tercer volumen en su sitio, pero no pude resistirme a abrir el primero.

Un tufillo rancio a moho me hizo cosquillas en la nariz al acercarme a admirar el título en la portada, un tanto ajada y amarillenta. La novela, publicada por primera vez hace casi dos siglos, conservaba toda su vigencia y seguía deleitando a los lectores generación tras generación. Con sumo cuidado pasé a la primera página y susurré para mis adentros la célebre frase que abre el libro: «Es una verdad universal que un hombre soltero dotado de una gran fortuna necesita una esposa».

Nunca en mi vida había robado nada, pero sentí el impulso irrefrenable de guardarme a escondidas los tres volúmenes en la cartera y llevármelos a casa. Solo otro bibliófilo podría entenderlo. A mí nunca se me ocurriría ceder a ese impulso, pero ¡ay, ganas no me faltaban! Cerré el libro y lo sostuve un momento antes de ponerlo en su sitio.

Fui a por el registro y me dirigí a la tercera entrada, una edición en cuatro volúmenes del *Middlemarch*, de George Eliot, publicados sucesivamente entre 1871 y 1872. Se me escapó un suspiro. Era otra de mis lecturas predilectas que había hecho en las clases de literatura de la Universidad de Athena, con la inimitable catedrática Maria Butler. Creo que nunca me he esforzado tanto en una asignatura en toda mi carrera académica, y disfruté cada momento.

«Deja de pensar en las musarañas», me reproché. «Concéntrate».

Miré hacia la estantería, aliviado al ver que *Middlemarch* estaba en el lugar correspondiente. Decidido a no caer en la tentación, dejé el libro donde estaba.

Pasé a la cuarta entrada.

Absorto en mi tarea, trabajé durante más de dos horas sin descanso, excepto para rascarle distraídamente la cabeza o la espalda a Diesel con el codo, para que los guantes de algodón no se llenaran de pelos de gato.

Diesel se portó de maravilla, aunque en un momento dado vi que se acercaba al señor Delacorte. Al anciano no pareció molestarle, así que los dejé a sus anchas.

Hubo una breve interrupción: cuando llevaba más o menos una hora trabajando, entró en la biblioteca el mayordomo con una bandeja y la colocó delante del señor Delacorte, encima del escritorio.

—El té de media mañana, señor James —dijo.

—Gracias, Nigel.

El señor Delacorte apartó los papeles a un lado mientras el mayordomo le servía una taza de té.

Retomé mi tarea, deseoso de avanzar tanto como me fuera posible esa mañana.

El mayordomo volvió a hablar, en un tono de voz tan bajo que apenas pude descifrar las palabras.

—Sobre el asunto que discutimos antes, señor James.

El señor Delacorte no bajó el volumen al contestar.

—Ya te di mi respuesta, Nigel. Ni un céntimo más. Tendrás que arreglártelas por tu cuenta.

—Sí, señor.

Truesdale salió de la biblioteca. Yo estaba de espaldas al señor Delacorte; aunque no había podido evitar oír aquel breve intercambio, procuraría fingir que no me había enterado.

—¿Le apetece un té, Charlie? —me ofreció el señor Delacorte—. ¿Por qué no se toma unos minutos de descanso?

—Gracias, pero preferiría seguir adelante, si no le importa. Esto es fascinante. Tiene usted algunas obras extraordinarias en su colección. —Hablaba por hablar: me incomodaba haber sido testigo de una conversación privada.

—Muy bien —dijo el señor Delacorte—. Si cambia de idea, le pediré a Nigel que traiga más té o lo que le apetezca a usted beber.

—Gracias —contesté con una breve sonrisa.

Me concentré y pronto volví a enfrascarme en el trabajo. Paré cuando el señor Delacorte me avisó con unos toquecitos en el hombro de que era la hora de almorzar. Sobresaltado, por poco se me resbaló el registro, ¡no le cayó en los pies de milagro!

—Cuánto ha progresado, Charlie —me dijo—. No puedo creer que haya llegado a la mitad del primer anaquel.

—Por ahora parece que quien hizo esta jugarreta no cambió tantos volúmenes de sitio, afortunadamente —dije. Señalé los libros dispuestos en la mesa de trabajo contigua—. Esos son los que he encontrado fuera de lugar y todavía no sé dónde van. Espero que no haya que sacar un tercio de la colección antes de poder ir recolocando algunos donde les corresponde.

—Me admira que lo encare con tanta solvencia —dijo el señor Delacorte con una débil sonrisa—. Debo reconocer que solo de verlo trabajar me siento agotado.

Tenía los labios un poco morados. Esperé que fuese solo un síntoma de cansancio y no de que estaba al borde de otro episodio cardíaco.

—¿Por qué no va a almorzar? Diesel y yo iremos a casa en una carrera a comer, si no le importa.

El señor Delacorte frunció el ceño.

—Puede almorzar aquí, Charlie. No hace falta que se vaya a casa.

—Es muy amable por su parte —dije—, pero mi asistenta ya ha preparado el almuerzo y me gustaría pasar un rato con mi hijo. Llegó hace unos días de visita.

—Cómo no —contestó el señor Delacorte—. Por supuesto que debe ir a almorzar con su hijo.

—Volveré sobre la una —dije—. Vivo a diez minutos escasos de aquí. —Aparté el libro del registro—. Dejaré aquí mi cartera, y Diesel y yo nos pondremos en marcha.

—Estupendo, hasta luego —se despidió el señor Delacorte.

Diesel saltó de la silla y me siguió, gorjeando sin parar. Sabía que nos íbamos a casa. Al salir oí que el señor Delacorte cerraba la puerta con llave.

Cuando llegamos a casa, Azalea me contó que Sean ya había comido.

—Iba con prisa para ir a no sé qué sitio. Y me pidió que cuidara de ese perrito desharrapado suyo —dijo, lanzando una mirada mordaz a Dante, desconsolado debajo de la silla que Sean solía ocupar. Diesel se acercó a él y se sentó cerca, observándolo. Dante empezó a azotar el suelo con la cola.

—Siento que te haya cargado con el perro, Azalea —me disculpé—. Esta mañana no me comentó que tuviera ningún compromiso. ¿Ha dicho cuándo volvería?

Fui a lavarme las manos en el fregadero.

—No, señor, nada de nada —contestó ella, ceñuda—. Pero le avisé de que me marchaba sobre las tres y más valía que entonces ya estuviera aquí, y se limitó a contestar: «Sí, señora».

—Hablaré con él para advertirle que tú tienes mejores cosas que hacer que vigilar a su perro. —Meneé la cabeza.

—No me importa si es de vez en cuando —dijo Azalea—. Simplemente no quiero que lo tome por costumbre. —Señaló la mesa—. Y ahora siéntese ahí y coma el almuerzo antes de que se quede aún más frío.

Cogió una bayeta de limpiar el polvo y una lata de abrillantador de muebles.

—Estaré en el salón si necesita algo.

Reprimí una sonrisa. A Azalea le gustaba ponerse tajante al hablar, pero debajo de aquella apariencia rigurosa por dentro era toda ternura y preocupación por el bienestar de cualquiera que tuviera a su cargo.

En un visto y no visto despaché el asado con puré de patatas, judías verdes y pan de maíz. Azalea era de las que pensaban que un hombre necesita tres comidas completas al día para conservar sus fuerzas, y a mí me encantaban sus platos, aunque los días que no venía me contenía un poco para compensar aquellos ágapes.

Cuando llegué con Diesel a la mansión de los Delacorte había empezado a lloviznar, por lo que esta vez aparqué más cerca de la puerta principal. A Diesel no le hacía mucha gracia caminar sobre un suelo mojado, así que lo alcé en brazos para protegerlo de la lluvia como buenamente pude. Intentar sujetar un paraguas y un gato enorme a la vez no saldría bien, así que salí disparado hacia la entrada de la casa para guarecerme en el pórtico.

Truesdale había abierto la puerta antes de que me diera tiempo a soltar a Diesel y llamar.

—Buenas tardes, señor. —Alargó la vista hacia el jardín—. La tarde va a estar pasada por agua, me parece.

—Por lo menos no hay tormenta. —Me sequé los pies en el felpudo antes de entrar. Truesdale cerró la puerta mientras yo dejaba a Diesel en el suelo.

—El señor James está en la biblioteca —dijo el mayordomo.

—Gracias, ya conocemos el camino —sonreí. No hacía falta que siguiera acompañándonos a la biblioteca cada vez que entrábamos en la casa.

Truesdale inclinó la cabeza.

—Por supuesto. —Dio media vuelta y se alejó.

La puerta de la biblioteca estaba cerrada. Titubeé un instante, preguntándome si debía llamar. Diesel se sentó, observándome. Ronroneó. Llamé a la puerta y abrí.

—Ya estamos aquí, señor Delacorte.

Diesel se adelantó y a continuación pasé yo.

Por poco tropecé con el gato, porque se detuvo en seco nada más entrar y empezó a gruñir como hacía cuando se asustaba.

Una ojeada hacia el escritorio me reveló el origen del miedo de Diesel. Seguramente yo también ahogué un grito. James Delacorte estaba sentado al otro lado de la mesa, igual que lo había visto un rato antes salvo por un par de detalles impactantes: la lengua hinchada le asomaba de la boca y tenía unas manchas rojizas en el rostro... ¡Parecía que estaba muerto!

CAPÍTULO DOCE

Me armé de valor para acercarme al escritorio a comprobar si, en efecto, el señor Delacorte estaba muerto. Aquel cuerpo completamente inerte me estremeció, porque de pronto recordé el cadáver que había descubierto el pasado otoño.

Ahuyentando ese recuerdo, fui hacia el escritorio. Diesel, mascullando todavía aquel gruñido ronco, se quedó donde estaba.

El señor Delacorte yacía desplomado en la silla, con el brazo derecho tendido sobre el escritorio y el izquierdo colgando a un costado. Reprimí un escalofrío de repulsión y le tomé el pulso en la muñeca. Noté la piel fría.

El sonido de mi respiración agitada me llenaba la cabeza y bloqueó todo lo demás, excepto el tacto de mis dedos sobre la piel muerta. A pesar de que no había pulso, seguí buscándolo.

Finalmente me rendí y retrocedí hacia la puerta. Diesel se escabulló hacia el pasillo. Miré atrás una última vez, quizá para asegurarme de que el cadáver estaba realmente allí y no era un sueño. Me fijé en la hora que marcaba mi reloj: las 13:03.

Sentí que me fallaban las piernas mientras iba con paso vacilante hacia la entrada de la mansión. Primero debía encontrar un teléfono; después, informar a Truesdale. Al acercarme a la escalera, recordé que llevaba el móvil en el bolsillo y, con mano trémula, llamé a urgencias.

Respondí a las preguntas de la operadora con un nudo en el estómago. Me pidió que intentara reanimarlo, pero insistí en que cualquier ayuda por salvar la vida del señor Delacorte llegaba tarde.

Diesel se sentó a mis pies, ya callado, pero temblando. Me arrodillé y lo abracé con la mano libre, en un intento por tranquilizarnos los dos. El pobre nunca había visto el cadáver de un ser humano, y evidentemente lo había conmocionado. En cuanto entramos en la biblioteca se dio cuenta de que algo iba mal. Supuse que, con su agudo olfato, el minino se había asustado y confundido al oler la muerte. Me restregó la cabeza contra la barbilla y murmuró en voz baja. Al cabo de un momento solté a Diesel y me puse de pie, sin dejar de escuchar a la operadora y respondiendo cuando era necesario.

Debía encontrar a Truesdale e informarlo del triste suceso. Rezaba por no encontrarme con ningún familiar, porque no tenía ni idea de cómo iban a reaccionar. No estaba preparado para lidiar con histrionismos en ese preciso momento.

Sin despegarme el teléfono de la oreja, me apresuré por el pasillo al otro lado de las escaleras. Al fondo había una puerta que supuse que conducía a la cocina, donde podría encontrar al mayordomo. Diesel no se separó de mi lado.

El pasillo se prolongaba más allá de la puerta, pero al final vi luz y oí el consabido trajín: un rumor de voces y el tintineo de la vajilla. A medida que me acercaba, alcancé a distinguir dos voces. Eran dos hombres. Justo cuando entré en la cocina, vi que

Truesdale le entregaba un pequeño fajo de billetes a un tipo corpulento vestido con ropa de trabajo arrugada.

—... el resto en unos días más —dijo el mayordomo.

—Eso espero —contestó el tipo, metiéndose el dinero en los pantalones—. No pienso seguir esperando mucho más.

Después de pedirle a la operadora que no colgara, llamé al mayordomo y ambos se volvieron hacia mí.

—Nada más por ahora —dijo Truesdale, dirigiéndose de nuevo al otro hombre—. Puedes volver a tus obligaciones.

El otro farfulló una respuesta y desapareció por la puerta de atrás.

—El jardinero —aclaró Truesdale viniendo hacia mí—. ¿En qué puedo servirle, señor Harris?

Debió de ver la angustia reflejada en mi rostro mientras intentaba encontrar las palabras adecuadas, porque elevó el tono al preguntar:

—¿Qué ocurre?

—Es el señor Delacorte... —Me horrorizaba soltar así la noticia, pero no había manera de suavizar el golpe—. Lo siento, pero me temo que ha muerto.

El mayordomo me miró perplejo.

—No, no es posible. Le he visto hace menos de media hora y estaba bien.

—Lo siento —repetí, y con el teléfono móvil en la mano, añadí—: He llamado a urgencias.

Truesdale me rozó al pasar a la carrera, y me volví para seguirlo. Algo me decía que debía evitar a toda costa que tocara el cuerpo. Eché a correr, con Diesel a la zaga, y alcancé al mayordomo justo cuando acababa de cruzar la puerta de la biblioteca.

Alargué la mano para detenerlo, pero Truesdale intentó zafarse.

—Suélteme ahora mismo. El señor James me necesita —me dijo ofuscado.

—Ya no puede hacer nada por él —repuse sin soltarle el brazo.

—¿Cómo lo sabe? Usted no es médico. —Truesdale se sacudió con más fuerza intentando que lo soltara.

—No, pero no tiene pulso y no respira —dije—. Lo siento, pero está muerto. Me he cerciorado.

Truesdale miró fijamente el cadáver y de pronto se rindió a la evidencia. Se quedó a mi lado, temblando. Las palabras le salieron en un susurro agónico:

—Dios mío, ¿qué han hecho? ¿Qué han hecho?

¿Acaso pensaba que alguien de la familia había matado a James Delacorte?

No pude por más que confesarme entonces que a mí me rondaba esa misma idea, solo que hasta ese momento no había tomado conciencia. Al principio pensé que el señor Delacorte había sufrido un ataque al corazón, y aunque tal vez se confirmara esa hipótesis, no conseguía liberarme de la sospecha: ¿realmente era una muerte natural? ¿A la víctima de un ataque al corazón se le hinchaba la lengua y se le amorataba el rostro?

Si no había muerto por causas naturales, era muy probable que el responsable fuese un miembro de aquella extraña familia.

El mayordomo avanzó despacio, y lo acompañé, alerta por si intentaba cambiar el cadáver de posición o tocar algo. Se detuvo frente al escritorio y alargó una mano temblorosa hacia la mano del señor Delacorte. Truesdale dio un respingo y se apartó del escritorio. Al ver su expresión de desconsuelo, desvié la mirada.

—Venga conmigo —le dije al cabo de un momento—. La ambulancia llegará en cualquier momento, debemos ir a recibirlos.

—Avergonzado, me acordé de la operadora de urgencias; volví a acercarme el móvil a la oreja y le dije—: Perdone, sigo aquí.

Truesdale me acompañó sin protestar, y vi que las lágrimas le resbalaban por las mejillas. No hizo ningún intento de secarse el llanto. Al menos una persona lloraría a James Delacorte, pensé.

Nos detuvimos cerca de la puerta principal. Diesel volvió a refugiarse entre mis piernas, y me agaché a hacerle una caricia sin perder de vista a Truesdale, que sacó un pañuelo del bolsillo interior de la chaqueta y se enjugó los ojos. Las lágrimas no cesaban.

—¿A qué se refería cuando ha dicho «Qué han hecho»? —me sentí obligado a preguntar, aunque detestaba entrometerme y hurgar en su dolor.

Al principio pareció que no me había oído, pero tras un profundo suspiro respondió:

—No me haga caso. No tengo ni idea de lo que he dicho ni por qué.

Se dio la vuelta, así que no insistí. Seguro que sabía muy bien lo que había dicho y por qué. No iba a confiarse conmigo, era evidente.

Entonces se oyeron las sirenas y Truesdale se quedó mirando la puerta como hipnotizado. Irguió la espalda y abrió.

Aparté a Diesel para que no estorbase a los paramédicos que aparcaron la ambulancia frente a la entrada. Me quedé con él cuando entraron cuatro hombres de uniforme, cargados con el equipo, y Truesdale los guio por el pasillo. Informé a la operadora de que había llegado la ambulancia y colgué.

Un taconeo en los peldaños de mármol me advirtió de que alguien bajaba. Levanté la mirada y vi a Eloise Morris, vestida con unos vaqueros a la moda, blusa y zapatos planos, detenida en mitad de la escalera. Me miró en silencio unos instantes y siguió bajando.

—Me ha parecido oír una sirena y un vehículo aparcando en la entrada —me dijo. Hablaba con una voz más fuerte, más segura que el sábado—. ¿Ocurre algo?

—Sí, ha venido una ambulancia. —Vacilé un instante. Si le contaba que James Delacorte estaba muerto, ¿se transformaría en la Eloise de la merienda del otro día, en lugar de seguir siendo la mujer aparentemente lúcida que tenía delante?

Se quedó a un par de pasos de mí y me observó con una mirada clara.

—No me lo diga. A Daphne por fin le ha dado un «ataque» de verdad y se la llevan al hospital.

Me sorprendió su tono de desdén burlón.

—No —contesté—. No se trata de su suegra, sino del tío de su marido. Lamento tener que decirle que ha muerto.

Eloise se quedó boquiabierta, visiblemente impactada por la noticia, y se echó a temblar. Me acerqué a ella, temiendo que fuera a desmayarse, pero cerró la boca y respiró hondo. La observé, atento, pero pareció recobrar el control de sí misma. Los temblores cesaron.

—Pobre tío James. Era tan cariñoso conmigo...

Apenas la oía, hablaba con un hilo de voz. Murmuró algo más, y la única palabra que distinguí fue «galletas». Aquello no tenía ni pies ni cabeza.

—Mi más sincero pésame —le dije, sin saber qué más añadir. Ni qué hacer, francamente. ¿Debía ofrecerme a escoltarla a otra parte de la casa?

Me miró con detenimiento, y luego a Diesel.

—¿Nos hemos visto hace poco? —preguntó—. Me suena de algo. Y su gato también.

—Vinimos el sábado a tomar el té con usted y el resto de la familia —le dije. Cuando estaba así de lúcida, ¿se acordaba de lo que sucedía cuando no lo estaba?

Frunció el ceño.

—Ah, si usted lo dice... —contestó.

Unos golpes en la puerta nos sobresaltaron a todos, incluido Diesel. Eloise miró fijamente la puerta, como esperando que se abriera sola. Supuse que estaba tan acostumbrada a que el mayordomo se encargara de esa tarea que ni sabía muy bien lo que había que hacer.

Fui a abrir y me encontré en el portal frente a frente con dos policías. Eché un vistazo y reconocí un coche patrulla de la policía local de Athena aparcado detrás de la ambulancia.

—Alguien ha llamado a urgencias para informar de una muerte —dijo el mayor de los hombres. La insignia encima de la placa lo anunciaba como William Hankins.

—Llamé yo, agente. Soy Charlie Harris. —Me hice a un lado y les indiqué que pasaran—. Les acompañaré hasta... el cadáver. El equipo de primeros auxilios ya está allí.

Hankins asintió, pero su compañero, Roscoe Grimes, miró a Diesel con asombro.

—¿Qué es eso?

—Es un gato —dije mientras cerraba la puerta de nuevo. ¿Cuántas veces había contestado esa pregunta?—. Un Maine Coon. Son grandotes.

—Y que lo diga. —El agente Grimes meneó la cabeza—. Caramba, parece un lince o una de esas fieras.

Hankins fulminó con la mirada a su joven compañero.

—Céntrate en el trabajo. No hemos venido a hablar de gatos.

Grimes asintió, impasible.

Miré alrededor y no vi a Eloise Morris por ninguna parte. Había desaparecido mientras yo iba a abrir la puerta a la policía.

—Si me acompañan, agentes, los conduciré a la biblioteca —dije, encaminándome en esa dirección—. Allí es donde he encontrado al señor Delacorte.

Diesel no se separaba de mí, y tenía que ir con cuidado para no tropezarme con él.

—¿James Delacorte? —preguntó Hankins, con voz cortante.

—Sí —confirmé, deteniéndome a unos pasos de la puerta de la biblioteca, abierta de par en par. No tenía ningunas ganas de acercarme más por el momento—. Ahí dentro.

Me pregunté si Truesdale todavía estaría dentro. No me sonaba haberlo visto volver al vestíbulo de la entrada después de acompañar al personal de urgencias a la biblioteca. Me quedé allí plantado, sin saber qué hacer.

—Gracias —dijo Hankins, tajante—. Le agradecería que aguardara en el vestíbulo, si hace el favor.

—Desde luego —contesté con alivio—. Vamos, Diesel.

El gato y yo volvimos a la entrada del vestíbulo.

De repente la casa me pareció opresiva. Sentí el peso de dos siglos sobre mis hombros y tuve que salir un momento para quitármelo de encima.

Abrí la puerta y salí con Diesel al porche. Por primera vez me di cuenta de que ya no llovía y el cielo estaba despejado. Respiré el aire fresco y noté que me aliviaba un poco la tensión. Diesel también parecía más tranquilo. Se sentó y me miró, casi como esperando que le diera explicaciones.

Ojalá hubiese sido capaz de dárselas. Albergaba el oscuro presentimiento de que James Delacorte no había muerto de un simple ataque al corazón.

Salí de mis elucubraciones al ver que un vehículo de la comisaría del condado enfilaba el camino y se acercaba velozmente hacia la casa. Aparcó detrás del coche patrulla.

Cuando se abrió la puerta del lado del copiloto, vi aparecer a una mujer de pelo negro recogido en un moño tirante.

Conocía aquel peinado y a la mujer que lo llevaba.

Se me hizo un nudo en el estómago.

Iba a ponerse tan contenta de encontrarme aquí como de que la obligaran a tragarse un sapo.

Un día nefasto estaba a punto de ir a peor.

CAPÍTULO TRECE

La mujer del moño tirante era Kanesha Berry, la única inspectora afroamericana de la policía de Misisipi, y además hija de Azalea, mi asistenta. A Kanesha no le hace mucha gracia que su madre se dedique al servicio doméstico. Azalea no le tolera insolencias, de todos modos, así que Kanesha prefiere proyectar en mí esa irritación, como si yo fuera el único responsable de que su madre se dedique a esos menesteres.

A raíz de los sucesos del pasado otoño, me vi involucrado en la investigación de un asesinato dirigida por Kanesha, y se irritaba conmigo las más de las veces que intenté ser de ayuda. Si entonces se hubiera enterado de que su madre me instó a hacerlo, me habría encerrado en el calabozo. Azalea, deseando que su hija resolviera su primera investigación de un homicidio, me pidió que aprovechara mi relación con la víctima y los sospechosos para husmear un poco. Y fisgoneando por aquí y por allá, descubrí información importante que tal vez Kanesha no habría averiguado.

Cuando el caso se cerró, sentí que al menos habíamos logrado una frágil reconciliación, pero encontrarme en una casa con otro cadáver podría hacer añicos la escasa benevolencia que había conseguido ganarme de ella.

Kanesha y su compañero —reconocí al agente Bates de nuestro breve encuentro en otoño— subieron los escalones de la entrada. Kanesha se detuvo en seco al verme, y Bates, que la seguía a apenas un par de pasos de distancia, por poco se chocó con ella.

Me lanzó una mirada tan suspicaz que casi pude leerle el pensamiento. Y creo que a su madre no le hubiera gustado el lenguaje tan impropio de una señorita que se le pasó por la cabeza a su hija al vernos a mí y a mi gato.

—Señor Harris. Qué... curiosa sorpresa verlo aquí —dijo Kanesha, cortando sus palabras como un barbero pelando al cero a los reclutas en el cuartel del ejército.

No se me ocurrió qué contestar a eso.

Se quedó mirando a Diesel. El gato le sostuvo la mirada y soltó un par de gorgoritos.

—Eso de que se lleva al gato a todas partes es literal, ¿no?

Como no creí que realmente esperara una respuesta, les abrí sin dilación la puerta a ella y Bates. Diesel se coló y pasó delante. Desde la entrada señalé el pasillo que llevaba a la biblioteca. El agente Hankins venía hacia nosotros, pero se detuvo en seco al ver a Kanesha y a Bates.

—Buenos días, jefa —saludó, con gesto inescrutable y postura envarada.

Kanesha lo rozó al pasar, sin detenerse.

—Acompáñeme, por favor —le dijo.

Hankins los siguió a ella y a Bates. Me quedé con Diesel cerca de la puerta principal, sin saber muy bien qué hacer: ¿debía esperar ahí, en el vestíbulo, o buscar un sitio donde aposentarme hasta que alguien quisiera hablar conmigo?

Decidí que por el momento era mejor no alejarme. Vi un banco de madera contra la pared y me pareció un sitio tan bueno como cualquier otro. Cuando me senté, Diesel saltó a mi lado. Era un banco de madera pulida, e inflexible para las posaderas, pero al menos me quitaba del paso.

En el fondo solo quería irme a casa. Tal vez allí conseguiría desterrar de mi cabeza la visión del cadáver. Me estremecí.

Con la esperanza de borrar la imagen del rostro del señor Delacorte, me puse a pensar en Sean. ¿Qué andaría haciendo? Confiaba en que volviera antes de las tres, porque difícilmente Azalea iba a consentir que Dante se quedara solo dentro de casa, y, si Sean no estaba de vuelta cuando ella estuviera lista para marcharse, probablemente lo dejaría en el jardín de atrás.

Ese no era problema mío, me recordé, sino de Sean. Era un hombre hecho y derecho, no necesitaba que su padre fuera detrás entrometiéndose en sus asuntos. Deseaba que Sean y yo nos lleváramos bien mientras viviera conmigo; no quería que nuestra relación se tensara más todavía.

Inevitablemente volví a pensar en el señor Delacorte.

¿Por qué alguien iba a querer hacerle daño a aquel anciano?

¿Y por qué me había precipitado tanto al suponer que lo había matado alguien de la familia?

Lo más probable es que le hubiera dado un ataque al corazón: el sábado había estado a punto, y pudo ser un aviso del fatal desenlace de hoy.

Sin embargo, algo me chirriaba al recordar su rostro, con aquella lengua hinchada y prominente. No creía que fuera la típica manifestación de un ataque al corazón. La causa debía de ser otra, estaba seguro, pero ¿cuál?

Diesel se estrujó contra mí, y me di cuenta de que lo tenía olvidado, tan absorto como estaba en mis pensamientos. Le presté la atención que me reclamaba y pronto se calmó con mis caricias y se acurrucó contra mi pierna, recostando la cabeza en mi regazo.

Levanté la mirada y vi que Truesdale, a unos pocos pasos, venía hacia nosotros. Aparté con delicadeza a Diesel y me puse en pie.

El rostro de Truesdale seguía ceniciento, pero a primera vista parecía tener las emociones bajo control.

—Señor Harris, debo disculparme porque haya tenido que quedarse en el pasillo así —dijo, deteniéndose delante de mí—. La inspectora Berry me ha pedido que le busque un lugar más cómodo para esperar. Pronto estará con usted.

—No hay de qué disculparse —le dije. No mencioné que tenía asuntos mucho más serios que mi comodidad a los que atender.

—Por favor, si quiere acompañarme. —Truesdale indicó una puerta cerca del banco y la alcanzó en un par de zancadas.

Diesel me siguió hasta una versión en miniatura del gran salón formal al otro lado del vestíbulo. Este saloncito estaba amueblado con el mismo boato, pero tal vez por su tamaño resultaba más íntimo y acogedor.

Truesdale encendió un par de lámparas mientras yo elegía un sitio para sentarme.

—Por favor, pónganse cómodos —dijo el mayordomo—. ¿Hay algo que pueda ofrecerles?

Estaba a punto de rechazar educadamente su ofrecimiento cuando, al mirarlo con disimulo, se me ocurrió que quizá se sentiría mejor si podía prestar algún servicio, por pequeño que fuera.

—Gracias —contesté—. Me apetecería un poco de agua, si no le importa. —Titubeé—. Y si no le supone mucha molestia, ¿podría ser un cuenco de agua también para Diesel?

Truesdale asintió.

—Desde luego, señor. Volveré enseguida.

Salió de la estancia y cerró la puerta con suavidad.

Elegí un sofá tapizado en una tela rosada, y cuando Diesel se dispuso a saltar para ponerse a mi lado, le dije que no. Un banco de madera era una cosa, pero un sofá antiguo con un tapizado de una época indefinida no era una buena idea para las patas de un felino.

El gato murmuró, contrariado conmigo, pero se conformó con acomodarse en el suelo.

Truesdale regresó en menos de cinco minutos, con una bandeja donde traía dos jarras de agua, un vaso y un cuenco de acero inoxidable. Nos sirvió a mí y a mi gato con silenciosa eficiencia, y le di las gracias en nombre de los dos.

Truesdale se inclinó en una leve reverencia.

—Si necesita cualquier otra cosa, señor, no tiene más que tocar el timbre. —Señaló una placa de latón en la pared, al lado de la chimenea, con un gran pulsador en medio.

—Gracias, así lo haré —le dije. El mayordomo asintió con la cabeza y salió.

Diesel y yo estábamos sedientos, y el agua fría nos refrescó. Calmada la sed, aguardamos en silencio durante quizá diez minutos antes de que la puerta se abriera de nuevo y entrara Kanesha Berry.

—Señor Harris. Bien. Tengo algunas preguntas para usted.

Echó un vistazo a su alrededor y luego se acomodó en una silla frente a mí.

Diesel le ronroneó, y Kanesha se quedó mirándolo.

—Casi parece que quisiera hablar, ¿verdad?

—Habla, a su manera.

Kanesha no perdió tiempo en más preámbulos.

—Qué extraño: aquí está usted, y resulta que ha encontrado otro cadáver.

Algo en su tono me irritó. ¿Acaso creía que a mí me gustaba encontrar cadáveres?

—No los busco, inspectora Berry, eso se lo puedo asegurar. Da la casualidad de que he sido yo quien ha encontrado al pobre señor Delacorte, pero perfectamente podría haber sido su mayordomo o un familiar.

Diesel captó mi irritación, y empezó a rezongar por lo bajo. Kanesha ignoró al gato.

—¿Hasta qué punto conocía al señor Delacorte?

Le di unas palmaditas a Diesel en la cabeza para sosegarlo.

—No muy bien. Venía a la biblioteca pública a menudo, los dos días de la semana que yo estoy allí. Solía pedirme ayuda con el catálogo en línea. No parecía muy amigo de los ordenadores, y siempre era tan agradable que a mí nunca me importaba hacerle búsquedas...

Sentí que empezaba a irme por las ramas y paré de hablar. Kanesha tenía una forma desarmante de mirar a la persona que tuviera enfrente. La técnica funcionaba, por lo menos conmigo.

—Conocía al señor Delacorte de la biblioteca, pero eso no explica por qué está en esta casa. ¿Por qué está aquí?

—El señor Delacorte me contrató para ayudarlo con un inventario de su colección de libros raros —le dije.

—Supongo que porque usted trabaja con libros raros en la biblioteca de la universidad. —Kanesha frunció el ceño y se recostó en la silla.

—Sí, exacto.

—¿Cuándo empezó a trabajar para él?

—Esta mañana, a las nueve.

—¿Y ha estado aquí desde entonces? —preguntó Kanesha.

—Me fui con Diesel a casa a almorzar, alrededor de las doce. Volvimos unos minutos después de la una. Después de que Truesdale nos hiciera pasar, fui directamente a la biblioteca. Ahí fue cuando encontré al señor Delacorte.

—¿Qué hizo en ese momento? —Kanesha se movió en su asiento—. Cuénteme todos los detalles que recuerde.

Respiré hondo para prepararme.

—Me detuve en la puerta. Diesel se resistía a entrar, casi como si supiera que el señor Delacorte estaba muerto. Entonces vi al señor Delacorte y me di cuenta de que algo iba mal. —Aunque era lo último que quería, le describí la apariencia del cadáver.

—Continúe —dijo Kanesha, al ver que me callaba.

—Me acerqué a comprobar si tenía pulso —dije—, pero no, y no respiraba. Cuando Diesel y yo salimos, vi en mi reloj que era la una y tres minutos. Al volver a la parte delantera de la casa a buscar un teléfono, recordé que tenía mi móvil y llamé a urgencias. Entonces fui a ver dónde estaba la cocina, porque pensé que allí era donde podía encontrar a Truesdale.

—¿Y lo encontró?

—Sí, cuando llegué estaba hablando con un hombre, el jardinero, creo que me dijo, y dándole un dinero. El hombre se marchó y avisé a Truesdale de que el señor Delacorte había muerto. Truesdale salió corriendo, y fui tras él. Sabía que necesitaba verlo con sus propios ojos, pero yo no quería que tocara nada.

—¿Han vuelto a entrar en la biblioteca? —Kanesha me fulminó con la mirada.

—Sí. Alcancé a Truesdale justo en la puerta y tuve que contenerlo para impedir que se precipitara dentro. Se le veía consternado, dudando de si podía ayudar en algo al señor, pero le dije que ya no podía hacerse nada. —Guardé silencio, recordando la aflicción del mayordomo—. Llegó a tocarle la mano al señor

Delacorte, un instante, pero después de eso lo convencí para que me acompañara a la entrada principal. Sabía que el equipo de la ambulancia, y probablemente la policía, iban a llegar en cualquier momento.

—Hasta ahí me queda claro —asintió Kanesha—. Ahora, rebobinemos un poco. Ha dicho que el señor Delacorte le contrató para hacer un inventario de su colección de libros. ¿Fue por alguna razón en particular?

—Pensaba que alguien le estaba hurtando obras de la colección... —dudé—. Sospechaba que alguien de su familia era responsable.

Kanesha entornó los ojos.

—¿Y dijo quién sospechaba que le podía estar hurtando?

—No —contesté—. Aunque al parecer pensaba que ni su hermana, Daphne Morris, ni su nuera, Eloise, eran capaces de robar.

—¿Faltaban libros en su colección?

—Aún no lo sé —dije. A riesgo de importunarla, decidí que convenía explicar cómo se organizaba la colección y cómo el presunto ladrón había puesto patas arriba el orden de los libros.

Me escuchó pacientemente y captó al vuelo la importancia de mis aclaraciones.

—Solo pude revisar una parte del primer tramo de estanterías antes de la hora del almuerzo —concluí—. Y en esa primera sección, por lo menos, no descubrí que faltara nada. Hay muchos más estantes y libros que inventariar, de todos modos.

—Y la única manera de averiguar si falta alguna obra es completar el inventario. —Kanesha sacudió la cabeza—. Entonces supongo que va a tener que completarse.

—¿Quiere decir que hay algo sospechoso en la muerte del señor Delacorte? ¿Que no sufrió simplemente un ataque al corazón?

—Esa era la conclusión a la que me llevaba su comentario, pero no tenía ni idea de si pensaba confirmarla.

Kanesha me escrutó un instante antes de contestar.

—Puedo decirle una cosa: a menos que por alguna razón se haya envenenado él mismo, es un asesinato.

CAPÍTULO CATORCE

«¿Envenenado?».

—¡Qué horror! —me estremecí, intentando de nuevo apartar la imagen del cadáver.

—Todavía no podemos descartar un suicidio o una muerte accidental. —Kanesha hablaba en plan oficial, pero el escepticismo se delataba en la expresión de su cara. Creía que James Delacorte había sido asesinado, no me cupo duda.

—No concibo que se trate de un suicidio. —Negué con la cabeza—. Si quería matarse, no tiene sentido que estuviera tan empeñado en hacer un inventario.

—Tal vez —dijo Kanesha—. No voy a arriesgarme a descartar nada, por lo menos hasta que tengamos más datos. Lo que he comentado sobre el veneno no puede salir de esta habitación, ¿entendido?

Aquella mirada torva suya... me daba ganas de escaparme, como un colegial al que pillan disparando bolitas de papel con una cerbatana improvisada.

—Por supuesto.

Contándomelo, ¿me daba a entender también que no me consideraba sospechoso? No, deduje; era demasiado profesional para tacharme de la lista. También sabía que su madre le diría cuatro cosas si me hacía pasar un mal rato.

Llamaron a la puerta, y Kanesha se volvió y dijo:

—Adelante.

El agente Grimes, el más joven de los dos policías municipales, abrió y dio un paso adentro.

—Perdone la interrupción, jefa. —Grimes me echó una ojeada antes de mirar a Kanesha—. Hay un tipo fuera, dice que es abogado. Insiste en hablar con el señor Harris.

—¿Un abogado? —Fruncí el ceño—. Yo no he llamado a... —Caí en la cuenta—: Será mi hijo, Sean.

Kanesha hizo una mueca al ponerse de pie.

—Dígale que de acuerdo.

Grimes avanzó un par de pasos y abrió la puerta. Sean aguardaba en el umbral, y el joven policía le hizo una seña para que entrara.

Sean, en cuatro zancadas, se plantó delante, acompañado de Dante, sujeto con una correa.

—Papá, ¿estás bien? No han querido aclararme lo que ocurría, y he tenido que insistir en hablar contigo como asesor legal para que me dejaran pasar.

Diesel se acercó a Dante y se olisquearon. Entonces Dante se agazapó, una invitación al jugueteo.

—Estoy bien —lo tranquilicé—. Contestando algunas preguntas para la inspectora Berry.

Los presenté y se estrecharon la mano. Dante intentaba jugar con Diesel, pero mi gato no mostraba ningún interés. Sean le tiró suavemente de la correa, y Dante se sentó.

—Ahora me acuerdo —sonrió Sean después de estrecharle la mano—. Tu madre es la asistenta de papá. Es una cocinera maravillosa.

Sean no podría haber dicho nada que molestara más a Kanesha ni proponiéndoselo. Me preparé para ver los fuegos artificiales.

—Lo sé muy bien —contestó Kanesha con frialdad.

Sean parpadeó, sorprendido.

—Eh..., vale. ¿Qué ocurre?

—Ha habido una muerte —informó Kanesha—. Estamos aquí para investigar. El protocolo habitual.

—¿Quién ha muerto?

Miré a Kanesha, que asintió.

—James Delacorte —dije—. Lo encontré justo cuando volví de almorzar en casa.

—Vaya por Dios —dijo Sean, con pesadumbre—. ¿Seguro que estás bien, papá?

—Estoy bien, descuida.

—¿Y por qué estás tú aquí? —Kanesha dirigió a Sean su mirada láser.

—Pensé que tal vez a papá le iría bien un poco de ayuda con el inventario. —Sean se encogió de hombros.

—Ajá. Caballeros, si me perdonan, tengo trabajo que hacer. —Saludó a Sean con la cabeza—. Un placer conocerle, señor Harris. He acabado con su padre por el momento, pero quizá tenga más preguntas luego. No hace falta que usted se quede dando vueltas por aquí. —Sin aguardar una respuesta de Sean o mía, salió del saloncito seguida por Grimes.

—Brrrr —se estremeció Sean cuando se cerró la puerta—. Supongo que no he empezado con buen pie con ella. ¿Cuál es el problema?

—Ha estado más contenida de lo que me esperaba. —Le expliqué la actitud de Kanesha hacia el trabajo de su madre—. Azalea insiste en dedicarse a lo que mejor le parece, claro, y Kanesha no puede plantarle cara.

Sean resopló.

—Por lo que la conozco, no me extraña. Azalea es una mujer de armas tomar.

Recordé una discusión entre Azalea y Sean durante las vacaciones de Navidad. Sean dejaba las cosas tiradas donde caían. Azalea creía que ya estaba mayorcito para comportarse como un crío y se lo dejó bien claro. Sean supo encajar la reprimenda.

—Vaya lujo —comentó Sean admirando la estancia—. Aquí hay dinero a espuertas.

—Sí que lo hay —dije—. Sean, ¿cómo has sabido llegar?

—No quería dejar a Dante demasiado rato con Azalea, así que volví pronto a casa. Se me ocurrió que podía pasarme por aquí a ver qué tal te iba y si necesitabas ayuda.

—Y entonces te topaste con policías en la puerta y a tu padre interrogado por la comisaria en jefe. —Sacudí la cabeza—. Cómo ibas a imaginártelo, ¿eh? Desde luego yo no esperaba encontrarme al señor Delacorte muerto en la biblioteca.

—¿Ha tenido un ataque de corazón? —preguntó Sean—. Mencionaste que sufrió un episodio cardíaco el sábado, cuando viniste a tomar el té.

—No creo que haya sido tan simple como un ataque al corazón. No puedes contárselo a nadie o Kanesha me despellejará vivo, pero creo que se trata de un envenenamiento.

—Tremendo —dijo Sean—. ¿Alguien de la familia, crees?

—No sé quién más podría ser —contesté—. He estado aquí toda la mañana y cuando me fui a almorzar el hombre estaba bien. —Me encogí de hombros—. A menos que se haya colado un extraño, tiene que ser alguien de aquí.

—Entonces deberíamos marcharnos a casa, antes de que aparezca algún familiar.

Tanto el gato como el perro aguzaron las orejas al oír «a casa». Sabía que Diesel estaría mucho más contento en su entorno. Y yo estaba más que deseoso de marcharme, pero de pronto me acordé de algo.

—Mi cartera. Todavía está en la biblioteca. La dejé ahí mientras iba a almorzar.

—Entonces es parte de la escena del posible crimen —dijo Sean—. Puedes preguntar, pero me temo que tardarán en devolvértela.

—Lo sé. Pero vaya fastidio —dije, antes de darme cuenta de cómo sonaba. El señor Delacorte había muerto, posiblemente asesinado, y ahí estaba yo lamentándome por la cartera. No contenía nada sin lo que no pudiera vivir, al menos por un tiempo.

Sean debió de leerme el pensamiento. Me dio una palmada en el hombro.

—No te preocupes, lo entiendo.

Cuando los cuatro nos disponíamos a salir, la puerta se abrió de improviso de par en par. Daphne Morris entró, acompañada de su hijo Hubert.

Ambos se detuvieron en seco al vernos.

—Disculpen —dijo Daphne con su voz apagada—. Pensaba que no había nadie.

Hubert nos miró, ceñudo.

—¿Y ustedes qué hacen aquí? —Señaló a nuestros pies—. Y para colmo con un perro y un gato. No deberían estar aquí, con todas estas antigüedades de valor incalculable. Si hacen pis en el suelo o arañan algo, ustedes tendrán que pagarlo.

El ataque de Hubert me dejó sin palabras, pero Sean sabía de sobra cómo pararle los pies.

—Escuche, amigo, este perro y este gato tienen mejores modales que usted. Están bien enseñados y no van a hacerse pis en su alfombra. Si alguien va a pagar por algo, será usted por hablarnos a mi padre y a mí en ese tono.

Hubert hizo una mueca. Sean era varios centímetros más alto y tres décadas más joven. No creí que mi hijo fuera capaz de golpearle, pero me di cuenta de que Sean se había encendido porque se le pusieron las mejillas coloradas.

Daphne intervino. Le puso una mano en el brazo a su hijo y le dijo:

—Hubert, ¿dónde están tus modales? Estas personas son huéspedes en nuestra casa. Mi pobre hermano invitó a ese hombre y a su gato, y si James los invitó, no hay nada más que hablar.

Fue todo un discurso para tratarse de Daphne, pensé, por lo poco que la conocía. Y además no tuve que esforzarme para descifrar cada palabra que decía.

—Lo siento, mamá —murmuró Hubert—. Lo siento.

—Este es un momento difícil para todos —dije en un esfuerzo por tender una rama de olivo—. Señora Morris, quiero darle el pésame por la pérdida de su hermano.

—Lo mismo digo —añadió Sean.

Hubert acompañó a su madre al sofá del que yo acababa de levantarme.

—Gracias en nombre de la familia —contestó—. Mi madre y mi tío estaban muy unidos, y naturalmente esto ha sido una gran conmoción para ella. Y para mí también.

Tenía una mirada tan falsamente piadosa que supe que él, al menos, no estaba tan afectado por la pérdida de su tío.

—Pobre James, con lo adorable que era —se lamentó Daphne, y su voz volvió a apagarse al hablar—. Su débil corazón finalmente se lo llevó lejos de nosotros. Su médico le advirtió que bajara el ritmo, pero no quiso escuchar.

—El tío James siempre hacía lo que le daba la gana —dijo Hubert—. Y tú lo sabes, madre. Le está bien empleado, por no seguir los consejos del médico.

—¡Hubert! —protestó Daphne—. *Pas devant les étrangers.*

Hasta yo sabía suficiente francés como para entender lo que significaba. A mi lado Sean apenas pudo evitar que se le escapara la risa.

«Delante de desconocidos, no», en efecto. Hubert tenía tan poco don de gentes que al parecer no le importaba ni lo que decía ni a quién.

—Si nos disculpan, tenemos que irnos —dije. Miré directamente a Daphne—. De nuevo, mis condolencias.

Daphne asintió, y Hubert se dejó caer en el sofá a su lado, mientras Sean y yo, con nuestros compañeros cuadrúpedos, salíamos de la habitación. Durante el breve encuentro con Daphne y Hubert, ambos animales habían estado tranquilos, pero se animaron en cuanto salimos por la puerta principal. Diesel me maulló y Dante empezó a bailar alrededor de los pies de Sean.

Se me escapó una sonrisa. Era un alivio tan inmenso huir de aquella casa que me entraron ganas de bailar y hacer gorgoritos a mí también. Entonces recordé lo que me había advertido Kanesha: tal vez debería volver para seguir con el inventario, si lo consideraba pertinente para la investigación.

En ese momento no estaba seguro de cómo asimilar toda aquella situación. Ya me ocuparía de eso más tarde.

Sean y yo acomodamos a nuestros respectivos animales en ambos coches y nos fuimos a casa.

Sean y Dante estaban en el porche trasero cuando Diesel y yo los encontramos quince minutos después. Sean estaba encendiendo un cigarro y Dante descansaba a los pies de su amo.

—Creo que necesito relajarme un poco —dijo Sean—. ¿Y tú?

—Me parece estupendo, aunque creo que prefiero descansar de otra manera.

—Como quieras —dijo Sean—. Si quieres que Diesel se quede conmigo, dejaré que salga y corretee con Dante mientras tú vas a relajarte a tus anchas.

Desde luego, no se anda con rodeos, pensé. Tenía la idea de pasar un rato juntos con la esperanza de que habláramos, pero evidentemente no me animaba a quedarme. Eso me dolía y me hacía sentir incómodo. De todas maneras, conseguí esbozar una sonrisa.

—Estupendo, gracias. A Diesel le vendrá bien hacer un poco de ejercicio. Supongo que me iré arriba a leer un rato.

Sean asintió mientras exhalaba una nube de humo.

—Hasta luego, entonces.

Le rasqué la cabeza a Diesel, que me miró y gorjeó.

—Quédate aquí, chico, y diviértete. Hasta luego.

Di media vuelta para ir adentro y Diesel me acompañó. Me detuve en la puerta.

—Supongo que ahora mismo no quiere salir. Mejor me lo llevo.

Sean asintió y Diesel y yo entramos en casa.

Subí a mi dormitorio a echarme en la cama con un libro, y Diesel se acurrucó a mi lado y pronto se durmió. Al cabo de unos minutos, dejé el libro. No podía concentrarme. Me asaltaban sin cesar imágenes del señor Delacorte. Hice todo lo que pude para no pensar en nada, y respirar profundamente me ayudó. No tardé en tranquilizarme tanto que di una cabezada.

Me despertó el timbre del teléfono en la mesilla de noche. Parpadeé varias veces hasta que conseguí ver con claridad. Miré el reloj. Eran casi las cinco y cuarto. Llevaba más de dos horas durmiendo.

Oí una voz de mujer al otro lado de la línea.

—¿Podría hablar con el señor Charles Harris, por favor? —Me identifiqué y continuó—: Me llamo Alexandra Pendergrast. Soy abogada y trabajo con mi padre, Q. C. Pendergrast. ¿Sabe quién es, quizá?

Todo el mundo en Athena conocía a Quentin Curtis Pendergrast Tercero. Era uno de los «personajes insignes» de la ciudad, un abogado casi legendario por sus hazañas. Me sonaba haber oído que tenía una hija, pero no conocía ni al gran hombre ni a su descendencia.

—Sí, lo sé. ¿Qué puedo hacer por usted, señorita Pendergrast?

No acertaba a imaginar por qué me llamaba un abogado al que no conocía personalmente a menos que tuviera algo que ver con James Delacorte, pero el hombre había muerto hacía apenas unas horas.

Esa idea me desconcertó.

Alexandra Pendergrast confirmó mis conjeturas.

—Mi padre y yo representamos el patrimonio de James Delacorte, y necesitamos hablar con usted de su testamento. ¿Estaría disponible hoy mismo, a las seis, por ejemplo? Disculpe que le avise con tan poca antelación, pero es urgente.

—De acuerdo. No tengo ningún otro compromiso. —¿Qué diablos tenía que ver conmigo el testamento de James Delacorte?

—Con mucho gusto iremos a su casa, si le parece bien —propuso la señorita Pendergrast con aplomo.

—Desde luego, por mí encantado. —Le di la dirección—. Aunque, francamente, no entiendo por qué necesitan hablar conmigo. He tratado muy de refilón con el señor Delacorte.

—Me hago cargo de que se sorprenda. —Hizo una pausa antes de continuar—. Pero mi padre se lo explicará todo. Sería mejor esperar hasta conocernos en persona.

—Entonces, les espero a las seis.

Colgué el teléfono, muy desconcertado por aquel extraño giro de los acontecimientos.

CAPÍTULO QUINCE

Sean me miró ladeando la cabeza.

—¿Te importa si me sumo a la reunión? Por si necesitas asesoramiento jurídico.

—Me quedaría más tranquilo. Todo esto parece una especie de sueño inquietante. —Me serví un vaso de té helado—. No creo que vaya a ser nada malo, pero nunca se sabe. Me imagino que será algo relacionado con la colección de libros.

—Tal vez. O quizá de paso te haya dejado un par de millones de propina. O se encariñó con Diesel y resulta que tu gato va a ser rico.

Había leído casos así, de gente rica que destinaba una suma generosa al futuro cuidado de sus mascotas. El señor Delacorte era un declarado amante de los gatos. Cuando Diesel le hizo gorgoritos, el señor Delacorte sonrió, con una sonrisa plácida que suavizaba sus rasgos y le daba un aire mucho menos reservado.

—Probablemente lo había visto conmigo en la biblioteca, pero las únicas veces que se ha acercado de verdad a Diesel fueron el sábado y esta mañana. —Miré el reloj: faltaba poco para que llegaran los abogados—. Creo que sería mejor si Diesel y Dante no están presentes en esta reunión. ¿Los llevas a tu cuarto?

—Claro. —Sean fue hacia la puerta—. Vamos, muchachos, venid conmigo.

Dante lo siguió alegremente. Diesel dudó y se quedó un momento mirándome.

—Anda, ve —dije en mi tono más alentador—. No será mucho rato.

Diesel contestó con un breve maullido, como si estuviera de acuerdo (con reservas), antes de ir corriendo tras Sean y Dante.

Sean estaba bajando las escaleras justo cuando sonó el timbre, a las seis en punto. Fui al salón mientras Sean iba a recibir a las visitas. Le oí presentarse, como mi hijo y como mi abogado.

La primera impresión que me llevé al ver a Quinton Curtis Pendergrast Tercero y a su hija fue de sorpresa. Sabía que el señor Pendergrast tenía más de setenta años, porque había leído sobre él en el periódico local. Era un aristócrata sureño de pura cepa. Alto, anguloso, con un tupido pelo blanco y su traje oscuro y botas caras de vaquero, me pareció la viva estampa del éxito.

Su hija, en cambio, era mucho más joven de lo que imaginaba. Rondaba la edad de Sean, no creo que pasara de los treinta años, pero yo había supuesto que tenía más o menos mi edad. Era tan alta como su padre, con un pelo castaño peinado con gracia para enmarcar un rostro encantador e inteligente. Un traje a medida realzaba su atractiva figura. Sean, me di cuenta enseguida, pareció hipnotizado al ver a Alexandra Pendergrast. El señor Pendergrast me estrechó la mano con vigor y autoridad.

—Buenas noches, señor Harris. Le agradezco que se haya tomado la molestia de recibirnos. Nos encontramos ante un asunto de cierta urgencia. —Tenía una voz profunda y sonora, y hablaba con un acento de Misisipi que me recordaba a mi abuelo paterno.

—Estoy a su disposición. —Me volví hacia su hija—. Y es un placer conocerla a usted también, señorita Pendergrast.

Sean se sentó a mi lado en el sofá, y los Pendergrast ocuparon las butacas que les indiqué justo enfrente. Alexandra abrió su maletín y sacó un documento.

Se volvió hacia su padre, claramente esperando a que hablara.

—Como le ha explicado mi hija, soy el administrador de la herencia de James Delacorte. —El señor Pendergrast me estudió con la mirada y, por un momento, me sentí como un colegial en el despacho del director—. Usted causó impresión en mi cliente. Parece que le tenía en alta estima.

—Agradezco que me lo diga, señor Pendergrast. Siempre se mostró cortés y agradecido por la ayuda que yo pude darle. —Sonreí—. No todo el mundo aprecia tanto la labor de un bibliotecario. Me parecía todo un caballero.

—Lo era —sonrió Pendergrast—. Y podía ser un perfecto cretino si le tocaban las narices. No toleraba las bobadas alegremente, y esa es una de las razones por las que él y yo nos llevábamos tan bien. Hay infinidad de anécdotas que podría contarle.

—Papá —lo cortó Alexandra con tono de reproche, y su padre respondió con una mirada divertida.

—De vez en cuando aquí mi socia se avergüenza de que llame a las cosas por su nombre, pero soy demasiado viejo para cambiar.

Alexandra se ruborizó ligeramente y apretó los labios en un mohín.

—Pero deberíamos centrarnos en el asunto que nos ocupa. —Pendergrast se volvió hacia mí—. La situación es muy sencilla, señor Harris. Usted es uno de los dos albaceas que nombró mi cliente para gestionar su herencia. Yo soy el otro.

Miré a Pendergrast atónito. ¿Por qué querría un hombre al que apenas conocía nombrarme albacea?

Sean intervino, exponiendo mis propias dudas.

—¿Hubo alguna razón en particular para que su cliente nombrara a mi padre albacea? Resulta extraño, teniendo en cuenta que mi padre era solo un conocido y había empezado a trabajar para él hoy mismo.

—Eso es cierto, joven. Pero James Delacorte nunca hacía nada sin pensarlo detenidamente. Estaba impresionado por tu padre y se tomó la molestia de hacer sus propias indagaciones.

—Permítanme que se lo explique. —Alexandra se inclinó hacia delante, agarrando al vuelo la carpeta de documentos que empezaba a resbalarle del regazo—. El señor Delacorte quería asegurarse de que su colección se tasara y se conservara debidamente después de su muerte. Creo que lo nombró a usted albacea porque tiene experiencia en esas cosas.

Recuperé el habla.

—Ajá, supongo que tiene sentido.

—¿Estaría dispuesto a hacerse cargo?

—Con mucho gusto —contesté—. Pero debo advertirles de que mis conocimientos quizá no sean tan amplios como pensaba el señor Delacorte. Yo catalogo libros raros para las colecciones de la Universidad de Athena, pero no conozco tan a fondo ni exhaustivamente la gran variedad de volúmenes que poseía el señor Delacorte.

—¿Es usted bibliotecario o no? —Alexandra gastaba unos modales muy parecidos a los de su padre. Desde luego hablaba en el mismo tono imperioso.

—Sí, así es.

—¿Y los bibliotecarios saben investigar cuando hace falta?

Levanté una mano.

—Me rindo. Capto la idea. Puedo investigar cualquier cosa de la que no esté seguro y, si es necesario, puedo buscar a otro experto.

Alexandra sonrió, y le brillaron los ojos y su rostro resplandeció con simpatía. Era preciosa. Me preguntaba qué efecto estaría causando en Sean.

Sean se dirigió a los dos Pendergrast.

—¿Qué se supone que ha de hacer mi padre, además de completar el inventario? ¿El señor Delacorte dejó instrucciones?

—Excelentes preguntas, joven —asintió Pendergrast mirando a Sean—. Sí, James dejó instrucciones detalladas para administrar la colección. Alexandra tiene una copia para ustedes. Pero antes de debatir eso, debo confirmar su disponibilidad. En primer lugar, me gustaría que me acompañara a la lectura del testamento a los herederos. ¿Le iría bien mañana a las diez?

Me pareció muy repentino. ¿Un día después de la muerte del señor Delacorte? Pendergrast advirtió mi estupor, evidentemente.

—Sé que suena precipitado, pero es lo que mi difunto cliente quería. Ha conocido a la familia, según tengo entendido, ¿verdad?

Asentí.

—Entonces creo que puede hacerse una idea de por qué James quería que la familia supiera inmediatamente a qué atenerse. Así pues, ¿mañana por la mañana le iría bien?

—Sí. Tengo la semana libre. Me tiene a su disposición, salvo durante las horas que voy a echar una mano en la biblioteca pública.

—Estupendo, señor Harris —asintió Pendergrast—. Si necesita más tiempo después de esta semana, podemos acordar un horario que nos vaya bien a todos.

—Hay algo más. —Alexandra miró de reojo a su padre—. El señor Delacorte también ha estipulado que se le pagará una cuota por sus servicios. Estoy segura de que los honorarios le parecerán más que generosos.

—Ya me ofreció unos honorarios por hacer el inventario, aunque apenas he empezado —le dije—. La tarifa de trescientos dólares por hora es más que suficiente.

Alexandra asintió.

—Esa es la tarifa que estipuló en el testamento.

—Aun así, yo también tengo una condición. —Si los Pendergrast se sorprendieron al oírme, lo disimularon bien—. No me importa trabajar en la mansión de los Delacorte cada día esta semana, pero si voy a pasar allí ocho horas diarias, o más, quiero llevarme a mi gato. El señor Delacorte no puso ningún reparo. De hecho, parecía que Diesel le gustaba mucho.

Aquella exigencia podía ser un punto conflictivo, pero no pensaba separarme de Diesel tanto tiempo cada día, ni aun contando con la ayuda de Sean para cuidarlo. Sospechaba que de todos modos Sean insistiría en acompañarme.

Pendergrast se echó a reír, para mi sorpresa.

—He oído hablar de su gato y de cómo le acompaña a todas partes. Por mí no hay ningún problema, siempre que la familia no se oponga. E incluso si se opone, tal vez ir con el gato evitará que lo incordien mientras trabaja.

—Ya nos ocuparemos de eso si se da el caso. —Alexandra miró a su padre con un poco de recelo. Luego se volvió hacia mí y me entregó la carpeta que sostenía sobre las rodillas—. Aquí están las instrucciones detalladas del señor Delacorte, señor

Harris. Estoy segura de que querrá leerlas antes de mañana por la mañana.

—Gracias. No tuvimos tanto tiempo para hablar del trabajo como me hubiera gustado. —Dejé la carpeta a mi lado, en el sofá—. Las leeré esta tarde.

—Creo que también hay un inventario detallado de la colección. Tendrá que familiarizarse con él.

Alexandra parecía decidida a recalcar la importancia de lo que había en aquella carpeta.

—Mi padre es un profesional, un experto en su campo, como usted en el suyo, espero —repuso Sean, cortante, y Alexandra lo miró contrariada.

—Disculpe —repuso ella con un tono glacial—. No pretendía criticar las habilidades de su padre.

—Bien. Sabe lo que hace.

«Sin necesidad de que tú le digas cómo hacerlo», pareció quedar en suspenso en el aire.

—Sí, no me cabe duda de que lo sabe —respondió Alexandra.

Pendergrast lanzó una mirada de advertencia a su hija, que parecía a punto de replicar de nuevo.

—Entonces, ¿estamos de acuerdo?

—Estamos de acuerdo —dije.

Pendergrast se levantó y nos dimos un apretón de manos.

—Si se reúne conmigo mañana sobre las diez menos cuarto en casa de los Delacorte, nos esforzaremos por cumplir los deseos de mi difunto cliente.

Acompañé a padre e hija hasta la puerta principal, y de ahí fui directo a la cocina para preparar la cena. Sean entró con Diesel y Dante al cabo de unos minutos. Diesel se acercó inmediatamente para protestar por el encierro. Lo acaricié y enseguida dejó los maullidos.

Sean sacó una cerveza de la nevera.

—Menos mal que el viejo Delacorte dejó escrito en el testamento que te pagaran trescientos dólares la hora. Aunque apuesto a que no se acerca ni de lejos a la tajada que sacan Pendergrast y la estirada de su hija.

—No sabría decirte. —Miré a mi hijo con una sonrisa—. Hablando de Alexandra, me pareció una joven muy atractiva.

—Sí, si es de tu tipo. —La expresión agria de Sean me divirtió. Dio un trago a su cerveza.

—Y tenía unos ojos azules extraordinarios —añadí para ver cómo reaccionaba.

—No, eran verdes.

Sean sonrió con pesar cuando se dio cuenta de que había caído en la trampa que le había tendido. Levantó la botella de cerveza y me señaló.

—*Touché*, papá. Vale, es guapa. Pero como te digo, no es mi tipo.

—¿Por qué no es tu tipo?

—Es abogada. —Sean soltó un bufido. Me miró con expresión seria—. Papá, estaba pensando en ese trabajo, que sigas con el inventario de la colección de libros raros. A pesar de que te paguen bien, no tengo nada claro que sea una buena idea.

—¿En qué sentido? —Me preguntaba cuánto tardaría en llegar a la misma conclusión que yo.

—Trabajarás en la casa del difunto, con toda su familia dando vueltas —caviló, moviendo la cabeza—. No me gusta imaginarte allí encerrado con un asesino.

CAPÍTULO DIECISÉIS

—No se sabe si el asesino es un miembro de la familia Delacorte. —Me sentí en la obligación de puntualizarlo, aunque ni yo mismo me lo acabara de creer—. Pero te concedo que es una hipótesis más que plausible.

—No deberías correr el riesgo. —Un rictus que conocía a la perfección se dibujó en la boca de Sean—. Quien ha matado una vez puede hacerlo dos veces sin vacilar si se siente amenazado.

—No digo que no. —Bebí un sorbo de té—. Pero es que no veo por qué yo tendría que ser una amenaza para nadie, si lo único que hago es trabajar con la colección de libros del señor Delacorte.

—¿Y si la colección fuera el móvil del crimen? El señor Delacorte sospechaba que alguien de su familia le estaba robando y esa persona podría habérselo cargado para interrumpir el inventario. —Sean merodeaba nervioso por la habitación—. Si lo retomas, podrías buscarte problemas... Pero si a pesar de todo insistes en seguir adelante, no me quedará más remedio que acompañarte. No me gusta nada que andes en la casa con esa gente, no puedo sacarme de la cabeza lo que tu amiga la pastelera y Azalea nos contaron. Si la mitad de lo que dicen es cierto, estarías metiéndote tú solito en la boca del lobo.

—Sí, ya sé lo que nos contaron Helen Louise y Azalea. Si quieres venir conmigo, yo encantado, necesitaré ayuda y tu espalda y tus piernas están más jóvenes y fuertes que las mías. —Bebí otro sorbo de té—. E iremos a medias con el dinero.

—No hace falta, el dinero no me preocupa. —Sean se detuvo bruscamente, con el botellín de cerveza a medio camino de los labios. Parecía angustiado—. ¿Por eso tanto empeño? ¿De verdad te hace falta el dinero?

—No, no me hace falta. —Agradecía su preocupación, pero entre la herencia de mi querida tía Dottie, mi pensión de Houston y mi modesto salario de la Universidad de Athena, me encontraba en una posición más que holgada—. Quiero terminar el inventario porque así lo deseaba el señor Delacorte. De lo poco que traté con él, merece mi aprecio y mi respeto, y me gustaría cumplir su voluntad.

—Lo entiendo. —Sean sacó una silla y se sentó—. Pero seguro que tú también entiendes que todo este asunto me dé mala espina.

—Sí, claro... Pero tú estarás allí conmigo; si me cubres las espaldas, no me pasará nada, estoy convencido. —Apuré el vaso y me levanté para rellenármelo—. ¿Te traerás a Dante?

Sean lo meditó un instante.

—No veo por qué no. Si se queda solo en casa se aburrirá, y hasta podría romper algo.

—Cierto —dije, recordando el desastre que me había encontrado el sábado junto a la puerta—. ¿Qué, cenamos algo? Tengo hambre.

—Yo también. —Sean se terminó la cerveza y dejó el botellín en la mesa—. ¿Te apetece una pizza? ¿Hay algún sitio decente que reparta a domicilio?

—Buena idea, me encanta la pizza. ¿De qué la quieres?

—Masa gruesa y extra de queso y carne. —Sean se levantó para tirar el botellín vacío—. ¿Te parece bien?

—Perfecto.

—Si me das el número, llamo yo —dijo encaminándose hacia el teléfono de la pared.

—Está en el bloc —contesté señalando una libreta colgada junto al aparato.

Tras llamar y hacer la comanda, Sean abrió la cartera y sacó unos billetes.

—Con esto debería bastar. Me han dicho que tardarán unos veinticinco minutos. Me gustaría mirar el correo electrónico y buscar un par de cosas por internet mientras tanto.

—Gracias por la pizza.

—No hay de qué.

Subió a buscar el portátil y los dos animales desaparecieron tras él. Diesel parecía resuelto a no perder de vista a su nuevo compañero de juegos.

La cena llegó media hora más tarde. Dejé la caja en la mesa y me fui a avisar a Sean, que bajó a la cocina seguido de los animales. Sean había pedido una pizza grande y temí que se hubiera excedido. Quizá con una mediana nos habría bastado, pensé, pero cuando se sirvió la mitad en el plato, se me pasó la preocupación.

—¿Te importa si ceno en el porche? —preguntó, haciéndose con un par de servilletas de papel—. Tengo que terminar un par de cosas y prefiero dejarlas hechas.

—Claro, ningún problema —contesté decepcionado—. Voy a ojear las instrucciones y la copia del inventario que me ha traído Alexandra Pendergrast.

—Bien, hasta ahora.

Sean salió de la cocina, con un alborotado caniche pisándole los talones. Diesel se quedó conmigo y lo recompensé con un par de mordiscos de pizza. No era un plato habitual en casa, así que los trocitos de queso y carne eran algo especial para él. Decidí esperarme a no tener las manos pringosas para empezar a leer el archivo. Me comí tres de las cuatro porciones que había dejado Sean y cerré la caja, intuyendo que la última no tardaría en desaparecer.

Una vez arriba, con las manos limpias y el pijama puesto, me metí en la cama con la carpeta. Diesel subió de un salto y se tumbó a mi lado para echar una cabezada.

Cuando terminé de ojear la lista, sentí que tenía los ojos desencajados de tanto abrirlos como platos. James Delacorte había reunido una colección increíble: no solo contaba con incunables de la época colonial, sino que poseía además magníficos ejemplares de impresores europeos antiquísimos. Me moría de ganas de regresar a la biblioteca y localizar algunas joyas. Para un catalogador de libros raros, la biblioteca Delacorte era un verdadero paraíso.

La lista de instrucciones era escueta; lo primordial era mantener la colección intacta y que el inventario fuera exhaustivo, y me pregunté cuándo la habría redactado. El señor Delacorte sospechaba que le faltaban algunas obras y tal vez temía que, después de su muerte, el ladrón desvalijara la colección. Ciertos volúmenes podían valer una fortuna en una subasta. Solo las primeras ediciones de obras de Faulkner, muchas firmadas y supuestamente en buen estado, ya ascenderían a cantidades astronómicas.

Con todo, el familiar que estuviera sisándole libros tenía que ser muy estúpido, pues el hurto saldría a la luz enseguida. Lo más probable era que ninguno de los herederos de James

Delacorte estuviera tan desesperado ni fuera tan corto de luces. Al día siguiente, cuando me enterara de las disposiciones del testamento, me haría una idea más clara.

Mi siguiente cometido, una vez completado el inventario, era preparar la colección para el traslado a su siguiente hogar. Sonreí complacido al leer que iría a la biblioteca de la Universidad de Athena. El señor Delacorte también había previsto unos generosos emolumentos para cubrir los gastos de mantenimiento y catalogación de los libros. Me esperaban unos cuantos años de trabajo por delante con aquella colección. Lamentaba profundamente el motivo por el que su cuidado recaía en mis manos, pero la muerte es, con demasiada frecuencia, el acontecimiento que desencadena tan magníficos regalos.

A eso de las nueve sonó el teléfono. Miré la pantalla antes de descolgar y reconocí el número: alguien de la comisaría de policía. Mi estómago protestó; lo sentía pesado como si en lugar de pizza hubiera cenado una bola de plomo.

La voz de Kanesha Berry resonó en el auricular, tan seca y formal como de costumbre:

—Buenas noches, señor Harris. Siento molestarlo a estas horas, pero me gustaría acercarme para hablar con usted si está disponible.

—Por supuesto, aquí la espero. —¿Me hallaba en condiciones de enfrentarme a otra ronda de preguntas sobre mis movimientos de hoy?

—Gracias, estaré allí dentro de un rato.

Volví a vestirme y a ponerme los zapatos y bajé con Diesel a la planta principal. Sean seguía en el porche, encorvado frente al portátil mientras un cigarro se consumía en el cenicero. Le informé de que Kanesha estaba de camino porque supuse que le sentaría mal que lo mantuviera al margen de la conversación.

Cuanto más lo pensaba, más me conmovía su determinación a protegerme.

Cuando sonó el timbre, Sean, Dante y Diesel estaban en el salón junto a la bandeja con el té que había preparado a toda prisa, y yo salí a recibir a Kanesha, que, como advertí con interés, había venido sola. Traía con ella un maletín.

—¿Recuerda a mi hijo Sean? —dije mientras pasábamos al salón—. Y a Diesel y Dante.

Kanesha saludó educadamente a Sean al tiempo que observaba a los animales con cierto recelo, o eso me pareció. Dante se le acercó meneando la cola y la inspectora, haciendo de tripas corazón, se agachó y le ofreció los dedos para que se los olisqueara. El perro le lamió la mano y ella le correspondió con una torpe caricia en la cabeza. Diesel se limitó a observar la escena desde su puesto en el sofá. No se fiaba de Kanesha, aunque tampoco parecía sentir verdadera aversión o miedo por la inspectora.

Cuando todo el mundo estuvo sentado, le ofrecí una taza de té a la inspectora e interpreté su aceptación como un indicio de que no iba a ser un interrogatorio oficial.

Dante subió al sofá de un brinco y se colocó junto a Diesel, que estaba repantingado a mi lado. Sean hizo un amago de ordenarle que bajara, pero me apresuré a decir que no pasaba nada y, pese a su gesto de desaprobación, no rechistó. Yo no tenía ningún problema en que el perro se subiera a los muebles, estaban ahí para que los usara toda la familia y Dante y Diesel eran dos miembros más de nuestro clan.

Iba siendo hora de ir al grano.

—Creo que hay algo que debe saber, inspectora —dije mientras Kanesha daba un primer trago a su taza de té—. Q. C. Pendergrast y su hija Alexandra han venido a verme esta tarde.

Kanesha frunció el ceño al oír la noticia.

—¿Por la muerte del señor Delacorte? —Por el cuidado que ponía en sostener la taza y el platillo deduje que estaba tensa.

—Sí. El señor Delacorte me nombró albacea de su testamento junto con el señor Pendergrast. —Sonreí con modestia—. Yo no tenía ni idea, naturalmente.

Sean, desde la butaca de enfrente, parecía querer decirme algo con la mirada, pero no acerté a entender qué era.

—No sabía que mantuviera una relación tan cercana con el señor Delacorte. —Kanesha dejó la taza en la mesita de centro sosteniéndome la mirada.

—No la tenía. Solo éramos conocidos, de verdad. —Me encogí de hombros—. Según el señor Pendergrast, el señor Delacorte me nombró coalbacea por mi experiencia como catalogador de libros raros; quería que inventariara su colección.

De nuevo, Sean parecía esforzarse por comunicarme algo. Lo reprendí con la mirada y Kanesha lo observó de refilón antes de volver a dirigirse a mí.

—¿Será usted el encargado de tasar la colección? —Kanesha se cruzó de brazos sin dejar de mirarme fijamente.

—No, no. Solo de elaborar el inventario.

¿Debería informarle ahora de que el señor Delacorte había donado la colección a la universidad? Me dije que sería lo mejor.

Tras enterarse, guardó silencio un instante.

—Como anillo al dedo, ¿no?

Sean se enderezó al oír el comentario.

—¿Cómo dice?

Kanesha lo miró de soslayo pero volvió a observarme.

—Tendrá usted entre sus manos una colección muy valiosa, ¿me equivoco?

Lo dijo como dando a entender que me pondría a rapiñar volúmenes tan pronto pasara bajo mi control.

Me la quedé mirando.

—Seré su custodio, efectivamente, mientras siga trabajando allí. Pero será propiedad de la universidad, no mía.

Kanesha se encogió de hombros.

—Es justo a lo que me refería. —Sean y yo intercambiamos una mirada. Kanesha me había provocado deliberadamente, y los tres lo sabíamos—. Supongo que estará deseando acabar el inventario, ¿verdad? —Kanesha se relajó lo suficiente para dejar los brazos sobre el regazo.

—Desde luego. Sean vendrá a ayudarme. —Bebí un sorbo de té—. El señor Pendergrast también me ha pedido que esté presente mañana por la mañana cuando lea el testamento a los herederos y, después, quiere que me ponga manos a la obra cuanto antes. ¿Cuándo podré volver a entrar en la biblioteca?

—Es posible que mañana mismo por la tarde. Se trata de una situación excepcional... —Kanesha guardó silencio—. O sea que pasará usted bastante tiempo en la casa... Quizá no sea tan mala idea al fin y al cabo.

—¿A qué se refiere? —preguntó Sean en tono bronco. Dante se incorporó y ladró, pero volvió a esconder la cabeza entre las patas en cuanto Sean lo mandó callar.

—Quiero decir que nos vendrá bien tener a una persona en la casa. Alguien ajeno a la investigación oficial... —Kanesha contestó mirando a Sean, pero se volvió rápidamente hacia mí para calibrar mi reacción.

Las cosas habían cambiado, no cabía duda. El otoño pasado no le había hecho ninguna gracia que me viera envuelto en otra investigación de asesinato. Habíamos conseguido llevarnos bien, pero no fue un camino de rosas.

Y ahora ahí la tenía, en mi propia casa, prácticamente pidiéndome que husmeara por ella.

Verbalicé mis pensamientos, con más tacto del que quizá hubiera debido.

—Quiere que esté pendiente de todo lo que pueda ser relevante para la investigación, ¿es así?

—Exactamente. Sé de buena tinta que es usted observador. —Esbozó una sonrisa—. Y, si le soy honesta, toda ayuda será bienvenida en esta investigación. Es imposible sacar nada en claro con esta gente, nunca había visto una familia igual.

Sacudí la cabeza mirando a Sean, pues vi que estaba a punto de protestar.

—Gracias por el cumplido y descuide, le comunicaré todo lo que me parezca relevante.

—No me gusta nada que meta a mi padre en su investigación y lo ponga en peligro. —Sean irradiaba desaprobación.

—Comprendo sus reticencias —dijo Kanesha—, pero mientras su padre se limite única y exclusivamente a observar, no debería ponerse en ningún peligro.

—Estoy de acuerdo —dije, pensando en el énfasis que Kanesha había puesto en delimitar mi papel—. Sean, tú estarás conmigo y te prometo que no haré tonterías, seré un mero observador.

Sean seguía pareciendo escéptico, pero guardó silencio.

Me volví hacia Kanesha.

—¿De esto era de lo que quería hablarme?

—En parte. También me gustaría enseñarle una cosa. —Kanesha abrió el maletín y rebuscó en su interior—. Lo encontramos en el escritorio del señor Delacorte.

—¿Dónde exactamente? —Cuando lo encontré, estaba demasiado nervioso para fijarme en nada más aparte de su cadáver.

—Estaba bajo su mano derecha. —Kanesha sacó una carpetilla de papel metida en una funda de plástico, cerró el maletín y volvió a dejarlo en el suelo—. Creo que guarda relación con la colección del señor Delacorte.

Me tendió la carpetilla sin sacarla del plástico.

Tras examinarla con cuidado, lo único que llamó mi atención fue la palabra *Tamerlán* pulcramente impresa en la etiqueta.

Apenas pesaba.

—¿Hay algo dentro? —pregunté mientras se la devolvía.

—No, está vacía, pero sospecho que debió de haberlo. —Hizo una pausa—. Debajo había una carta de un marchante de libros con fecha de julio del año pasado en la que avisaba al señor Delacorte de que en noviembre saldría a la venta en una subasta privada un ejemplar de *Tamerlán* y lo invitaba a participar.

—¿Qué es *Tamerlán*? —preguntó Sean—. Me suena de algo.

—Es un poemario que se autopublicó Edgar Allan Poe —contesté sin salir de mi asombro—. Es una auténtica perla. Se imprimieron unos cincuenta ejemplares y solo se tiene conocimiento de la existencia de diez o doce. Vale una pequeña fortuna.

—¿Estaba en el inventario que te dio Alexandra Pendergrast? —preguntó Sean, con evidente interés.

—No, no aparecía. Quizá no llegó a participar en la subasta o, si lo hizo, no la ganó. —Me encogí de hombros—. O la lista está sin actualizar.

—Creo que sí que la ganó —confirmó tranquilamente Kanesha—. Debajo había otra carta en la que el marchante le daba las gracias por la compra y por haberle permitido representarlo «en una transacción altamente satisfactoria y exitosa».

—Pues parece que al final sí que ganó la subasta. —Sean se reclinó en su silla—. Me gustaría saber por cuánto le salió la broma.

—Es una pregunta interesante —convino Kanesha—, pero hay otra cuestión más importante: ¿dónde está?

CAPÍTULO DIECISIETE

—¿Y cree que estaba en esa carpeta? —preguntó Sean sin molestarse en disimular su incredulidad—. ¿Cómo iba a estar ahí dentro?

—Te responderé dentro de un momento —le contesté con un gesto severo. Ya había crispado a Kanesha con su tono bronco y no me apetecía que la siguiera enfadando—. ¿Puedo volver a ver la? —pregunté extendiendo la mano hacia la inspectora.

Kanesha me devolvió la carpeta y la examiné a través de la funda de plástico antes de devolvérsela.

—Es papel libre de ácido. Es precisamente lo que yo usaría para conservar y proteger algo antiguo y valioso.

—Pero ¿qué tamaño tiene esa obra? —Sean volvió a la carga—. No irás a decirme que alguien metería un libro ahí dentro...

—No, un libro no cabe. Hay estuches especiales, si es que necesitan ese tipo de protección.

Antes de darme tiempo a seguir hablando y responder la pregunta inicial de Sean, Kanesha saltó con otra:

—¿Cuándo se publicó *Tamerlán*?

—Me parece que en 1827. Poe tenía dieciocho años. —Hice una pausa mientras trataba de evocar un máximo de detalles—. En realidad es un poema épico, no es un libro propiamente dicho... Tendrá unas cuarenta páginas, es más bien un libreto. Cabría en una carpeta como esta. —Recordé un dato más—. Hay otros nueve poemas además de «Tamerlán».

—Vaya, es usted un experto en Poe... —reconoció Kanesha admirada, aunque un poco a regañadientes—. Bueno, supongo que es el tipo de información que maneja cualquier bibliotecario, ¿no?

—Los bibliotecarios tenemos tendencia a picotear información de todo tipo —contesté con una sonrisa de disculpa—. En el caso que nos ocupa, información útil, pero a menudo son meras trivialidades.

Sean soltó una carcajada.

—Que no le engañe esa modestia, inspectora. Mi padre es una auténtica mina en todo lo que tiene que ver con libros.

Esbocé una sonrisa mirando a mi hijo, agradeciéndole el cumplido en silencio.

—Entonces esta carpeta... —dijo Sean— podría haber contenido el panfleto, ¿no?

—Exacto. Quedan unos trocitos de papel dentro y son de un color distinto al de las dos cartas, que están intactas. —Kanesha se encogió de hombros—. Tendremos que esperar a que el laboratorio de criminalística los examine para datar el papel.

Esos diminutos trocitos de papel no eran concluyentes aún, pero el romántico que llevo dentro quería creer que pertenecían a un ejemplar original de una de las obras literarias estadounidenses más raras de todos los tiempos. Podía imaginarme perfectamente la emoción del señor Delacorte al sostener aquel valioso objeto entre las manos, sabiendo que había pasado a formar parte de su colección.

Entonces sentí una punzada de lástima. Si *Tamerlán* había sido una adquisición reciente, apenas había tenido tiempo de disfrutarla.

De pronto me vinieron a la cabeza retazos de una conversación:

—El señor Delacorte se marchó a no sé dónde por negocios la semana pasada —dije—. Recuerdo habérselo oído comentar a alguien. Quizá me lo dijo él mismo, no estoy seguro, pero puede que el viaje tuviese algo que ver con la compra.

—Bueno es saberlo —dijo Kanesha—. Lo averiguaré. —Se detuvo un momento—. Bien, y con respecto a lo que le he comentado antes, a su papel como observador mientras esté en el domicilio de los Delacorte...

—Sí, por supuesto, ¿tiene instrucciones concretas para mí? —Seguía sin dar crédito a que estuviera pidiéndome ayuda y, para colmo, delante de un testigo.

Un rictus de dolor cruzó su rostro y se esfumó cuando respondió:

—Tenga los ojos bien abiertos y esté especialmente atento a la aparición de *Tamerlán*. Intente comprobar si el señor Delacorte llegó a adquirirlo. Si aparece, una cosa más que puedo tachar de mi lista.

—Seguro que está. No creo que un ladrón fuera a pensar que podría robarlo y salirse de rositas... No con una obra tan rara.

Sean se removió en la butaca.

—Quizá esté usted sobreestimando la inteligencia de esa persona, señor Harris. —El tono cortante de Kanesha me intrigó—. Según mi experiencia, el ladrón medio tiene el cerebro de una mosca. Siempre se creen que se irán de rositas, cuando para cualquiera con dos dedos de frente sea obvio que no.

—¿Se refiere a los Delacorte? —Sean se inclinó hacia delante—. Según hemos oído mi padre y yo, no parecen muy avispados.

Kanesha nos miró alternativamente con cara de póquer.

—No sé qué habrán oído, pero no tengo una opinión oficial sobre la familia Delacorte. Pronto podrán juzgar por ustedes mismos.

—Muy bien —dije, consciente de que no le sacaríamos nada más. Kanesha solo se mostraba cercana cuando le convenía—. ¿Alguna indicación más que Sean y yo debamos tener en cuenta?

—No. Solo una advertencia: recuerde bien lo que le he dicho, limítese a observar. Es lo único que necesito de usted, ¿está claro?

Kanesha se puso seria.

—Como el agua, inspectora. —Sonreí y señalé la bandeja del té—. ¿Le apetece otra taza?

—No, gracias. —Kanesha recogió sus pertenencias antes de levantarse de la silla—. Tengo que volver a la comisaría. Espero su llamada si encuentra algo, en el momento mismo en que lo encuentre. —Me lanzó una mirada pétrea.

Me puse de pie a la vez que Sean.

—Entendido, inspectora, le aseguro que me atendré a sus reglas. —Diesel y Dante bajaron de un salto y me preparé para despedir a la agente.

—Ya acompaño yo a la inspectora Berry a la puerta. —Sean se me adelantó.

Asentí, intrigado por el arranque de mi hijo. ¿Querría decirle algo a mis espaldas?

Observé a Sean y a Kanesha salir del salón seguidos del gato y el perro. Dante parecía resuelto a no dejar a Sean ni a sol ni a sombra. El pobrecillo tenía que estar confundido, por no decir angustiado, después de cambiar de dueño y pegarse un buen viaje para llegar a una casa desconocida.

Sean y los animales volvieron cuando terminaba de recoger.

—No sé tú —dije, levantando la bandeja cargada—, pero yo estoy para ir derechito a la cama. Menudo día...

—Déjame eso, yo me encargo. —Sean me quitó la bandeja de las manos—. Sube y descansa. ¿Te ayudo en algo?

Su preocupación me conmovía.

—Gracias. Estoy bien, cansado nada más. Si no te importa, comprueba que las puertas estén cerradas y las luces apagadas cuando subas a acostarte.

—Claro. Buenas noches —dijo, volviéndose hacia la cocina—. Vamos, Dante.

Diesel se despidió con un gorgorito y se frotó contra mí mientras contemplábamos a mi hijo y a su perro encaminarse hacia la cocina. Al rascarle la cabeza, constaté que ya no tenía que agacharme, pues había dado un estirón los últimos dos meses. Era probable que pronto alcanzara su estatura máxima. Por lo general, los gatos Maine Coon crecían hasta los tres años y calculaba que Diesel estaba a punto de cumplirlos. A su lado, Dante parecía un enanito.

Al cabo de un rato, ya en la planta de arriba, me metí en la cama tan cansado que ni siquiera tenía ganas de leer. Diesel ya ocupaba su puesto habitual y decidí apagar la luz e intentar dormir.

«Intentar» es la palabra, como descubrí. Cuando cerré los ojos, seguía viendo a James Delacorte en su escritorio, muerto. La visión de su cadáver no había sido particularmente truculenta, más desestabilizadora que otra cosa, pero, aunque apenas lo conociera, su muerte me estaba afectando más de lo que había pensado. Quizá otras personas, especialmente sus familiares, le guardaran un rencor legítimo —o no—, pero conmigo había sido indefectiblemente cortés.

La idea de que lo hubieran envenenado me enfurecía. Si resultaba ser el caso, haría todo lo que estuviera en mi mano para ayudar a Kanesha a dar con el asesino. Me sentía un poco Némesis, supongo.

Eso me llevó a la señorita Marple y a la novela en la que un anciano millonario la contrata para vengar un viejo crimen haciendo de Némesis. Aunque no aspiraba a entrar en la liga de la señorita Marple, era sin duda un buen referente.

Me esforcé por sosegar mis pensamientos y conciliar el sueño. Me encontraba en esa fase intermedia, listo para caer rendido en cualquier momento, cuando el teléfono sonó y me despertó del todo. Miré los números luminosos en el despertador de mi mesita de noche. ¿Quién estaría llamándome a las 22:28?

A lo mejor era mi hija, Laura. A veces se olvidaba de la diferencia horaria entre Athena y Los Ángeles y me llamaba cuando ya estaba en la cama.

El teléfono seguía sonando y escruté la pantalla para tratar de averiguar quién me llamaba. Era un número local, pero no me sonaba de nada. Obviamente, no era Laura.

Levanté el auricular y me identifiqué. Al principio solo oí una respiración entrecortada y me disponía a colgar cuando una voz con un marcado acento de Misisipi dijo:

—Métase en sus asuntos, señor Harris. Aléjese de los Delacorte si quiere seguir sano y salvo.

No daba crédito a lo que estaba oyendo. ¿Me había metido de pronto en un libro de los hermanos Hardy? Aquello no tenía ni pies ni cabeza.

Probablemente no fue buena idea, pero era tarde y estaba agotado. Me entró la risa:

—¿Es una broma? ¿Por qué debería tomarme esta amenaza en serio?

Al otro lado de la línea seguí oyendo la misma respiración fatigosa hasta que la voz volvió a hablar:

—Más le vale tomársela en serio o de lo contrario su familia lo lamentará.

El tono de voz fue crispándose a medida que avanzaba la frase y las últimas tres sílabas sonaron apenas como un chirrido. El emisor de la llamada colgó con fuerza el auricular y me estremecí.

Diesel, que se me había acercado durante la conversación, me apoyó una pata sobre el brazo y soltó un gorgorito con una inflexión que sonó casi como una pregunta.

—Estoy bien, muchacho —dije, acariciándole el lomo—. No te preocupes, era algún idiota que quería gastarme una broma...

Deduje que mi gato, gracias a su agudo sentido del oído, había captado el tono de voz y por eso se había puesto nervioso.

Me había reído en la oreja de mi anónimo interlocutor, pero ahora que había colgado el teléfono temí haberme pasado de listo. ¿Y si era la misma persona que había asesinado a James Delacorte? ¿Habría enojado al asesino con mi actitud? ¿Cómo reaccionaría el asesino?

«Echa el freno», me dije. La policía todavía trataba de dilucidar si se había cometido un crimen, aunque yo tenía la corazonada de que alguien había matado al señor Delacorte. Era demasiado oportuno que hubiera muerto justo después de que empezáramos a elaborar un inventario para destapar posibles hurtos.

En realidad lo prudente sería tomarme la llamada en serio. Descolgué el auricular y marqué un número que conocía muy bien.

Al cabo de un instante, me pasaron con Kanesha Berry. ¿Aquella mujer descansaba alguna vez?

—¿Qué pasa, señor Harris? Supongo que tendrá usted una buena razón para llamar...

Su ironía me sacaba de quicio, pero respiré hondo y respondí con amabilidad:

—Sí, me ha parecido oportuno poner en su conocimiento que he recibido una amenaza telefónica.

—¿Cómo? —De fondo oí un ruido como si un libro cayera contra una superficie dura—. Deme detalles. ¿Qué le dijeron?

Le repetí la conversación esforzándome por reproducírsela tan textualmente como me fue posible.

—Y si me concede un segundo, le daré el número desde el que me llamaron. Puedo consultarlo en el identificador.

—¿Me está diciendo que vio un número en la pantalla del teléfono? ¿De una amenaza telefónica? —Kanesha se mofó—. Hay que ser tonto...

—Lo sé. A mí también me ha extrañado, por eso me ha salido esa respuesta... —Leí el número en voz alta.

—Lo reconozco —dijo Kanesha tras un breve silencio. Algo en su tono me dio un ligero escalofrío.

—¿De quién es?

—De James Delacorte —contestó—. De la línea privada que tenía en su dormitorio.

Sin duda, era como para poner los pelos de punta y el escalofrío me sacudió con más contundencia, hasta que, de pronto, me asaltó una duda:

—¿Cómo sabe que es el teléfono de su dormitorio? —quise saber.

—Se lo explicaré después —respondió—. Tengo que ir inmediatamente a la casa; en teoría esa habitación está precintada.

Tras decir esto, me colgó sin despedirse.

CAPÍTULO DIECIOCHO

¿Qué demonios pasaba en la mansión de los Delacorte? ¿Algún miembro de la familia se había vuelto loco de remate? El episodio de la llamada parecía surrealista. ¿Qué malhechor era tan estúpido como para llamar sin ocultar el número? ¿Y si lo había hecho adrede, convencido de que iría derechito a denunciarlo?

No tenía respuestas para aquellas preguntas, aunque me quedé despierto más de una hora buscándolas. El otro enigma que no logré descifrar fue por qué el malhechor había elegido el teléfono del dormitorio de la víctima para proferir su amenaza.

Alguien había lanzado el guante y Kanesha Berry iba a recogerlo. Aquella llamada podía ser un error que le saliera muy caro. Todo aquello me parecía obra de una mente retorcida y, cuantas más vueltas le daba, más me perturbaba.

Pero ¿era motivo suficiente para no volver a la mansión de los Delacorte e incumplir mis obligaciones como albacea? Tras sopesarlo, llegué a la conclusión de que no. Si bien no me entusiasmaba la idea de volver a pisar aquella casa, quería pensar que al menos tenía los arrestos de no fallar a mi palabra con James Delacorte. Él me había pedido ayuda por una razón y había creído en mis capacidades y yo no pensaba decepcionarlo. Una vez zanjado el tema, sucumbí al sueño. A mi lado, Diesel también dormía, liberado al fin de mi inquieto desasosiego.

A la mañana siguiente desperté pasadas las ocho, mucho más descansado de lo que pensaba después de todo lo que me costó dormir. Diesel no estaba en la cama y supuse que andaría por la planta baja.

Al cabo de un rato, aún en pijama y pantuflas, entré en la cocina y me encontré a Sean ante la sartén en pantalones de deporte y camiseta.

—Buenos días, papá —saludó—. Los huevos están casi listos y hay café recién hecho.

—Gracias —contesté. Me serví una taza y llevé la cafetera a la mesa. Miré alrededor—. ¿Dónde andan Diesel y Dante?

—Fuera, en el jardín. Me ha parecido buena idea que corrieran un poco mientras preparaba el desayuno.

—¿Hace cuánto han salido? —Di un sorbo al café.

—Hace un rato ya. —Sean removió los huevos en la sartén.

—Salgo a buscarlos, he oído tronar cuando bajaba las escaleras.

—De acuerdo, mientras voy preparando las tostadas.

Al abrir la puerta del porche, vi unos oscuros nubarrones acercándose. Diesel estaba en las escaleras y acudió a mi encuentro tras saludarme con unos maullidos. No había rastro de Dante, pero en cuanto lo llamé, salió de las azaleas de la valla trasera y vino corriendo hacia mí. Empezó a llover cuando alcanzó la escalera.

—Vaya, he llegado justo a tiempo —les dije. Diesel maulló dos veces y Dante me miró con la lengua fuera. Habría estado jugando sin parar. Le revisé las patas en busca de tierra, temiendo que hubiera escarbado los arriates, pero comprobé aliviado que tenía las garras limpias—. Muy bien, vamos a desayunar.

Los animales me adelantaron y cuando llegamos la cocina, Sean tenía la mesa puesta.

Antes de sentarme, fui a cerciorarme de que los cuencos de Diesel estuvieran llenos. Había tenido que subirlos a una mesa del lavadero para evitar que Dante se comiera su comida. Los llené de agua y galletitas y constaté que Sean ya se había encargado de los de su mascota.

De vuelta en la mesa, di un par de sorbos al café mientras Sean traía a la mesa los platos con las tostadas y los huevos.

—No he hecho ni beicon ni salchichas —se disculpó—, espero que no te importe.

Se sentó frente a mí y agarró el tenedor.

—Ningún problema, no me lo puedo permitir a menudo. No me viene bien ni para el colesterol ni para la digestión.

El periódico estaba en la mesa. Acostumbraba a leerlo mientras desayunaba, pero no si tenía compañía, por mucho que mi acompañante no pareciera interesado en mantener ninguna conversación.

Comimos en silencio durante varios minutos. Felicité a Sean por los huevos revueltos, que le habían quedado muy cremosos, y recibió el cumplido con una sonrisa y un asentimiento.

Entonces comentó:

—Anoche me pareció oír el teléfono. No era Laura, ¿verdad?

Tenía previsto contárselo, pero prefería esperar a estar desayunado. Todo el asunto seguía teniendo un aura irreal y creía que la cafeína y la comida me ayudarían a anclarme a la realidad.

—No. —Le di otro sorbo al café—. Era alguien que me amenazaba para que no volviera por la mansión de los Delacorte.

—¿Cómo? —exclamó Sean al tiempo que el tenedor se le escurría de la mano. Lo dejó sobre el plato—. ¿Y qué te dijo?

Le repetí la breve conversación y el rostro de Sean se endureció.

—No hay más que hablar, papá. Ni se te ocurra volver por allí.

—Déjame que te lo cuente todo —añadí. Completé la historia con la llamada a Kanesha y su reacción cuando le di el número.

—Están mal de la azotea. Te lo digo en serio: no vuelvas a acercarte a esos tarados.

Se frotó la cabeza con la mano derecha con tanta fuerza que, de no haber llevado el pelo tan corto, se habría arrancado alguno.

—Reconozco que de entrada yo reaccioné igual, pero cuanto más lo pienso, más claro veo que debo realizar la tarea para la que el señor Delacorte me contrató.

Era evidente que no iba por buen camino; el rostro de Sean se ensombreció aún más.

—No me vas a hacer ni caso, ¿verdad? Ya sé lo terco que eres cuando se te mete algo entre ceja y ceja.

Lo miré sonriendo.

—Sí, como cierta persona de la familia cuyo nombre empieza por ese. ¿Se te ocurre quién puede ser?

Sean torció el gesto. Estaba claro que la terquedad era un rasgo que había heredado de mí.

Soltó un gruñido, un sonido que no oía desde que mi hijo era adolescente. En aquella época, gruñía profundamente exasperado por mi ignorancia general y se encerraba en su cuarto dando un portazo, aunque en su favor diré que a la media hora solía salir avergonzado y pedir disculpas.

En esta ocasión, Sean no se levantó de la mesa, sino que permaneció en su silla mirándome a los ojos.

—No, no voy a cambiar de opinión —le dije—. Por dos motivos: la policía estará por allí mientras la investigación esté abierta y, además, esperaba que vinieras conmigo para ayudarme con el inventario. De verdad, me vendrías muy bien.

—Supongo que no me queda más remedio —farfulló a regañadientes.

—Gracias.

Sean me miró con gesto ceñudo, pero dio por zanjada la discusión. Yo seguí dando cuenta del desayuno y, al acabar, metí el plato y los cubiertos en el lavavajillas.

—Subo a darme una ducha y a vestirme —anuncié—. Tenemos que estar antes de las diez, así que te espero aquí abajo a las nueve y media.

—Cuenta con ello. —Sean se metió el último trozo de tostada en la boca.

Diesel me siguió al piso de arriba y se tumbó a dormitar en la cama mientras me duchaba.

Cuando bajé, Sean, fiel a su palabra, estaba listo a la hora acordada. Se había puesto un traje sin corbata que le daba un aire elegante y profesional y con el que, además, estaba muy guapo. Me sentí orgulloso de él.

Dante se sentó a los pies de Sean con la correa puesta.

—Venga —dije—, le coloco el arnés a Diesel y salimos.

Un cuarto de hora después, aparqué en el camino de entrada a la mansión detrás de un Cadillac antiguo que debía de ser de Q. C. Pendergrast. Me pareció el coche adecuado para aquel insigne personaje.

Cuando Sean y yo llegamos con nuestros amigos cuadrúpedos, Truesdale ya estaba en la entrada para recibirnos. Una vez dentro, le presenté a Sean y a Dante y, aunque frunció el gesto al verlos, se abstuvo de comentarios.

—El señor y la señorita Pendergrast los esperan en el salón secundario. —Truesdale señaló el saloncito en el que habíamos estado la víspera y los cuatro lo seguimos hacia la puerta, donde anunció nuestra llegada haciéndose a un lado y cerró tras nosotros.

Q. C. Pendergrast estaba frente a la chimenea y se volvió hacia nosotros mientras nos aproximábamos. Alexandra estaba apoyada en un sillón de piel de color rojo sangre.

Pendergrast asintió.

—Buenos días, señor Harris. Y buenos días, joven Harris. Veo que se han traído ayudantes. —Soltó una risita.

La expresión de Alexandra era inescrutable, aunque capté un atisbo de algo —¿fastidio, interés?— cuando Sean y Dante aparecieron detrás de mí.

—¿Era necesario que vinieran con un perro y un gato? —Alexandra se levantó—. Esta casa está llena de alfombras que cuestan un dineral y no creo que la familia...

—... quiera que un perro vaya haciendo pis por ahí. —Sean la interrumpió—. No me cabe duda de que está usted en lo cierto, pero Dante no hará pis aquí, excepto en el césped del jardín. Está bien enseñado y tengo intención de sacarlo cada vez que lo necesite. ¿Le parece satisfactorio, señorita Pendergrast?

La hosquedad de Sean me abochornó, mientras que Q. C. Pendergrast frunció los labios. Alexandra, por su parte, se puso tan colorada como un tomate.

—Sí, señor Harris. Más le vale no quitarle el ojo de encima a ese bicho.

—No es un bicho, señorita Pendergrast. Es un perro y se llama Dante.

Sean la fulminó con la mirada.

—Bueno, va siendo hora de entrar en harina. —El tono del señor Pendergrast era afable, pero dejaba claro que no iba a consentir más riñas. Alexandra se sentó y Sean permaneció de pie a mi lado de brazos cruzados—. ¿Por qué no toman asiento? Tenemos cosas que hablar antes de leer el testamento de James a sus parientes.

Sean y yo nos acomodamos en un sofá que estaba colocado en ángulo recto con la chimenea y frente a Alexandra. Diesel se sentó a mis pies; estaba ensimismado mirando con atención a su alrededor y sabía cuánto le gustaría explorar la estancia. Dante brincó al regazo de Sean, dio un par de vueltas y por fin se hizo un ovillo y tembló. Sean lo acarició con suavidad.

—Ya que vamos a trabajar juntos, ¿le molesta que nos dejemos de formalismos y le llame Charles? —El señor Pendergrast sonrió—. Por favor, llámeme Q. C.

—Puede llamarme Charlie.

Me costaba desprenderme de la coletilla del «señor Pendergrast». Como a tantas generaciones de antepasados, mi educación sureña me había enseñado a tratar a mis mayores con respeto y seguía anteponiendo el «señor» o «señora» al dirigirme a ellos, pues no me acostumbraba a llamarlos por su nombre de pila.

—Estupendo. —Pendergrast asintió—. Les cuento lo que va a pasar dentro de unos minutos: lo presentaré como mi coalbacea, pero esperaré a leer la disposición pertinente del testamento antes de informar de que seguirá usted trabajando en la elaboración del inventario, tal y como James deseaba.

—Sé a buen seguro que al menos un miembro de la familia ya está al corriente. —Acaricié la cabeza de Diesel para mantenerlo cerca, pues mostraba indicios de incomodidad.

Pendergrast me miró inquisitivo:

—¿Qué quiere decir? ¿Se ha puesto alguien en contacto con usted?

—Anoche recibí una amenaza telefónica. Al principio me lo tomé a la ligera, pero cuando lo puse en conocimiento de la inspectora Berry, me confirmó que la llamada venía del dormitorio del señor Delacorte.

—Una habitación precintada por la policía —añadió Sean, removiéndose en su asiento. Dante protestó con un gruñido y levantó la cabeza antes de volver a apoyarla en las piernas de Sean—. Diría que el autor de la llamada debe de ser alguien de la familia.

—Y no se lo discutiré. —El señor Pendergrast se metió las manos en los bolsillos del pantalón y se meció en sus botas de vaquero—. A James no le faltaban razones para desconfiar de su familia. Sospecho que pronto encontraremos al autor del crimen... Podría ser cualquiera, hasta donde yo sé.

—¡Papá! —dijo Alexandra en un tono cargado de reproche—, no puedes decir esas cosas. Piensa en las consecuencias.

Pendergrast miró cariñosamente a su hija.

—Bueno, la verdad es que no creo que Charlie y su hijo vayan a ir corriendo a la prensa y pregonar mi opinión a los cuatro vientos.

—Por supuesto que no —dijo Sean dirigiéndose a Alexandra.

Alexandra le sostuvo la mirada y se inclinó hacia delante sin levantarse del asiento:

—¿Acaso les he acusado a su padre o a usted de hacer algo así? No diga bobadas.

—Alexandra...

Alexandra enterró el hacha, cortada por la perentoriedad de la orden paterna, y sorprendí a Sean esforzándose por reprimir una sonrisa ante la turbación de la joven. Lo reprendí con un gesto de cabeza, pero se limitó a mirarme con sorna.

La ojeriza de Sean hacia Alexandra Pendergrast me tenía perplejo. Parecía tener cruzadas a todas las abogadas y me dio por preguntarme si estaría relacionado con que hubiese dejado su trabajo y venido a Misisipi. Aparqué la idea para considerarla más adelante.

—Que nos dispersamos... —La mordacidad del señor Pendergrast me pareció divertida—. Efectivamente pienso que alguien de la familia está implicado en la muerte de James, de manera ilegal. También confío plenamente en la capacidad de la inspectora Berry para descubrir la verdad y detener al culpable.

—La inspectora es muy competente, lo digo con conocimiento de causa.

—Cierto... Si no recuerdo mal, se vio usted implicado en una investigación criminal en otoño del año pasado, ¿verdad? —Pendergrast asintió y consultó su reloj—. Es hora de ir con la familia y proceder a la lectura del testamento. Como he dicho hace un momento, no mencionaré que continuará usted con el inventario hasta que llegue a la disposición correspondiente. Intuyo que generará reacciones interesantes. Ja, como si el resto del testamento fuera a dejarlos indiferentes. —Negó con la cabeza—. Me da que, como dice el buen libro, vamos a tener más de un llanto y crujir de dientes. James realizó algunos cambios drásticos en su testamento la semana pasada, pese a que yo se lo desaconsejé.

Me levanté y salí por la puerta detrás de Pendergrast.

—No, tú te quedas —le dije a Diesel. Protestó con un maullido y se lo repetí con más firmeza. Me volvió la espalda.

Ni Sean ni Alexandra pronunciaron palabra cuando Pendergrast y yo nos fuimos. No me importaría tener una grabación de lo que sucedió en aquella habitación mientras los mayores estábamos con la familia. Esperaba que consiguieran llevarse bien hasta que concluyera la lectura del testamento.

Me di cuenta de que estaba evitando a toda costa pensar en la escena que estaba a punto de desarrollarse con la familia

Delacorte cuando el señor Pendergrast llamó a la puerta del salón principal. No soy amigo del conflicto y Pendergrast ya había vaticinado histrionismos en respuesta al testamento de James Delacorte.

La situación iba cada vez adquiriendo más tintes de novela de Agatha Christie, con un cadáver en la biblioteca como guinda del pastel. ¿Conseguiría encontrar las pistas o acabaría lamentándome por haber pasado por alto las más importantes cuando la solución del misterio saliera a la luz?

De pronto, me asaltó una idea desagradable: ¿qué pasaría si lo estipulado en el testamento hacía que alguien se enfadara tanto como para volver a matar?

CAPÍTULO DIECINUEVE

C on paso decidido, Q. C. Pendergrast cruzó el vestíbulo y el salón principal hasta llegar a la inmensa chimenea que compartía pared con la biblioteca mientras yo seguía sus enérgicas zancadas cual pececillo arrastrado por un transatlántico. Era consciente de que había gente en la estancia, pero trataba de poner toda mi atención en el abogado. Si me centraba en Pendergrast, razoné, no tendría que pensar demasiado en histrionismos potenciales entre los miembros de la familia.

Pendergrast frenó en seco ante la chimenea y encaró a su audiencia y yo me detuve a una distancia prudencial a su derecha, junto a la esquina de la repisa de la chimenea. El abogado carraspeó:

—Buenos días a todos. Lamento tener que reunirme con ustedes en tan tristes circunstancias, especialmente sabiendo que todos lloran la pérdida de un ser querido. —Pendergrast sonrió y me vino a la cabeza la imagen de un lobo acechando a su presa—. Deben ustedes preguntarse qué hace aquí el señor Charles

Harris. James lo nombró mi coalbacea, de modo que existe una razón oficial para su presencia.

Oí una exclamación de asombro, pero al volverme hacia la familia no supe decir de quién procedía.

—Buenos días —saludé—, mi más sincero pésame por su pérdida.

Podría haber añadido algo, pero en ese tipo de situaciones tiendo a enredarme en balbuceos y me pareció mejor cortarlo antes de que empezara.

Aproveché que Pendergrast comentaba un par de puntos preliminares para pasar discretamente revista a la familia y calibrar sus emociones.

Empecé por Eloise Morris. No me sorprendió verla otra vez vestida como Escarlata O'Hara. En esta ocasión, llevaba un vestido azul de una tela que parecía satén. Estaba sentada entre sus voluminosos faldones mirando muy concentrada a Pendergrast, que seguía encadenando perogrulladas. Decidí desconectar mientras continuaba mi repaso visual.

Hubert Morris ocupaba el sofá más cercano a su esposa. Vestía un traje pasado de moda de una tela que relucía por el desgaste de los años. Parpadeaba mucho y sostenía junto a los ojos un pañuelo arrugado con el que se enjugaba las lágrimas. «¿De cocodrilo o de verdad?», me pregunté.

Daphne, la madre de Hubert, estaba en el sofá de enfrente. Se frotaba la frente con una mano mientras se agarraba la garganta con la otra, exactamente igual que la había visto hacer el sábado, gimoteando y compadeciéndose de sí misma. Ninguno de los presentes le prestaba la menor atención.

Truesdale rondaba discretamente cerca de Daphne con una expresión indescifrable, al parecer no demasiado preocupado por su aflicción.

Los benjamines de la familia, la sobrina nieta y el sobrino nieto, ocupaban sendas sillas detrás de Hubert. En ese momento caí en la cuenta de que repetían la distribución del sábado.

Cynthia Delacorte delataba la misma indiferencia que me había transmitido el sábado al conocerla. Stewart, por el contrario, parecía incapaz de reprimir sus emociones —¿eran nervios?— mientras se removía en la silla.

Volví a conectar cuando Pendergrast concluyó su perorata introductoria. Se sacó un grueso fajo de papeles del bolsillo interior de la americana y empezó a desdoblar las páginas.

Antes de que el abogado retomase la palabra, entre el frufrú de sus faldas, Eloise dijo:

—Al tío James le encantan las galletas. Creo que quedan unas pocas en la cocina para él, o eso ha dicho Truesdale. A los dos nos encanta juntarnos y comer galletas...

Eloise se levantó del taburete, pero Hubert se adelantó y volvió a sentarla de un tirón.

—Deja de hablar de galletas, Eloise. El tío James está muerto, ¿te acuerdas? Ya no comerá ninguna galleta contigo. —La voz de Hubert, aguda y crispada, bien podía haber sido la de la llamada de anoche.

Para mi sorpresa, Eloise no se inmutó y se quedó mirando el suelo callada.

Daphne Morris, por el contrario, se apresuró a protestar:

—Hubert, Eloise, os lo ruego, no riñáis. No creo que pueda soportarlo, no con mi pobre hermano que se nos ha ido antes de que llegara su hora. Qué crueldad... Bastante horrible ha sido ya tener a esos policías metidos en casa revolviendo todas nuestras cosas. Como sigáis discutiendo, me va a dar un ataque al corazón igual que al pobre James —dijo sin dejar de acariciarse la garganta y la frente.

Su voz, inquietante como la de su hijo, también hubiera podido ser la que me amenazó por teléfono. Interesante.

También era interesante saber que las autoridades habían registrado la casa. Si descubrían algo relacionado con la colección de libros raros, esperaba que Kanesha me lo contara.

—Ni te molestes, tía Daphne —dijo Stewart en un tono cargado de acritud—. Pedirle a Hubert que no trate mal a Eloise es como pedirle al gobierno que quite el impuesto sobre la renta.

Hubert refunfuñó, pero no rechistó, Eloise siguió con la mirada perdida y Daphne se lamentó un poco más y desistió.

Cynthia permanecía ajena a todo, o al menos lo aparentaba. Me preguntaba si la desconexión emocional de su familia era auténtica o solo pretendía hacerlo creer a todo el mundo.

Pendergrast retomó la palabra:

—Por favor, damas y caballeros, ruego su atención. Tengo aquí el testamento de James, que me dispongo a leerles. —Al oír esas palabras, Daphne dejó escapar un par de suspiros lastimeros, pero nadie más dijo nada. Pendergrast empezó con las fórmulas de rigor—: «Yo, James Sullivan Delacorte, en pleno uso de mis facultades...».

Permití que mi mente divagara mientras seguía observando de reojo a los miembros de la familia. Aparte de Daphne, nadie parecía ni remotamente afectado por la muerte de James Delacorte. Sí sorprendí a Truesdale pasándose un pañuelo por el rostro, pero no sabría decir si lo que se secaba era sudor o lágrimas, pues en el salón hacía calor.

Cuando volví a concentrarme en las palabras del abogado, estaba leyendo el reparto de la herencia:

—«A Stewart Delacorte, nieto de mi hermano Arthur, le dejo una suma de doscientos cincuenta mil dólares». —Al oír su nombre y una gran cantidad de dinero, el rostro de Stewart se iluminó. La felicidad se esfumó, no obstante, cuando oyó la continuación—: «Stewart, te recomiendo encarecidamente usar parte de tu herencia para buscarte un sitio donde vivir. Tus días como residente de la casa de los Delacorte han terminado. Tienes un plazo de tres meses a partir de mi muerte. Y no, antes de que lo preguntes, no puedes llevarte ningún mueble, salvo lo que trajiste cuando viviste a vivir aquí hace treinta y dos años o hayas comprado desde entonces».

El rostro de Stewart se puso tan colorado que pensé que iba a darle un infarto. Me sorprendió que no dijera nada, hasta dejó de revolverse en la silla, como si se hubiera quedado de piedra.

Si había asesinado a su tío abuelo, de poco le había valido. Aunque doscientos cincuenta mil dólares no eran moco de pavo, que lo pusieran de patitas en la calle era obviamente un golpe duro de encajar.

Pendergrast prosiguió:

—«A Cynthia Delacorte, nieta de mi hermano Thomas, le dejo una suma de doscientos cincuenta mil dólares». —Cynthia, por fin, prestó atención. Pestañeó y se removió en la silla—. «Cynthia, debes marcharte con Stewart. Ya es hora de que tengas tu casa y te busques la vida. Tienes tres meses para encontrar un sitio donde vivir. No pierdas más tiempo».

Me picaba la curiosidad por si Cynthia se delataría y dejaría escapar alguna emoción sincera. En cambio, soltó una carcajada que nos sobresaltó tanto a mí como a algunos miembros de su familia.

Daphne Morris retomó sus quejas:

—Cynthia, ¿cómo puedes reírte de una cosa así? Qué falta de decoro... Ese comportamiento no es propio de una chica con tu educación.

—Ni te molestes, tía Daphne. Puede que el numerito de bella doliente te funcione con Hubert y Truesdale, pero con los demás no cuela. Te tenemos bien calada. —El desdén burlón en la voz suave y bien modulada de Cynthia desencadenó otro gimoteo quedo.

Eloise miró a su suegra impasible:

—Cuando un animal está demasiado malherido, es un acto de bondad salvarlo de su miseria.

Cuando Helen Louise había dicho que era una familia peculiar, creo que se había quedado corta.

Antes de que nadie respondiera a la inquietante declaración de Eloise, Pendergrast retomó la palabra:

—Sigamos, si no tienen inconveniente. —Sin aguardar al consenso, siguió leyendo—: «A mi sobrino Hubert Morris, hijo de mi hermana Daphne, le dejo un millón de dólares en fideicomiso. Q. C. Pendergrast, o alguien nombrado por él, será el encargado de administrar esa cantidad hasta tu muerte. Cuando se produzca el triste desenlace, el fideicomiso quedará revocado y el dinero se destinará a la Universidad de Athena para financiar una beca que lleve mi nombre».

—¡Es un escándalo! —Hubert se levantó agitando los brazos como un niño enrabietado—. ¡El tío James no puede hacerme eso! Yo debería heredarlo todo, soy el descendiente varón más cercano. Fui como un hijo para él. No me lo puedo creer...

A medida que hablaba, Hubert iba subiendo el tono y yo iba estando razonablemente seguro de que era él quien estaba detrás de mi amenaza telefónica. En aquel instante, nada me apetecía más que salir de allí y alejarme de aquella esperpéntica familia. Resultaba muy desagradable ser testigo de aquellas reacciones en personas a las que conocía desde hacía tres días. Habría preferido estar en la biblioteca, poniendo orden en los libros raros.

También reparé, al cabo de un instante, en que Hubert no parecía en absoluto preocupado por el hecho de que si Eloise sobrevivía a su muerte se quedaría en la calle con una mano delante y la otra detrás.

—Ay, cállate ya y siéntate. —Stewart se levantó de la silla y rodeó el sofá para encarar a su primo—. Yo tenía más cosas en común con el tío James que tú. Yo, por lo menos, trabajo y me gano el pan. ¿Cuándo vas a aguantar más de un año en un empleo, eh, Hubie?

Stewart sentó a su pariente en el sofá de un empujón y cuando Hubert alzó el puño temí que las cosas se pusieran violentas, pero obviamente recapacitó, pues Stewart le ganaba en juventud y en masa muscular, y optó por ponerse de morros y cruzar los brazos.

Stewart se desplomó en el sofá junto a Hubert y, con un gesto airado, le indicó a Pendergrast que prosiguiera.

Daphne no había parado de lloriquear durante el encontronazo entre su hijo y su sobrino, pero ni Cynthia ni Eloise mostraron el menor atisbo de malestar por la pelea. Eloise sacaba hilos del bordado del vestido, aparentemente absorta en su tarea, mientras que Cynthia tenía la vista clavada en algún punto indeterminado de la repisa de la chimenea.

Pendergrast carraspeó y continuó leyendo:

—«Asimismo, le dejo trescientos mil dólares más para que adquiera una vivienda para él y su esposa Eloise. Hubert, también disponéis de tres meses para dejar la mansión familiar. Y no te olvides de los impuestos, no te lo gastes todo en la casa».

Los efectos de sonido de Daphne iban subiendo de volumen, mientras que Hubert, blanco como una pared, movía incrédulo la cabeza. El testamento de su tío le había caído como un jarro de agua fría, pues estaba convencido de que iba a quedarse con casi toda su fortuna y con la mansión familiar.

He ahí un excelente motivo para cometer un asesinato.

A juzgar por las disposiciones del testamento, James Delacorte no tenía en muy alta estima a su sobrino. Imaginé que oía la voz del difunto, en lugar de la del señor Pendergrast, y sentí vergüenza ajena por Hubert.

—¿Y qué hay de mí? —La última palabra resonó como un gemido que se prolongó varios segundos. Daphne se apartó las manos del rostro y la garganta y miró al abogado con un mohín lastimero—. ¿Qué crueldades ha dispuesto James para mí, su queridísima hermanita?

Viendo aquella actitud, Daphne era un mal bicho. ¿Dónde quedaba la dignidad en la adversidad? No pude por menos que compararla con mi difunta tía Dottie, que sobrellevó el dolor y la humillación de la muerte por un cáncer de páncreas con mucho más valor y entereza de lo que Daphne Morris estaba demostrando. Su egocentrismo me ponía enfermo, así como su extraño espectáculo melodramático.

Pendergrast permaneció impasible; supongo que conocía demasiado bien a la familia como para distraerse con sus numeritos.

—«A mi hermana, Daphne Morris, le dejo dos opciones: ir a vivir con Hubert y Eloise cuando abandonen la mansión de los Delacorte o a una residencia para mayores que elegirá Q. C. Pendergrast de acuerdo con unos criterios dictados por mí. Si escoges esta opción, hermanita, tus gastos correrán a cargo de mi patrimonio, pero de lo contrario, no recibirás nada y estarás a merced de la bondad de tu querido hijo y tu querida nuera. Tienes tres meses para decidirte».

Eloise escogió ese preciso instante para volver a intervenir, justo cuando Daphne dio comienzo a sus plañidos.

—Supongo que la comida de gato tampoco es tan cara, aunque a lo mejor la de perro es más barata. No estará tan mala...

Hubert la emprendió a gritos contra su esposa, Daphne subió el volumen de sus lamentos y Stewart estalló en un rugido iracundo. La cacofonía era tan ensordecedora que hasta Cynthia reaccionó. Se levantó de la silla y se fue al otro extremo del salón a mirar por una de las ventanas de mirador.

—Ya basta. —La voz de Truesdale sonó como un bramido que dejó perplejo a todo el mundo y calló a los tres vociferantes, aparentemente silenciados por el susto. Truesdale soltó un bufido desdeñoso, se recolocó las mangas de la americana e inclinó la cabeza en dirección al abogado—. Por favor, señor Pendergrast, continúe.

—Gracias —contestó sardónico el abogado—. Así lo haré. —Pasó la página y leyó—: «A Nigel Truesdale, mi fiel sirviente, le doy la oportunidad de jubilarse que lleva años anhelando. Yo ya no estaré por aquí para ayudarte, Nigel, conque habrás de administrarte bien. Lego a Nigel Truesdale mientras esté con vida el conjunto de mi patrimonio, así como esta casa, con ciertas salvedades que se detallarán a continuación».

Todos los ojos de la estancia se clavaron en el mayordomo. Truesdale palideció y se desmayó sobre el respaldo del sofá, justo encima de Daphne Morris.

CAPÍTULO VEINTE

D aphne se puso histérica.

—¡Quitádmelo de encima! ¡Me voy a ahogar!

Repetía en bucle la primera frase mientras empujaba con todas sus fuerzas para apartar el cuerpo inerte.

En vistas de que ni su hijo ni su sobrino nieto hacían amago de ayudar, me precipité al sofá, agarré a Truesdale por los hombros, lo volteé y, una vez sentado, lo arrastré hasta la otra punta para alejarlo de Daphne. Cuando lo miré a la cara, vi que estaba volviendo en sí y me aparté.

—¿Quiere que le traiga algo? —Un buen trago de *brandy* no le sentaría mal, pensé.

—No, muchas gracias, señor Harris. —El rostro del mayordomo recuperó un poco el color—. Se me pasará enseguida, ha sido la sorpresa... —Suspiró profundamente—. Jamás imaginé que el señor Delacorte haría algo así.

Le di unas palmaditas en la espalda que esperaba fueran reconfortantes y volví junto a Q. C. Pendergrast. El abogado escrutó la sala, atento a la reacción de los Delacorte mientras asimilaban la noticia de la herencia de Truesdale.

Estaba claro que jamás se les había pasado por la cabeza que James Delacorte pudiera dispensar un trato más favorable a su sirviente que a ellos. Hubert mascullaba que iba a impugnar el testamento ya que su tío tenía que estar claramente fuera de sus cabales para dejarle tanto dinero a un simple sirviente, Stewart lo secundó y Eloise empezó a canturrear. Me pareció reconocer la melodía de *Dixie,* el himno confederado, aunque no podría asegurarlo; tal era el vocerío de Hubert y Stewart.

Daphne seguía sollozando en el sofá, con el brazo derecho colgando a un lado y el izquierdo cubriéndole la cabeza. Cynthia permanecía distante, con la vista fija en la ventana.

Ni Hubert ni Stewart mostraban indicios de templarse, pese a que los sollozos de Daphne habían dado paso a un llanto desconsolado. Eloise ahora tarareaba otra canción patriótica, *El himno de la batalla de la república.*

Yo solo quería poner pies en polvorosa y alejarme de aquella gente, pero sabía que debía quedarme. Estaba armándome de valor para imponer silencio cuando el señor Pendergrast se me adelantó:

—¡Ya basta! ¡Silencio todo el mundo! —Profirió un bramido estentóreo, hay que reconocérselo. Me pareció que los cristales temblaron cuando su voz reverberó por toda la habitación—. Hubert, Stewart, sentaos y dejad de dar el espectáculo... Ya he tenido suficiente. Podéis impugnar el testamento todo lo que queráis, pero os dejaréis hasta el último céntimo y os aseguro que en vano. James estaba en plenas facultades mentales y físicas cuando lo escribió y el alcalde y un senador estatal pueden dar fe de ello. ¿De verdad pensáis que tenéis posibilidades? —Soltó una risita burlona—. En el fondo me gustaría veros.

No me sorprendió que ninguno de los aludidos abriera la boca. El abogado consultó sus papeles.

—¿Por dónde iba? Ah, sí. Truesdale lo hereda todo, mansión incluida, mientras viva, con ciertas salvedades que se repartirán como sigue. —Pasó la página y continuó—: «Dono mi colección de libros raros a la biblioteca de la Universidad de Athena. He reservado unos fondos para cubrir los gastos derivados del cuidado de mis libros».

Daphne se enderezó, con el rostro hinchado y lacrimoso:

—No puedo creerme que a mi hermano le importaran más esos estúpidos libros que su propia hermana. Ya puede arder en el infierno por haberse portado tan mal conmigo...

Como quien oye llover, Pendergrast prosiguió:

—En un codicilo complementario al testamento, James nombró coalbacea a Charles Harris y le encargó, asimismo, que elaborara un inventario de su colección, tarea por la cual será remunerado.

Todas las miradas, hasta la de Cynthia Delacorte, se clavaron en mí. Me esforcé por mostrar una sonrisa afable, pero si Pendergrast esperaba que dirigiera unas palabras a la familia, debió de llevarse un chasco.

La familia se limitó a observarnos y, al cabo de un instante, el abogado añadió:

—El señor Harris volverá a ponerse con el inventario en cuanto las autoridades le permitan acceder a la biblioteca y contará para ello con la ayuda de su hijo, Sean Harris. Es muy probable que estén acompañados de un gato y un perro y el señor Harris me ha asegurado que no ocasionarán daños ni causarán ninguna molestia. Supongo que nadie tiene ningún inconveniente.

El tono de Pendergrast, aunque cortés, insinuaba que no admitiría réplicas. Hubert abrió la boca para decir algo, pero al cruzarse con la mirada del abogado, la cerró contrariado.

—Tengo una pregunta —dijo Stewart mirando al abogado con expresión sagaz—. Según ha dicho, Truesdale hereda el patrimonio y la casa, pero mientras esté con vida. ¿Qué pasará después de su muerte? —Frunció el ceño observando al mayordomo.

—Excelente pregunta. —Pendergrast asintió y consultó el testamento—. Tras la muerte del principal legatario, la casa pasará a ser propiedad de la Sociedad Histórica del Condado de Athena y los fondos restantes se destinarán a sufragar el mantenimiento de la vivienda y de su contenido.

Pensé que era una suerte para Truesdale que el dinero no pasara a la familia después de su muerte. A juzgar por las miradas de Hubert, Stewart o Cynthia, probablemente no habría vivido lo bastante como para disfrutar de su herencia.

Hubert y Stewart pusieron el grito en el cielo al enterarse de que todo acabaría en manos de la sociedad histórica local y abandonaron la sala enfurecidos. Cynthia fue tras ellos, pero al llegar a la puerta, se detuvo y se volvió hacia atrás:

—¿Significa esto que no te encargarás del almuerzo, Truesdale? —El tono distendido contrastaba con su hierática expresión. Sin aguardar respuesta, desapareció por el vestíbulo.

Truesdale parecía estar petrificado y me pregunté si habría oído el mordaz comentario de Cynthia. Daphne estaba en el sofá con la mirada perdida y Eloise por fin había dejado de tararear.

—Creo que hemos acabado por aquí, Charlie. —Pendergrast se volvió hacia mí con una sonrisa amarga—. Dentro de un rato hablaré con la inspectora Berry, le preguntaré cuándo puede usted volver a la biblioteca. Seguro que estará deseando ponerse manos a la obra y quitárselo de encima. —Señaló con la cabeza a Daphne y Eloise y no me hizo falta más para entender.

No le faltaba razón: sería un alivio terminar el trabajo y dejar de tratar con aquella familia de chiflados. Solo Eloise, con sus ropajes decimonónicos y sus deshilvanados comentarios, podía ponerle los pelos de punta a cualquiera. Lo cierto era que sentía lástima por ella.

Pendergrast se acercó a Truesdale y le apoyó una mano en el hombro; el mayordomo lo miró sobresaltado.

—Cuando le venga bien tenemos que comentar un par de cosas, a ser posible esta semana. —El tono de Pendergrast era amable, pues resultaba obvio que el mayordomo estaba aún en proceso de asimilación.

—Sí, señor, por supuesto. —Truesdale se puso de pie tambaleándose un poco, pero respiró hondo y recuperó el equilibrio.

—Entretanto, el señor Harris aquí presente necesitará su colaboración. Tiene una labor que llevar a cabo y me consta que usted ayudó a James con su colección.

El rostro de Truesdale se ensombreció.

—Efectivamente. Pasamos muchas horas trabajando juntos, protegiendo los libros y catalogándolos. —Bajó momentáneamente la vista—. No sé qué haré sin él, he pasado cuarenta y tres años a su lado, desde que cumplí los veintisiete.

Al menos había alguien en aquella casa que parecía llorar a James Delacorte, pensé, mientras Truesdale esbozaba una sonrisa temblorosa.

—Sí, ejem... —Pendergrast estaba a todas luces incómodo frente a la moderada muestra de emoción de Truesdale. Las majaderías del clan Delacorte no lo habían perturbado en absoluto, pero no sabía dónde meterse ante el dolor sincero del sirviente.

—Lamento mucho su pérdida, señor Truesdale —dije—. Apenas conocía al señor Delacorte, pero le tenía aprecio.

—Gracias, señor Harris. —Se le humedecieron los ojos y se los enjugó con un pañuelo que se sacó del bolsillo interior de la chaqueta.

—La inspectora Berry llegará de un momento a otro —anunció Pendergrast—. Si no tiene inconveniente, me reuniré aquí mismo con ella mientras Charlie, su hijo y mi hija continúan en el saloncito de al lado.

—Por supuesto, señor Pendergrast. Como guste.

Creo que a Truesdale le pasó desapercibido que el abogado se lo consultaba como al dueño de la casa que era y no como al sirviente principal.

—¿Por qué no se retira y descansa un poco? —sugirió Pendergrast.

Truesdale asintió.

—Sí, gracias. Supongo que debería descansar.

Cuando la puerta se cerró tras él, Pendergrast dijo:

—Volvamos con la juventud, no vaya a ser que haya heridos graves. —Soltó una risita—. Me parece que su hijo consigue sacar a Alex de sus casillas. Eso es bueno...

Su comentario me sorprendió, aunque no podía rebatírselo. Entre Sean y Alexandra saltaban chispas, pero no sabría decir si causadas por una profunda antipatía o un sentimiento más positivo.

—Estoy con usted.

Atravesamos juntos el vestíbulo y al llegar a la puerta, Pendergrast la abrió y me cedió el paso.

Nada más ver a su padre, Alexandra se puso de pie y apartó los documentos que estaba leyendo.

—¿Qué tal ha ido?

—Todo lo bien que cabía esperar. —Había un trasfondo de humor en las palabras de Pendergrast. Su hija le respondió con un amago de sonrisa.

Busqué a Sean, Diesel y Dante con la mirada, pero no había rastro de mi hijo ni de su perro. Diesel apareció tras el respaldo del sofá y se acercó a saludarme con un maullido. Se restregó contra mi pierna y le rasqué la cabeza.

—¿Y Sean? ¿Ha salido con el perro?

Alexandra asintió con una sonrisa compungida.

—Sí, se ha marchado hace un buen rato. Supongo que estará al caer.

—Seguro que sí —dije.

Quería preguntarles una cosa a los Pendergrast y me pareció un momento tan bueno como cualquier otro:

—Q. C., ¿le ha mencionado algo la inspectora Berry acerca de Edgar Allan Poe y un ejemplar de *Tamerlán*?

Pendergrast frunció el ceño y negó con la cabeza.

—No, no me ha dicho nada. ¿Está en la colección de James?

A Kanesha no iba a hacerle ninguna gracia que me anticipara y diera la primicia, pero era tarde para los arrepentimientos.

—Es posible.

Les expliqué lo de las dos cartas que habían aparecido bajo la mano del señor Delacorte y las conclusiones a las que Kanesha y yo habíamos llegado.

—James no me comentó nada de la posibilidad de comprarlo —contestó Pendergrast. Miró a su hija y esta confirmó con un gesto de cabeza. Se volvió hacia mí—. Solía consultarme antes de hacer alguna transacción importante, aunque no siempre.

—Si llegó a comprarlo, es más que probable que se lo robaran —añadí—. Estoy seguro de que le contó que sospechaba que alguien estaba robándole libros de la colección.

—Así es, nos lo dijo —contestó Alexandra—. Ahora es cosa suya determinar cuáles son las piezas que faltan, si es que efectivamente ha habido hurtos.

—La señora Morris comentó que habían registrado la casa. ¿Han encontrado algo interesante? —pregunté.

—Aún no —respondió Pendergrast—. Es uno de los temas que quiero hablar con la inspectora. Si encuentran algo relacionado con la colección de libros raros, tenga por seguro que compartiré la información con usted.

—Gracias, se lo agradecería. —Me atreví con otra pregunta—: ¿Hay un veredicto oficial sobre la causa de la muerte? ¿Fue un asesinato o murió por causas naturales?

La carcajada de Pendergrast me sobresaltó.

—Es un asesinato, sin ninguna duda. Lo tuve claro nada más oír la descripción del cadáver.

—¿Qué quiere decir? Aunque he de confesar que a mí también me pareció que había muerto envenenado.

Sentí un escalofrío al rememorar el cuerpo sin vida del señor Delacorte, una imagen que parecía tener grabada a fuego en el cerebro.

—James tenía alergia a los cacahuetes —dijo Pendergrast, ahora en tono funesto—. Lengua hinchada, manchas rojizas..., son las típicas señales de una reacción alérgica. En verdad, James era una víctima fácil. Lo único que había que hacer para matarlo era darle de comer cacahuetes y después evitar que se le administrara el antídoto cuando se diese cuenta de lo que le estaba pasando. —Hizo una pausa—. Y eso es exactamente lo que hizo alguien de esta familia.

CAPÍTULO VEINTIUNO

Se me revolvió el estómago. Había hecho lo posible por no pensar en un envenenamiento, pero ahora, al enterarme de la alergia del señor Delacorte, no pude evitar marearme.

Pensar que alguien de su familia, con premeditación y alevosía, había tenido la sangre fría de darle de comer cacahuetes y después quedarse de brazos cruzados y dejarlo morir... me parecía espeluznante.

Alexandra se me acercó con cara de preocupación y dejé que me acompañara al sofá. Se inclinó sobre mí, angustiada. Consciente de mi aflicción, Diesel maulló y se puso a mi lado de un salto.

—¿Quiere que le traiga algo? —preguntó.

—¿Qué le ha hecho a mi padre? —El tono furioso de Sean nos sobresaltó tanto a Alexandra como a mí. Alcé la vista y vi a mi hijo, imponente, con el rostro desencajado y una mirada torva—. ¿Te encuentras bien, papá? ¿Qué está pasando aquí?

Sean parecía estar listo para la batalla. Dante saltaba y gimoteaba a su alrededor.

Diesel gruñó y le pasé el brazo por encima para tranquilizarlo.

—Estoy bien, no ha sido nada. Me ha sorprendido una cosa que ha dicho Q. C.

—¿Qué ha dicho? —Sean fulminó con la mirada a Alexandra, que se apartaba de mí para colocarse junto a su padre.

Pendergrast sonrió.

—Tranquilo, muchacho. Estábamos hablando de la muerte de James. He dicho que era alérgico a los cacahuetes y que alguien de la familia lo asesinó ocultándoselos en la comida.

Sean me miró irritado.

—¿Y por eso te has puesto blanco como un fantasma? No lo entiendo.

Tanta pregunta y tanta atención me estaban exasperando.

—Me ha afectado pensar en la sangre fría que hace falta para darle a alguien de comer algo que lo matará. Y probablemente quedarse delante y verlo morir.

—Ya... —La rabia de Sean dio paso al desagrado—. Alguien debía de odiarlo para darle esa muerte.

—Desgraciadamente para él, James sacaba lo peor de todos sus familiares. Las cosas del dinero... —Pendergrast consultó el reloj—. Si me disculpan, la inspectora Berry tiene que estar a punto de llegar. Alexandra, tú vienes conmigo.

—A sus órdenes. —Alexandra recogió la americana y el maletín, pero antes de salir con su padre del salón, se dirigió a mí—: Señor Harris, si puedo hacer algo por usted, no dude en hacérmelo saber.

Al pasar la mirada por Sean, arrugó la nariz como si hubiera olido algo desagradable y, justo cuando estaba atravesando la puerta, Sean dijo:

—Le pido disculpas, señorita Pendergrast, estaba preocupado por mi padre y he malinterpretado la situación. —Me pareció que lo dijo a regañadientes, pero al menos hizo el esfuerzo.

Alexandra lo miró.

—Disculpas aceptadas, señor Harris. No soy yo el enemigo en esta historia —dijo antes de salir.

Sean hizo una mueca a su espalda, pero cuando se dio cuenta de que lo estaba mirando, suavizó su expresión.

—Bueno, así que ahora nos toca quedarnos aquí de brazos cruzados hasta que recibamos órdenes, ¿no? —Se sentó en una silla cerca del sofá y Dante subió a su regazo.

—Estamos esperando a que nos concedan permiso para volver a la biblioteca —maticé—. Q. C. va a consultárselo a Kanesha ahora mismo.

—Si no nos dejan volver hoy, nos vamos a casa, ¿no?

—Sí. No tiene sentido que nos quedemos aquí.

Sean asintió. Se sacó el móvil del bolsillo de la americana y se puso a juguetear con él; lo interpreté como la señal de que no era momento de conversaciones. Por el momento, no me apetecía obligar a Sean a hablar conmigo. Tenía sed y era probable que Diesel también. Me levanté y anuncié que iba a la cocina a por algo de beber.

Sean asintió sin levantar la vista de la pantalla. Dante abrió un ojo y lo volvió a cerrar en el acto.

—Vamos, Dante, ven con nosotros. ¿Quieres agua?

El perro levantó la cabeza y Sean me entregó la correa.

—Gracias por llevártelo. Seguro que tiene sed, hacía calor fuera.

Acepté la correa sin decir nada y Sean volvió a perderse en el teléfono.

—Vamos, muchachos —dije, y los dos animales se encaminaron hacia la puerta.

En el vestíbulo doblé a la izquierda en dirección a la cocina, cruzando los dedos para que la cocinera no me armara un escándalo por entrar en sus dominios con dos animales. ¿Cómo se llamaba? Era amiga de Azalea, había mencionado su nombre cuando nos había hablado de ella, estaba seguro. Rebusqué en mi memoria mientras recorríamos el vestíbulo y cuando llegamos a la puerta lo tenía: Lorraine.

Entramos y no había ni rastro de ella. Me pregunté dónde podría estar, pues faltaba poco para la hora del almuerzo. Tenía que haber algún plato preparándose, me dije, pero cuando inspeccioné la sala, no vi indicios de ello.

Me quedé pasmado en la puerta, sin saber qué hacer. No me gustaba la idea de merodear yo solo en la cocina porque no era mi casa, pero al mismo tiempo me moría de sed y también quería atender las necesidades de Diesel y Dante. Finalmente, me adentré un poco más y examiné los armarios con la esperanza de localizar el lugar donde estarían los vasos y los cuencos. Me acerqué al fregadero seguido de los muchachos y abrí la puerta de la izquierda.

Bingo, a la primera. En un estante estaban los vasos y en el otro había algunos cuencos de postre. Saqué un recipiente para cada uno y los llené con agua del grifo.

Diesel y Dante bebieron con fruición y el agua fresca me sentó muy bien. Vacié mi vaso de un trago y lo volví a llenar, pero esta vez me lo bebí más despacio.

Miré al suelo para comprobar si los muchachos necesitaban más agua y de pronto ambos levantaron la cabeza al mismo tiempo cuando oí unas voces que fueron haciéndose reconocibles a medida que se aproximaban a una puerta entreabierta que había al fondo. De pronto, se abrió de par en par y Truesdale y Daphne Morris aparecieron en la cocina.

El mayordomo rodeaba con el brazo los hombros de Daphne, que avanzaba recostándose sobre Truesdale.

—Tranquila —la consoló—. Todo irá bien.

—Ay, Nigel, haga lo que haga... —Al verme, Daphne se quedó con la palabra en la boca y frenó en seco, haciendo que Truesdale se tropezara. Cuando se enderezó, Daphne me señaló.

Carraspeé.

—Lo siento. Tenía sed y los animales también necesitaban un poco de agua. Espero no causarles ninguna molestia.

Truesdale torció momentáneamente el gesto, pero luego relajó la expresión.

—Por supuesto que no, caballero. Usted y sus acompañantes pueden refrescarse cuanto les plazca.

Daphne me miró y pareció serenarse. En tono remilgado dijo:

—Gracias por tu ayuda, Nigel. Contigo el asunto está en buenas manos. —Asintió un par de veces antes de esfumarse por el vestíbulo principal con sorprendente rapidez.

El mayordomo no reaccionó a su partida y siguió observándome.

—¿Puedo hacer algo más por usted, señor Harris?

—No, gracias. —Tenía la clara impresión de que deseaba mandarme al diablo con toda cordialidad. Me terminé el vaso y lo dejé en el fregadero—. Ya he terminado y creo que los muchachos también. —Me acuclillé para recoger los dos cuencos, casi vacíos, y los dejé también en la pila.

Diesel no maulló para reclamar más y Dante también parecía satisfecho, así que deduje que habían calmado la sed. Era hora de volver con Sean.

—Si necesita algo más, por favor toque el timbre y acudiré a su servicio.

«En otras palabras: no te acerques a la cocina», pensé. Mensaje recibido.

—Gracias, entendido. La próxima vez llamaré.

Asentí y me encaminé hacia la salida, pero antes de alcanzarla, la puerta del fondo se abrió y una voz conocida dijo:

—Nigel, querido, ¿cómo estás? Pobrecito mío, he venido en cuanto he podido escaparme del trabajo. La verdad es que no sé ni cómo aguanto ahí con lo mal que me tratan...

Me volví para ver cómo Anita Milhaus, la bibliotecaria que tan mal me caía, abría los brazos y envolvía al mayordomo en un fervoroso abrazo, ajena a mi presencia.

Cuando Truesdale, tieso como un palo, carraspeó con fuerza, Anita lo soltó y retrocedió un paso con expresión ofendida.

—Cariño, ¿qué te pasa?

—¿Desea algo más, señor Harris? —me preguntó con una mirada furibunda.

Anita se volvió entonces y, al verme, sus ojos se abrieron como platos.

—¿Y qué demonios haces tú aquí?

—Ahora mismo te lo explica Truesdale... Bueno, si me disculpáis, tengo que volver a mis quehaceres —dije, y salí pitando de la cocina seguido de los animales.

Aflojé el paso al rebasar la mitad del vestíbulo. ¿Cómo interpretar lo que acababa de presenciar en la cocina? ¿Truesdale tenía algún tipo de romance con Anita Milhaus?

¿Y qué pasaba entonces con Daphne Morris? Aunque ella había intentado disimular y hacer como si solo estuviera pidiéndole inocentemente ayuda al mayordomo, su forma de tratarse denotaba cierta intimidad.

¿Acaso esas mujeres estaban adulando al hombre que había heredado una fortuna y una preciosa mansión colonial? Por otro lado, ¿cómo había podido Anita Milhaus enterarse tan pronto de las disposiciones del testamento? No tenía una respuesta satisfactoria para mis preguntas. Aquella escena había sido extraña, sin duda, pero quizá no guardaba relación con la muerte de James Delacorte.

Dante me sacó de mis cavilaciones con un tirón de la correa.

—Está bien, muchacho, ya te llevamos con Sean.

Cuando llegué al saloncito, Alexandra Pendergrast apareció en la puerta del salón principal, al otro lado del vestíbulo.

—Señor Harris, ¿podría venir un momento? —Miró al gato y al perro. Diesel gorjeó, pero la joven no se ablandó—. Quizá sería mejor que dejara a los animales.

—Deme un segundo —dije—. Se los llevaré a mi hijo.

No le gustaban los animales, deduje, o quizá era tan rígida y formal que no concebía una reunión de trabajo en presencia de mascotas.

Llevé a los muchachos al saloncito con Sean, que seguía jugando con el teléfono. Asintió al oír mis explicaciones.

—Al menos hay avances —dije.

Negó con la cabeza.

—Me está entrando hambre. Independientemente de lo que se decida con la biblioteca, podíamos ir a comer algo antes de volver al tajo.

—Me parece bien. Vuelvo enseguida con noticias.

Diesel maulló esperanzado mientras me encaminaba a la puerta. Me volví y le dije:

—Lo siento, muchacho, no puedes venir, pero será un momento.

El gato me miró un instante antes de volverme la espalda. Sonreí y cerré la puerta; ese minino tenía tanto carácter como ciertas personas que conocía.

No sé qué debió de pensar Alexandra al verme sonreír mientras cruzábamos el vestíbulo hasta el salón. Sin perder su brío y su profesionalidad, me abrió la puerta y me cedió el paso.

—Adelante, Charlie, siéntate —dijo Pendergrast, sentado junto a Kanesha en uno de los sofás perpendiculares a la chimenea. Tomé asiento en el otro sofá y Alexandra también—. Buenas noticias. La inspectora Berry aquí presente dice que tiene usted permiso para continuar con el inventario.

—Qué bien.

Antes de darme tiempo a añadir nada más, Kanesha me interrumpió:

—Pero con una condición: habrá un agente de servicio veinticuatro horas al día hasta que se resuelva el caso. —Levantó una mano, como anticipándose a las quejas—. Es una medida de precaución que tomamos por el valor de la colección de libros, no porque desconfiemos de usted.

—Gracias, tampoco me lo había tomado así. De hecho me alegra saber que habrá un agente disponible mientras estemos trabajando.

—¿Estemos? —preguntó Kanesha contrariada. Acto seguido se relajó—. Ah, se refiere a su hijo, lo tendrá de ayudante, ¿verdad?

—Sí. Y también a los animales. Y no es negociable. —Lo cierto era que no estaba en posición de establecer los términos con las autoridades, pero también sabía que a Kanesha no le resultaría fácil encontrarme un sustituto. Además, seguía sin ver qué mal podían causar Diesel y Dante estando con nosotros.

—Mientras el trabajo quede bien hecho, no tengo problema. —Kanesha me miró—. Ya hay un agente en la puerta de la biblioteca. Cuando estén listos para retomar el trabajo, les abrirá la puerta y se quedará dentro con ustedes.

—Estupendo. —Me puse de pie—. Voy a echar un vistazo rápido y me voy a almorzar con mi hijo, si no les parece mal.

—Ningún problema —dijo Kanesha.

Dudé un instante, pensando que debería informarle de lo que había visto en la cocina hacía escasos minutos, pero me incomodaba contarle esas cosas delante de los abogados, así que decidí dejarlo para después.

—¿Necesita algo más? —preguntó Pendergrast.

—No, esto es todo —dije—. Hasta luego.

Alexandra se quedó con su padre y con Kanesha. Salí del salón y atravesé el vestíbulo para ir a la biblioteca. Reconocí al agente Bates montando guardia en la puerta.

—Buenos días, agente —saludé—. La inspectora no me había dicho que sería usted el agente de servicio.

—Buenos días, señor Harris. —Una sonrisa asomó en los labios de Bates—. Deje que le abra la puerta.

La luz ya estaba encendida cuando entré. No pude evitar mirar de reojo el escritorio para comprobar que no había ningún cadáver. Pasé a la habitación y observé a mi alrededor.

La investigación no parecía haber alterado mucho la biblioteca. El escritorio del señor Delacorte no se veía tan ordenado y los libros que había colocado en la mesa de trabajo el día anterior por la mañana estaban ahora apilados a un costado, y no repartidos por la mesa como yo los había dejado, pero en general reinaba menos desorden del que me imaginaba.

Me volví en dirección a la puerta y vi al agente Bates observándome fijamente. Asentí y continué inspeccionando la sala. Cuando volví a repasar el escritorio, algo captó mi atención.

Me acerqué y me quedé mirando. ¿Qué era?

Mis ojos se posaron en los tres tomos del inventario.

¿Tres?

Deberían haber sido cuatro.

CAPÍTULO VEINTIDÓS

¿Dónde estaba el cuarto tomo del inventario?

Ayer había estado repasando el primero y quizá me lo había dejado en la mesa de trabajo. Me acerqué a comprobarlo, pensando en lo estúpido que me sentiría por aquel arrebato de pánico al encontrar el libro de registro que faltaba.

Salvo que no estaba.

Regresé al escritorio y examiné los tres volúmenes. Cerca de la base del lomo de cada tomo había un número romano grabado con pan de oro. Estaban el I, el II y el III, pero no había ningún IV.

Me puse a cuatro patas y busqué debajo de la mesa, pero el libro no aparecía por ninguna parte.

Después revisé el escritorio. Todos los cajones estaban abiertos y vacíos y deduje que las autoridades habrían sacado el contenido.

¿Dónde diantres estaría el cuarto tomo?

Allí debería figurar la última incorporación a la biblioteca, el ejemplar de *Tamerlán,* me dije, y podía ser precisamente el motivo de su desaparición.

Reflexioné un poco más.

Si el asesino quería destruir las pruebas de la compra, ¿por qué no había arrancado directamente la página correspondiente del libro de registro? ¿Para qué llevárselo entero?

¿Y por qué no se había molestado en retirar las cartas que la policía había encontrado en el escritorio?

Cuanto más lo pensaba, más absurdo me parecía llevarse el libro y dejar las cartas. A no ser que al asesino le faltara cabeza para pensar en las consecuencias de sus actos.

—¿Pasa algo, señor Harris?

Estaba tan absorto en mis elucubraciones que había olvidado la presencia de Bates.

—Sí, agente —contesté—. Debería haber cuatro libros como este. —Señalé los tomos que estaban en el escritorio y le expliqué lo que eran—. La información relativa a las últimas incorporaciones a la colección está en el que falta.

—Será mejor que avise a la inspectora para que venga —dijo Bates. Se apartó un poco de mí y sacó el móvil—. Voy a ver si sigue por aquí.

Me aparté mientras hablaba con Kanesha en voz baja. Al terminar la conversación, plegó el teléfono con un gesto ágil.

—Ahora mismo viene, por suerte aún no se había marchado a casa.

Apenas había terminado de hablar cuando Kanesha apareció en la puerta.

—¿Qué tenemos? —preguntó, tras plantarse a un paso de mí.

Repetí la historia del inventario y el tomo desaparecido. Hice una pausa al terminar y esperé a que reaccionara, pero ante su silencio decidí compartir mis cavilaciones con ella.

Escuchó mi razonamiento hasta el final y cuando dejé de hablar tomó la palabra:

—Muy buenas preguntas. Hay una inconsistencia, y no me gustan las inconsistencias... A no ser que me ayuden a resolver el caso. —Recorrió la habitación con la mirada—. ¿Cree que ese tomo podría estar aquí dentro?

—Sería un buen lugar para ocultar un libro, al menos de forma provisional. Llevará un tiempo revisar los anaqueles, porque hay que manipular el contenido con cuidado, pero no veo el interés de esconderlo aquí. Lo más seguro es que el asesino fuera consciente de que se descubriría relativamente rápido. ¿Van a volver a registrar la casa?

Kanesha negó con la cabeza.

—Lo dudo. Voy a hablar con los dos agentes que llevaron a cabo el registro, a ver si alguno de ellos recuerda haber visto un libro de esas características.

Comprendía sus reticencias para volver a registrar la casa, pero el tomo desaparecido podía ser una prueba crucial. No obstante, ella estaba al mando de la investigación, así que opté por dejarlo estar. De todos modos, había otra cosa que quería contarle:

—Antes de que se me olvide —dije—, hace un rato he observado algo que creo que debería saber.

—Soy toda oídos. —Kanesha asintió.

Le relaté las dos escenas que había presenciado en la cocina.

—No sé si es relevante para la investigación, pero me ha parecido que debía estar al corriente.

—Gracias, señor Harris. Le agradezco que esté atento, tal y como quedamos que haría.

—De nada —contesté. Consulté el reloj, eran las doce pasadas. Sean estaría preguntándose por qué tardaba tanto—. Mi hijo y yo nos vamos a casa para almorzar, pero volveremos enseguida y nos pondremos con el inventario.

—Sí, ya me lo ha dicho. El agente Bates estará aquí cuando vuelvan. —Kanesha miró a la puerta y después me miró a mí. Mensaje recibido. Me despedí de los agentes con un gesto de cabeza y me fui.

Sean y los dos animales estaban esperando en la puerta principal. Al verme, Diesel maulló y me volvió la espalda. Seguía enfadado conmigo por haberlo dejado con Sean, pero ya se le olvidaría.

—¿Por qué has tardado tanto, papá?

Se lo expliqué de camino al coche.

—Qué raro —dijo Sean a propósito del tomo desaparecido.

Durante el breve trayecto a casa, decidimos que almorzaríamos bocadillos y patatas de bolsa. Rápido y fácil, como convenía, pues estaba deseando volver a ponerme con el inventario.

En cuanto pusimos un pie en la cocina, los animales desaparecieron por el lavadero y, mientras yo preparaba los bocadillos, Sean sacó las bebidas y las patatas.

Cuando nos sentamos a la mesa, los animales regresaron y nos miraron con la esperanza de recibir algún bocadito.

Mientras comíamos, le resumí a Sean las disposiciones del testamento de James Delacorte. Me parecía de rigor tenerlo al corriente ya que iba a ayudarme con el inventario.

—Viendo el testamento, al señor Delacorte le importaba un rábano su familia. —Sean dio un trago de té helado—. El único a quien parecía tener cariño es al mayordomo. ¿No te parece un poco raro?

—Sus razones tendría... —Le di otro mordisco al bocadillo—. Diría que tuvo que aguantar mucho en vida; quizá esta es su manera de decirles a todos lo que de verdad pensaba de ellos.

—Puede ser, pero... ¿y el mayordomo? Delacorte no llegó a casarse, ¿verdad?

—Creo que no. Pero solo porque no se casara y le dejara casi toda la herencia a su mayordomo no quiere decir que albergara sentimientos románticos por él. Ni tampoco que Truesdale estuviera enamorado de su jefe. Por lo que he visto hace un rato, no me da la impresión de que sea gay... —Le resumí los encuentros que había presenciado.

—A lo mejor no, pero tampoco parece el típico hombre que ande con dos mujeres a la vez, y menos si una es hermana de su jefe —repuso Sean—. Aunque el panorama es interesante. Es una suerte para Truesdale que el patrimonio no vuelva a manos de la familia después de su muerte, de lo contrario sería el siguiente de la lista negra.

—Y que lo digas, yo también lo pensé. —Me acabé el bocadillo y me planteé comerme otro, pero descarté la idea. Con dos valía—. Hubert parecía realmente sorprendido de no ser el heredero principal; me pregunto si impugnará el testamento. Según Pendergrast, tiene pocas probabilidades.

—Para empezar a hablar, tendría que buscarse un abogado dispuesto a enfrentarse a Pendergrast. —Sean se sirvió un puñado de patatas—. Ayer por la noche estuve investigándolo un poco por internet. Es toda una leyenda en el mundillo legal de Misisipi; bueno, en realidad, fuera del estado también. Tal y como yo lo veo, Hubert no tendría ninguna probabilidad.

—Y seguro que no te equivocas. —Cogí la jarra de la mesa y me volví a llenar el vaso—. Me da la impresión de que la bravuconería de Hubert es pura fachada; al final seguro que se escabulle en algún rincón con el rabo entre las piernas.

Antes de que me levantara de la silla, sonó el timbre. Diesel salió de debajo de la mesa y Dante ladró hasta que Sean lo mandó callar.

—Ya voy yo —dije dejando el vaso en la mesa.

Diesel me acompañó a la puerta. Sabía lo que significaba el timbre y le encantaba recibir a los invitados, a no ser, claro está, que el visitante resultara ser una de las pocas personas que le cayeran mal, en cuyo caso gruñía y desaparecía hasta que esa persona se marchaba.

Me asomé a la mirilla y refunfuñé. Lo último que necesitaba en esos momentos era tener a un periodista en la puerta de mi casa. Por un momento, me planteé hacer como si no hubiera nadie en casa, pero desistí al convencerme de que tarde o temprano tendría que lidiar con ello.

Abrí la puerta y me puse derecho.

—Buenas tardes, señor Appleby. ¿Qué desea?

Ray Appleby, el mejor periodista de la *Gaceta de Athena*, pestañeó.

—Buenas tardes, señor Harris, me alegra que se acuerde de mí. Me gustaría hacerle unas preguntas, por aquello de que fue el que encontró el cuerpo y tal. ¿Le importa que pase?

Reprimiendo un suspiro, di un paso atrás y lo invité a entrar con un gesto.

—Pase al salón, puedo concederle unos minutos, pero no le prometo responder a todas sus preguntas.

—No hay problema —contestó con afectado descuido—. No escribo para la prensa sensacionalista, ya lo sabe.

—Siéntese, por favor. —Señalé el sofá y las butacas—. Ahora mismo vuelvo.

Diesel se quedó con él mientras yo iba a la cocina para avisar a Sean. Al enterarse de la identidad de nuestro visitante, dejó la servilleta en la mesa con cara de fastidio y se levantó.

Cuando Sean, Dante y yo llegamos al salón, Diesel estaba en el suelo al lado de Ray Appleby, que le frotaba la cabeza. Si mi gato se dejaba hacer, el reportero no sería mala gente.

—Señor Appleby, le presento a mi hijo, Sean. Se ha mudado de Houston hace poco.

Appleby se levantó para estrecharle la mano y corresponder al saludo. Sean y yo nos sentamos en el sofá frente al periodista. Diesel no se movió del sitio, pero Dante saltó al regazo de Sean.

—Entiendo que tiene usted preguntas para mi padre —dijo Sean con brusquedad—. Puede empezar, pero si en algún momento considero que mi padre no debería contestar, lo haré saber y espero que acate mi decisión.

—Conque abogado, ¿eh? —Appleby no parecía muy impresionado—. Como ya le he dicho a su padre, no trabajo para la prensa sensacionalista, sino para un periódico local. Estoy tratando de cubrir la historia desde todos los ángulos.

—Adelante, puede empezar —dije. Había leído bastantes artículos suyos en la *Gaceta* como para saber que era buen profesional, un periodista responsable y ecuánime en sus reportajes.

Appleby sacó un bloc de notas y lo abrió. Con el bolígrafo suspendido en el aire, dijo:

—Es usted la persona que descubrió el cadáver de James Delacorte, ¿correcto?

—Sí, efectivamente.

—¿Cuánto conocía al señor Delacorte?

Miré a Sean, que asintió.

—Éramos meros conocidos. —Me encogí de hombros—. Solo nos veíamos cuando venía a la biblioteca y me pedía ayuda con sus búsquedas. Nada más.

—Pero sí pudo reconocerlo cuando lo encontró. —Appleby garabateaba en su libreta.

—Sí. Y no me pida que se lo describa, no es algo que me apetezca recordar.

—No se preocupe. —Appleby esbozó una sonrisa—. Cuénteme cómo descubrió el cadáver y qué sucedió después.

Sean no reaccionó, así que me lancé a narrar los acontecimientos de la víspera, esforzándome por construir un relato objetivo y sucinto. Al llegar al inventario, expliqué que el señor Delacorte me había encargado que lo revisara debido a mi experiencia con libros raros y obvié los hurtos de la colección.

Si mi versión de los hechos lo decepcionó, Appleby lo disimuló bien.

—Queda claro; gracias, señor Harris. —Appleby dio unos toquecitos con el bolígrafo en el papel—. Bien, y con respecto al inventario... ¿Por qué tanta prisa en acabarlo?

Antes de que pudiera decir nada, Sean intervino:

—Para todo lo relacionado con la herencia del señor Delacorte, diríjase al bufete del señor Pendergrast. Mi padre no tiene comentarios.

—De acuerdo —respondió Appleby encogiéndose de hombros—. Escribí un artículo sobre el señor Delacorte y su colección hará unos cinco años. Me enseñó el sistema que usaba para el inventario y me pareció muy completo, así que me extraña que de repente quisiera que se lo revisaran.

—Como ya le he dicho, las cuestiones relativas a la herencia del señor Delacorte son para su abogado —repitió Sean con una mirada asesina que no pareció intimidar al periodista.

—Sí, sí, queda claro. —Appleby se puso de pie—. Gracias por su tiempo, señor Harris. Es posible que regrese con más preguntas.

—Por supuesto —dije.

Sean dejó a Dante en el suelo y se puso en pie.

—Le acompaño a la puerta, señor Appleby.

El periodista salió con Sean, que obviamente iba seguido de Dante. Diesel y yo volvimos a la cocina y Sean y su perro enseguida se reunieron con nosotros.

Sean se rio de lo que acababa de pasar, se terminó el bocadillo y las patatas mientras yo recogía la cocina y pronto los cuatro estábamos de camino a la mansión de los Delacorte. Mientras conducía, le expliqué brevemente el método que estaba siguiendo para revisar el inventario.

Dos coches patrulla, uno de la policía estatal y otro de la comisaría del condado, estaban aparcados en el camino de entrada. Me detuve detrás de ellos y apagué el motor.

Para mi sorpresa, fue Stewart Delacorte quien nos abrió la puerta. Nada más verme, me agarró del brazo y dijo:

—Por fin, estaba esperándolo.

Tenía una expresión que me asustó y Sean tuvo que encargarse de cerrar la puerta porque Stewart estaba demasiado alterado como para reparar en que seguía abierta.

—¿Qué pasa? —Traté de zafarme de su mano, pero me agarró con más fuerza.

—Tengo que salir de aquí —dijo con voz ronca—. Necesito un sitio al que ir. Tiene que ayudarme.

CAPÍTULO VEINTITRÉS

—Sígame, por favor. —Stewart me soltó el brazo y echó a andar como una flecha hacia el saloncito—. Por aquí.

Abrió la puerta y, una vez dentro, se volvió hacia mí expectante. Lo último que me apetecía era verme envuelto en más líos con los Delacorte, pero Stewart parecía tan asustado que me apiadé de él. No iba a quedarme más remedio que escucharlo. Seguro que además la conversación tendría interés para Kanesha.

—Menudo teatrero... —ironizó Sean entre dientes mientras entraba seguido de los animales.

Una vez dentro a puerta cerrada, Stewart pareció relajarse un poco.

—Por fin, menos mal que ha venido, estaba al borde de un ataque de nervios. —Fue hasta el sofá y se desplomó—. No puede hacerse una idea de lo que ha sido esto.

Me senté en una silla frente a él y Diesel se acurrucó junto a mis piernas. Sean ocupó la silla de al lado y se colocó a Dante sobre el regazo.

Stewart pareció reparar en Sean en aquel momento y de pronto irguió la espalda y sonrió:

—Vaya... Hola, joven. Creo que no nos conocemos. ¿Quién eres?

—Es mi hijo, Sean. —Oficié las presentaciones al ver que mi hijo parecía demasiado perplejo como para hablar por sí mismo—. Ha venido para ayudarme con el inventario. Y este es su perro, Dante.

—Encantado de conocerte —dijo Stewart, zalamero. El pánico de hacía unos instantes parecía haberse esfumado—. Pero si eres alto, moreno y un auténtico adonis.

Sean soltó una carcajada.

—Si no supiera que es imposible, juraría que eres mi amigo Arthur de Houston.

—Uy, ¿en serio? ¿Tu amigo? —Stewart enarcó una ceja con expresión coqueta.

—No me refiero a ese tipo de amigo... —repuso Sean, claramente divertido—. Era un compañero de trabajo.

—Qué desperdicio... —dijo Stewart con verdadera lástima.

—Bueno, ¿qué le pasa? —pregunté, tratando de devolver la conversación a su cauce—. ¿Por qué necesita mi ayuda?

Stewart, aún pendiente de Sean, tardó en concentrarse en mi pregunta, pero al fin se volvió hacia mí:

—Es esta casa. No puedo pasar ni una noche más aquí dentro.

—¿Por qué no? —preguntó Sean—. A mí me parece que no está nada mal...

Stewart dio un resoplido.

—Sí, pero han asesinado a mi tío, esa inspectora fortachona nos lo ha confirmado hace un rato. Yo creía que había sido un ataque al corazón, pero no, ha sido un asesinato. —Se encogió de hombros—. No puedo vivir bajo el mismo techo que un asesino.

Antes de darme tiempo a contestar, Sean se me adelantó:

—¿Y cómo sabemos que no es usted el asesino? —preguntó con una sonrisa burlona.

—Jamás de los jamases haría daño al pobre tío James —contestó Stewart ofendido—. Es verdad que de vez en cuando podía ser un cardo, pero yo lo quería mucho, no podría matarlo. —Una mueca de dolor se dibujó en su rostro—. Teníamos nuestras diferencias, claro, pero siempre acabábamos por entendernos. Además, yo ni siquiera estaba por aquí ayer, así que no pueden acusarme.

—Ah, ¿de verdad? —preguntó Sean—. ¿Y dónde estaba?

Una sonrisa coqueta afloró en los labios de Stewart.

—Ya que me lo pregunta, el domingo por la noche me fui en coche a Memphis a visitar a un amigo, a un amigo especial..., no a uno cualquiera con el que se va a tomar algo. —Miró a Sean con ojos lascivos—. Volví ayer a las cuatro de la tarde y, antes de salir, eché gasolina en Memphis y guardé el recibo, así que tengo coartada.

A menos que se lo estuviese inventando, quedaba descartado de la lista de posibles asesinos.

—Le he dado el recibo a la inspectora. Me ha dicho que tenía que estudiarlo, claro, pero si mi historia se sostiene, estoy a salvo.

—Qué consuelo —dijo Sean—. Para usted, claro.

Stewart lo apuntó moviendo el dedo índice arriba y abajo, como diciendo «Qué pillín».

—¿Y por qué necesita mi ayuda? —volví a preguntar—. Seguro que tiene amigos que pueden acogerlo cuando se vaya de aquí.

—Pues claro que tengo amigos, pero no me voy a quedar en su casa indefinidamente. Ya han oído las disposiciones del testamento: tengo tres meses para buscarme una casa y quiero estar en un sitio seguro hasta que la encuentre.

—¿Y cree que mudarse a casa de mi padre es la solución? —Sean escrutó a mi inquilino en potencia con una mirada glacial.

—Se lo comenté a un compañero del departamento de historia y me contó que su padre alquila habitaciones. No veo por qué no podría ser su inquilino si tiene hueco. —Stewart se volvió hacia mí con una sonrisa suplicante—. ¿Hay alguna habitación libre? Dígame que sí...

Estaba entre la espada y la pared. Tenía sitio y no podía mentirle, aunque ganas no me faltaban. Lo último que me apetecía en esos momentos era tener a un Delacorte bajo mi techo, incluso aunque estuviera claro que no era el asesino.

Una vez más, Sean intervino antes de darme tiempo a responder:

—Son setecientos cincuenta al mes. El precio incluye algunas comidas y derecho a cocina. La limpieza de la habitación y la colada corren a su cargo.

Miré a mi hijo sin dar crédito. Suponía que le apetecía lo mismo que a mí meter a Stewart en casa, pero ¿por qué le ofrecía esas condiciones? Ese precio rayaba la extorsión... Normalmente, cobraba un alquiler de doscientos dólares al mes, porque mis inquilinos solían ser estudiantes y no podían permitirse pagar más. Stewart probablemente sí podía, pero setecientos cincuenta me parecía una absoluta exageración.

Me disponía a protestar, pero Stewart se me adelantó:

—Trato hecho, quiero mudarme ahora mismo. —Se levantó de un brinco—. Ay, no saben cuánto se lo agradezco. Esta noche podré dormir sabiendo que no comparto techo con un asesino desalmado. —Se dirigió a la puerta casi corriendo—. Voy a recoger algunas cosas, les avisaré cuando esté listo.

Antes de que pudiera pararlo, ya se había marchado. Miré a Sean:

—¿Por qué le has dicho eso? ¿Y a qué ha venido ese precio? No estoy seguro de que me apetezca tenerlo en casa.

Diesel, alarmado por el tono de mi voz, se puso a gruñir y tuve que calmarlo mientras Sean respondía:

—Para empezar, no creí que estuviera dispuesto a pagar tanto. Y en segundo lugar, he pensado que, mientras tenga coartada, quizá pueda sernos útil como informador. —Sean se rio—. Arthur, el amigo que he mencionado antes, se comporta como una reinona descerebrada la mayor parte del tiempo, pero en el fondo es muy inteligente. Me da que Stewart no será muy distinto...

—¿Y Arthur coquetea contigo igual que Stewart? —Me picaba la curiosidad. Sean estaba abriéndome una rendija a su vida de Houston.

—Al principio sí, cuando nos conocimos hace un par de años, pero se le pasó en cuanto le dije que no estaba interesado. No es para tanto, papá.

—¿No te incomoda?

Sean se encogió de hombros y respondió:

—Bueno, al principio un poco, pero ahora no me lo pienso dos veces. Digo «No, gracias» y fin de la historia.

A juzgar por lo que decía, daba la impresión de que le sucedía con cierta frecuencia, pero me abstuve de hacer comentarios. Con todo, me gustaba ver que Sean lo encaraba con madurez.

—¿Y qué hacemos con este informador? ¿Piensas sonsacarle cosas de la familia?

Sean sonrió.

—Si se parece a Arthur tanto como creo, no tendré que apretarlo mucho y aireará los trapos sucios de buen grado. Y quizá tenga detalles muy jugosos...

—Quizá... —contesté sin demasiada convicción. Decidí que dejaría a nuestro nuevo inquilino a merced de Sean y, si le sacaba información jugosa, yo estaría encantado de escucharla. Me pregunté, no obstante, qué opinaría Kanesha. Si la información de Stewart ayudaba a resolver el caso, seguro que no le parecería mal.

—Venga —dije poniéndome en pie—. Vamos con el inventario.

—De acuerdo. Cuando Stewart esté listo, puedo acompañarlo para ayudarlo a instalarse y después vuelvo para echarte una mano.

—Bien —dije saliendo al vestíbulo—. Puede ocupar el cuarto grande de la buhardilla, el que queda encima del mío.

El agente Bates, sentado en una silla frente a la biblioteca, levantó la vista de su teléfono cuando nos acercamos.

—Buenas tardes —saludó, poniéndose de pie y sacando la llave.

—Gracias —dije. Sean pasó delante de mí con los muchachos—. Una cosa, agente, antes se me ha olvidado preguntarle qué pasó con mi cartera. No me parece haberla visto por aquí esta mañana.

Bates se encogió de hombros.

—Si no está aquí, estará en la comisaría. Lo mejor es que le pregunte a la jefa, se la devolverá si no la necesitan como prueba.

—Gracias, eso haré, pues —contesté.

Bates nos siguió al interior con su silla, la colocó junto a la pared y cerró las puertas. Suponía que Kanesha no querría que todo el mundo se enterara de lo que andábamos haciendo ahí dentro.

Sean colocó a Dante en una de las sillas con la orden de quedarse quieto y Diesel se ovilló en el suelo cerca de su amiguito.

Tras sacar un par de guantes de algodón para Sean, cogí el primer tomo del inventario y retomamos la labor donde la había dejado el día anterior por la mañana. Me parecía que hubiera pasado una semana... Traté de alejar la imagen del cadáver del señor Delacorte mientras trabajábamos.

Sean revisaba los anaqueles mientras yo enumeraba los títulos y, cuando faltaba un libro, lo buscábamos entre los dos. Así trabajamos a buen ritmo durante una hora, hasta que un toque en la puerta nos interrumpió.

Bates abrió y habló a través del resquicio con la persona que había del otro lado.

—Ahora se lo pregunto —dijo.

Tras cerrar de nuevo la puerta, el agente se nos acercó:

—El señor Stewart Delacorte quiere hablar con ustedes.

—Gracias, agente —contestó Sean—. Ya sé lo que quiere. —Se volvió hacia mí y me dijo—: Si me das las llaves del coche, yo me encargo. Volveré en cuanto pueda.

Le entregué las llaves y le sugerí que se llevara a Dante, porque aquí se volvería loco sin su dueño.

Reanudé la labor y Bates retomó su asiento en la entrada. Diesel debió de pensar que llevaba demasiado tiempo desatendido y vino a restregarse contra mis piernas, de modo que tuve que dejar el tomo del inventario para prestarle atención, pues de lo contrario se pondría a maullar y a darme cabezazos contra las piernas. Era muy difícil no prestarle atención cuando se proponía hacerse notar.

Al cabo de unos minutos, Diesel lo dio por bueno y se acurrucó bajo la mesa de trabajo en una posición que le permitía observarme y reclamarme si le apetecía. Los gatos Maine Coon podían ser muy posesivos, o eso había leído. A veces Diesel lo era y se empeñaba en mantener el contacto físico conmigo, algo que podía llegar a ser un poco cansino. Por lo menos ahora parecía satisfecho dormitando bajo la mesa.

Seguí con el inventario hasta que apareció Sean. Miré el reloj y constaté asombrado que eran casi las cuatro y media.

—Siento haber tardado tanto. —Con gesto de incredulidad, añadió—: ¿Puedes creerte que Stewart se ha perdido tres veces de camino a casa? Iba detrás de mí en su coche y no me seguía, y eso que he intentado ir despacio.

—Es absurdo, si no queda tan lejos.

—Lo sé, pero creo que ha ido todo el rato hablando por teléfono. —Suspiró—. He conseguido llevarlo a casa y lo he ayudado a instalarse, pero luego se ha empeñado en volver para coger cosas que se había olvidado y eso nos ha costado otro rato. Pero bueno, al fin he conseguido quitármelo de encima. Ahí lo he dejado, pasándoselo en grande recolocando los muebles de la habitación.

—Si le divierte, bien por él. Sigo sin estar convencido de tenerlo de inquilino, pero he pensado que te encargarás tú, no yo. —En ese momento me di cuenta de que faltaba Dante—. ¿Y tu perro?

—Con Stewart. —Sean soltó una carcajada—. Se ha encariñado y me ha pedido que se lo dejara para que le hiciera compañía hasta que volviéramos. Dante parecía contento de quedarse y en realidad yo también, trabajaré mejor sin tener que estar pendiente cada dos por tres de que no esté haciendo ningún estropicio.

Diesel se había despertado con la llegada de Sean y recorría la biblioteca buscando a su amiguito.

—Sean lo ha dejado en casa, Diesel —le dije.

El gato paró en seco, dio media vuelta y volvió a ocupar su puesto debajo de la mesa.

—Es increíble, da la impresión de que te entiende cuando le hablas.

—Ya… A veces asusta un poco. —Levanté el tomo del inventario que tenía en las manos—. ¿Seguimos un poco más y lo dejamos por hoy?

Continuamos con el mismo método: yo leía los títulos y Sean los buscaba en los anaqueles. Al cabo de un rato, Sean dijo de pronto:

—Me acabo de dar cuenta de una cosa, papá. —Se rascó la barbilla—. Todos los libros que hemos visto son muy antiguos. Me parece que no hay ni uno del siglo xx.

Lo pensé un instante.

—Creo que tienes razón. A lo mejor el señor Delacorte se concentró en libros de antes de 1900 cuando empezó la colección. Aunque me consta que también hay libros publicados en el siglo xx, como unas primeras ediciones de Faulkner y algo de Welty.

—Tiene sentido —contestó Sean y se volvió hacia la estantería.

Leí el siguiente título y justo después oímos unos toques en la puerta.

Bates se levantó a abrir mientras yo seguía concentrado en la labor, hasta que reconocí la vocecita de Eloise Morris. Me volví hacia la puerta y allí estaba, ante la mirada de estupor de Bates, que agitaba los brazos nervioso. Eloise vestía uno de sus atuendos de época, así que entendía perfectamente el desconcierto del agente.

En ese momento reparé en el objeto que Eloise llevaba entre las manos.

Parecía el tomo del inventario que estaba desaparecido.

CAPÍTULO VEINTICUATRO

—Es del tío James —dijo Eloise—. Sé que quiere que se lo devuelva. —Miró al agente Bates—. ¿Por qué no me deja devolvérselo?

—Verá, señora Morris... —dijo Bates—. No sé muy bien cómo decirle esto, pero...

—Espere, agente —dije.

—Claro. —Bates pareció agradecer que me decidiese a intervenir.

Dejé el tomo del inventario que tenía en las manos y avancé hacia Eloise midiendo mis pasos. Me detuve muy cerca de ella y Eloise me miró brevemente antes de hacer un amago de sonrisa.

—Tiene usted cara de buena persona —dijo—. Ya nos hemos visto antes, ¿verdad?

—Sí, un par de veces. Quizá pueda ayudarla. Yo me encargo del libro.

—El tío James le tiene aprecio. —Eloise seguía sonriendo—. Vino usted un día a tomar el té.

—Sí. Es un detalle que se acuerde de mí. —Extendí mis manos enfundadas en los guantes protectores de algodón.

—Usted también lleva guantes.

Hasta ese momento, no había reparado en que unos delicados guantes de encaje cubrían las manos de Eloise.

—Sí, señora. Es de rigor cuando uno acude a prestar visita.

Eloise asintió con solemnidad.

—Sí, en efecto. —Buscó a mi alrededor—. El tío James no está en su escritorio.

—No, se ha ausentado unos minutos. —Me detuve para respirar hondo, preso de unos nervios repentinos—. Estaré encantado de entregarle el libro de su parte, si lo desea.

Tras sopesar la propuesta un instante, me lo entregó.

—El tío James le tiene aprecio, así que supongo que no pasa nada. No le gusta todo el mundo, no le gusta que ciertas personas toqueteen sus libros.

—No le gusta, no —dije, agarrando el libro con fuerza.

—Especialmente no le gusta que Hubert los toquetee. Hubert lo pone todo patas arriba —añadió con severidad.

—Qué engorro. —La alusión a su marido me intrigó—. ¿Hubert ha estado toqueteando este libro?

Eloise pestañeó.

—Al tío James le encantan las galletas, igual que a mí. Siempre come muchas. —Miró hacia la mesa—. ¿Lo ve? No queda ni una de las que le traje. Creo que le pediré más a Truesdale, quizá esta vez también yo pueda probarlas. —Giró sobre sus talones y se marchó.

Me planteé seguirla, pero desistí al imaginar que sería como intentar retener una gota de agua entre los dedos.

Bates cerró la puerta y se volvió hacia mí admirado:

—Eso sí que es saber manejarla. No tenía ni idea de qué decirle.

—Ya, papá... —dijo Sean—. Está como una regadera, ni siquiera se ha enterado de que su tío ha muerto.

La Eloise lúcida sí que estaba al tanto, porque yo mismo se lo había dicho, pero quién sabía con qué frecuencia asomaba aquella faceta de su persona.

Contemplé el libro que tenía entre las manos.

—Tenemos que avisar a la inspectora de que ha aparecido. A saber de dónde lo habrá sacado Eloise, pero en cualquier caso estoy seguro de que Kanesha querrá examinarlo y buscar huellas.

Bates sacó el teléfono y marcó un número. Me acerqué a la mesa de trabajo y dejé el cuarto tomo del inventario. Me reconcomían las ganas de abrirlo y buscar la entrada de *Tamerlán,* pero no me atreví. Tendría que esperar a que Kanesha estuviera presente.

Contemplé el libro de registro, absorto en mis pensamientos mientras repasaba mi breve y extraña conversación con Eloise. ¿Había mentado a Hubert porque había encontrado el libro entre sus cosas? ¿O había sido pura digresión, como lo parecían la mayoría de sus comentarios?

Kanesha tenía que estar al corriente de ese detalle.

—La jefa está de camino —informó Bates cerrando el teléfono móvil.

Tenía un comentario en la punta de la lengua cuando el agente se tensó y levantó la mano.

—¿Han oído? Parecía un grito.

Se giró en redondo y me dejó con la palabra en la boca. Sean salió corriendo tras él. Miré a Diesel, que se había enderezado en dirección a la puerta.

—Venga, muchacho, vamos a ver qué está pasando.

Seguí al agente y a Sean, asegurándome de que Diesel estuviera detrás de mí mientras nos acercábamos a la entrada. Ahora sí que oía el alboroto, sollozos femeninos y gritos masculinos.

Cuando llegué al pie de la escalinata miré hacia arriba. Bates retenía a Hubert Morris, que forcejeaba intentando desprenderse, pero el agente debía de sacarle al menos diez kilos de puro músculo, así que Hubert no tenía nada que hacer. Seguía chillándole a su esposa, que se cobijaba atemorizada entre los brazos de mi hijo.

—¿Cuántas veces tengo que decirte que no entres en los cuartos de los demás? Eres una estúpida. Una estúpida, una chalada y una idiota. —Hubert iba encadenando improperios que eran variaciones de esas palabras.

—¡Ya basta! —rugieron al unísono Sean y Bates.

El grito reverberó por las escaleras y por el vestíbulo y Hubert, acobardado, dejó de chillar.

—Y quietecito. —Le masculló Bates al oído mientras lo conducía escalera abajo hasta el punto donde estábamos Diesel y yo.

Mi pobre gato trataba por todos los medios de esconderse entre mis piernas y me acuclillé para tranquilizarlo. A mí tampoco me gustaban esos gritos.

Cuando volví a mirar hacia arriba, Sean conducía a Eloise hacia una puerta, y deduje que sería su dormitorio. Me pareció buena señal que hubiera dejado de llorar, ojalá se recuperara pronto del ataque verbal de su marido.

O, al menos, esperaba que solo fuera verbal.

Me volví a levantar y observé a Hubert, que seguía retenido por el agente.

—¿Qué ha pasado? —quise saber.

En aquel momento sonó el timbre y Bates me pidió con señas que abriera la puerta. No había hecho ningún amago de soltar a Hubert.

Abrí la puerta a Kanesha Berry.

—Buenas tardes, señor Harris —saludó.

Le devolví el saludo, aunque creo que no me oyó.

—Dígale a este gorila que me quite las manos de encima. —Hubert parecía estar al borde de la histeria—. Pienso interponer una demanda por brutalidad policial. ¡Suélteme! —Se retorció con fuerza, pero Bates seguía conteniéndolo.

Kanesha se dirigió a su subordinado en tono cortante:

—¿Qué está pasando aquí, Bates?

—El señor Morris estaba agrediendo a su mujer en las escaleras —explicó Bates, con expresión pétrea—. He intervenido y lo he retenido hasta que llegara, jefa.

—Suéltelo, Bates —ordenó Kanesha—. No, señor Morris, no se va usted a ninguna parte.

Hubert se detuvo y se volvió hacia Kanesha.

—No estaba agrediendo a mi mujer, se lo aseguro. Reconozco que estaba gritando, pero no le he pegado.

—Entonces, ¿por qué su mujer tenía la mano en la mejilla izquierda y decía «Por favor, no me pegues más» cuando los he encontrado en las escaleras? ¿Y por qué gritaba? —Bates lanzó una mirada furibunda a Hubert, que se apartó del agente.

—Responda a las preguntas, señor Morris. —Kanesha lo miraba con dureza. Parecía haberse olvidado de mi presencia—. Ahora. A no ser que prefiera responderlas en comisaría.

Hubert tragó saliva, desviando rápidamente la mirada entre los dos policías.

—Bueno, puede que a lo mejor le haya pegado una torta... —reconoció al fin, con voz ronca—. Pero sabe Dios que Eloise está mal de la azotea, a veces la única forma de hacerla entrar en razón es... —Calló.

—Vamos a seguir la conversación ahí dentro. —Kanesha señaló el pequeño salón con un gesto de cabeza. Echó a andar hacia la puerta y dejó que Bates pastoreara a Hubert.

Diesel y yo entramos con discreción tras el agente y rápidamente nos colocamos en la otra punta de la sala, lejos de los policías y de Hubert. Si Kanesha era consciente de mi presencia, no había mostrado el menor indicio.

—Siéntese, señor Morris —ordenó, señalando una silla—. Bates, vuelva a la biblioteca. Ahora mismo.

—Jefa... —Bates pareció momentáneamente apenado, pero asintió y se fue.

Hubert se sentó y Kanesha se acercó hasta quedar a escasos centímetros de él. Aunque su espalda me impedía ver el rostro de Hubert, decidí no moverme del sitio.

Me arrodillé junto a Diesel y le rasqué la cabeza, esperando que con los mimos se tranquilizara para que no sacara de quicio a Kanesha.

—¿Cómo ha empezado el incidente? —La pregunta de Kanesha sonó como un ladrido y percibí, más que vi, que Hubert se sobresaltó del susto.

—Eh... Pues me he encontrado a Eloise en las escaleras. Bueno, iba buscándola, porque me había parecido verla hace un rato, saliendo de una habitación que no era la suya.

—¿Hace cuánto ha sido eso?

—Unos diez minutos.

—¿Y ha tardado diez minutos en encontrarla? —Kanesha parecía escéptica.

—Se escabulle muy rápido. —Hubert rio—. Le sorprendería, es más ágil de lo que parece con esos vestidos que lleva.

—¿Y dónde se la ha encontrado?

—En las escaleras —dijo Hubert—. Quería reprenderla por fisgar en una habitación ajena y ha empezado a lloriquear y a desmentirlo. Le he dicho que la había visto, pero seguía en sus trece, negándolo. Y, bueno, supongo que he perdido los papeles.

Está tan chalada que a veces no recuerda lo que ha hecho ni dónde ha estado cuando le da una de sus ventoleras.

Kanesha hizo la pregunta que yo estaba deseando formular:

—¿De qué habitación la ha visto salir?

Hubert tardó en responder y pensé si respondería la verdad.

—De la del mayordomo —dijo—. Truesdale, ya lo conoce. Su dormitorio está en la misma planta que el de algunos miembros de la familia, en lugar de en la zona del servicio como le correspondería.

A Hubert parecía indignarle ese detalle.

Ahora quería que Kanesha hiciera otra pregunta: «¿Se ha llevado algo de la habitación?».

Quizá Kanesha captó mis pensamientos por telepatía.

—¿Llevaba algo con ella al salir de la habitación?

—Creo que sí —contestó Hubert—, aunque con esas faldas es difícil saber. Se le da muy bien esconder cosas cuando no quiere que sepas que tiene algo. —Hizo una pausa—. En cualquier caso, sea lo que sea, tenía que ser algo que estuviera en el dormitorio de Truesdale. De eso estoy seguro.

—Gracias, señor Morris. Le recomiendo encarecidamente que a partir de ahora se abstenga de pegar a su esposa.

Si Kanesha me hubiera hablado así, habría temblado de miedo. Me habría encantado verle la cara al recibir aquella advertencia.

Hubert contestó con un susurro ahogado:

—No, inspectora. O sea, sí, inspectora. No le volveré a pegar.

—Eso es todo —dijo Kanesha—. Puede retirarse.

A Hubert le faltó tiempo para huir. Salió como un rayo y se dejó la puerta abierta.

Me hubiera gustado que se nos tragara la tierra, pero no fue posible.

Aún de espaldas hacia mí, Kanesha dijo:

—No pasa nada, sé que está aquí. Y el gato también. —Se volvió hacia la puerta—. Ahora quiero ver ese tomo del inventario. Venga conmigo.

Diesel y yo la seguimos a la biblioteca, donde un Bates muy sonriente nos recibió.

De unas zancadas, Kanesha se plantó ante la mesa de trabajo y contempló el libro.

—Supongo que tenemos que creer que esto es lo que la señora Morris se llevó del dormitorio del mayordomo.

—Parece obvio, sí —dije.

Kanesha se volvió hacia mí con un destello de ironía en la mirada.

—Desde su posición no podía ver la cara del señor Morris mientras lo interrogaba. Me ha mentido. La cuestión es: ¿por qué?

CAPÍTULO VEINTICINCO

S i Kanesha lo decía, yo no iba a rebatírselo. Era una policía curtida y, si ella creía que Hubert mentía, lo más probable es que tuviera razón.

Diesel se refugió bajo la mesa de trabajo. Se estiró, mirándome fijamente.

Con todo, había una cosa que quería saber:

—¿Sobre qué mentía exactamente?

—Sobre la habitación de la que ha visto salir a su mujer —respondió Kanesha con un deje de impaciencia—. Asumiendo que fuera cierto que la ha visto salir de alguna habitación. Todo es demasiado facilón, pero hay un detalle que no cuadra.

Reflexioné un instante.

—El tiempo transcurrido entre que la ha visto salir y la agresión.

—Efectivamente —confirmó Kanesha—. Eso de que es muy escurridiza y ha tardado diez minutos en encontrarla. Eso no cuela, al menos conmigo.

Sentía curiosidad por saber más sobre sus métodos para interrogar.

—¿Y por qué no lo ha presionado para que contara la verdad?

—Me gusta hacerles creer que me han colado una para darles un poco de confianza y hacer que se crean más listos que yo. —Negó con la cabeza—. Y ahí es cuando les hago ver que han metido la pata hasta el fondo.

Me guardé el dato para futuras ocasiones.

—Entonces, ¿qué cree que ha pasado?

—Primero tengo unas preguntas sobre el desarrollo de los acontecimientos. —Kanesha señaló a Bates—. También para usted, Bates. ¿Cuánto tiempo ha estado la señora Morris en la biblioteca desde que llegó con el libro? Después de que se marchara, ¿al cabo de cuánto tiempo se han oído sus gritos?

Yo respondí a la primera pregunta.

—Ha estado cinco minutos como máximo. —Miré a Bates buscando aprobación y asintió.

—Yo he oído los gritos al cabo de un minuto más o menos —contestó Bates.

—De acuerdo —dijo Kanesha—. Si partimos del lapso de diez minutos que alega el señor Morris, la señora Morris tendría tres minutos para escapar de él e ir a la biblioteca. Ya sé que la casa es grande, pero no le compro lo de que su esposa huyera de él.

—¿Cree que ha mentido cuando ha dicho que no sabía qué había sacado de la habitación? —Yo ya tenía una opinión al respecto, alimentada por las dudas y las preguntas de Kanesha.

—Creo que sí que lo sabía. —Kanesha señaló el volumen del inventario hasta entonces desaparecido—. Él sabía que lo tenía ella, pero no creo que la viera cogerlo. De repente no lo ha encontrado, se ha figurado que lo tendría ella y ha salido a buscarlo.

—Lo que implicaría que Hubert lo cogió primero y lo escondió en alguna parte. —Aquello encajaba con mi propio razonamiento.

—Exacto —dijo Kanesha—. Ahora la cuestión es: ¿por qué intenta implicar a Truesdale?

—Por el testamento —contestamos al unísono—. Quiere desacreditarlo para intentar invalidar el testamento.

—Y en ese caso —continuó Kanesha en tono triunfal—, es probablemente el autor de los hurtos, porque, si no, ¿por qué pensaría que la presencia del libro en la habitación del mayordomo incriminaría a Truesdale?

Habíamos llegado a la misma conclusión. El panorama no era muy alentador para Hubert, pero había un problema: todavía no habíamos encontrado ningún objeto que faltara de la colección.

Compartí mi reflexión con Kanesha.

—Sí, lo sé. Y eso significa que el inventario es más importante que nunca. Necesito saber si falta algo.

—Sean y yo nos esforzaremos por avanzar rápido. Me gustaría tomarme un descanso y volver a casa a cenar, pero podemos seguir después.

—Se lo agradecería. —Kanesha señaló el último tomo del inventario—. ¿Ha comprobado si el señor Delacorte anotó la compra de *Tamerlán*?

Negué con la cabeza.

—No, y no por falta de ganas, pero me he imaginado que me metería en un buen lío si lo hacía.

—Vamos a comprobarlo ahora mismo —dijo—. Y ya que está usted preparado —señaló los guantes de algodón—, proceda.

Me había olvidado por completo de que los llevaba puestos. Me los miré y vi pelos de gato.

—Voy a ponerme unos limpios, he estado acariciando a Diesel.

Kanesha asintió mientras me quitaba los guantes y los guardaba en el bolsillo. Fui a la mesa de trabajo donde estaba la caja de guantes que había dejado antes a ponerme otro par, volví al escritorio, abrí con cuidado el volumen del inventario y lo hojeé hasta llegar a la última entrada.

Dejé escapar un gruñido de frustración mientras Kanesha se asomaba por detrás de mí.

—No está. La última obra es una primera edición de *Ethan Frome,* de Edith Wharton, dedicada por la autora. —La entrada de Wharton acababa en el reverso de la página y me incliné para examinar la siguiente de cerca. Lo que vi me emocionó—. ¡Mire esto! —Señalé el medianil entre las páginas—. Falta una página, pero el resto del pliego está intacto.

Kanesha escrutaba el medianil contrariada.

—¿Quiere decir pliegue? Yo no veo ninguna arruga.

Me puse en modo profesoral.

—La tripa o cuerpo del libro, o el conjunto de páginas, está hecha de pliegos, que son las hojas de papel grandes que se doblan varias veces y donde se imprimen las páginas. Después todos los pliegos se pegan o se cosen para formar la tripa. Esto puede variar, claro, en función del tamaño del libro...

Podría haber seguido con el número de dobleces, cuartillas, octavillas y un largo etcétera, pero me pareció excesivo para el momento.

Kanesha asintió y examinó de cerca el medianil. Quien hubiera arrancado la página —y daba por hecho que era Hubert— había hecho un trabajo muy limpio.

Kanesha se puso de pie y se rascó la nuca.

—Si asumimos que la página que falta contiene los detalles sobre el ejemplar de *Tamerlán,* entonces la conclusión obvia es que alguien trata de borrar los rastros de la compra.

Mencioné el aspecto que seguía desconcertándome más:

—En ese caso, ¿por qué no se llevó las cartas que confirmaban la compra del escritorio del señor Delacorte?

Kanesha se encogió de hombros.

—Quizá no estaba al corriente de su existencia.

—Déjeme plantear otra hipótesis —dije—. ¿Y si el asesino quisiera que se encontraran las cartas?

—¿Qué quiere decir?

—¿Y si el asesino quería que creyéramos que habían robado el ejemplar de *Tamerlán*? ¿Y si no llegó a haber ningún *Tamerlán*?

—O sea, plantearnos una búsqueda inútil para despistar y desviar la investigación...

Kanesha parecía menos escéptica de lo que me había temido.

—¿Ha hablado con el marchante de libros que supuestamente le vendió *Tamerlán* al señor Delacorte?

—Todavía no —respondió Kanesha—. Lo tengo pendiente, pero no me ha dado tiempo. Creo que será lo primero que haga mañana por la mañana. —Consultó el reloj—. En Nueva York ya son más de las seis.

—Me interesaría mucho enterarme de lo que averigüe en esa conversación.

Kanesha se volvió hacia Bates:

—Vaya al coche patrulla a buscar una bolsa en la que quepa este libro. Si no encuentra, tendré que pedirles a los de criminología que lo empaqueten.

Bates asintió. Cuando abrió la puerta, sorprendió a Sean a punto de llamar, que retrocedió un paso para dejarlo salir y cerró la puerta tras él.

—Por fin he conseguido calmar a esa pobre mujer. —Parecía disgustado—. Por suerte, ha aparecido su suegra y he podido endosársela.

—Tengo que hablar con ella —dijo Kanesha—. En cuanto vuelva Bates, subiré a su dormitorio.

—Probablemente ya esté calmada, pero de ahí a que consiga sacarle nada en claro... —dijo Sean encogiéndose de hombros.

—Inspectora, si no tiene inconveniente, Sean y yo nos vamos a casa a comer algo y volveremos enseguida. —Me quité los guantes de algodón y los dejé sobre la mesa de trabajo.

—Buena idea, me muero de hambre. —Sean se frotó el vientre—. Y además, tenemos un inquilino al que alimentar, no te vayas a olvidar.

—¿Un nuevo inquilino? —Kanesha me miró.

—Stewart Delacorte —respondí. Debería haberme acordado de contárselo—. Dice que le da miedo quedarse aquí, ahora que sabe que alguien ha asesinado a su tío. Así que lo tendré un tiempo en casa, hasta que encuentre un sitio donde vivir.

Kanesha no recibió la noticia con mucho entusiasmo.

—Stewart debería habérmelo consultado antes de decidir marcharse de la casa.

—Bueno, tampoco es que se haya ido del pueblo —terció Sean—. Ya sabe dónde está y, si lo necesita, sabe dónde encontrarlo. Además —sonrió—, así mi padre y yo podemos hacer que airee los trapos sucios de la familia. Y sospecho que no nos costará mucho...

Kanesha lo sopesó un instante.

—Bueno, creo que no pasa nada, pero díganle al señor Delacorte que, si piensa mudarse a otro sitio, debe informarme de inmediato.

En aquel momento, Bates regresó con las manos vacías.

—No he encontrado bolsas grandes —le dijo a Kanesha.

—Vale, pues vaya a ver a los de criminalística y dígales lo que necesito, y que venga alguien a recoger este libro. Le enviaré un relevo dentro de un par de horas para que se vaya a descansar.

Bates asintió y sacó el teléfono móvil. Kanesha se volvió hacia nosotros:

—Váyanse a casa y, si pueden avanzar un poco más esta noche, sería fantástico. Cuanto antes sepamos algo de los hurtos, más feliz estaré.

—Gracias, inspectora. Haremos lo posible por darle una respuesta rápidamente. —Llamé con un gesto a Diesel para que saliera de la mesa—. Venga, muchacho, nos vamos a casa.

A Diesel no hacía falta repetírselo dos veces. Entendía perfectamente la frase. Corrió hasta mí, le acaricié la cabeza y fuimos hacia la puerta detrás de Sean.

Cuando salíamos, oí a Kanesha decirle a Bates que subía a interrogar a Eloise. Le deseé suerte y esperé que la pobre Eloise estuviera recuperada después del incidente de las escaleras. Alguien debería sacarle un cinturón o un bate de béisbol a ese indeseable por tratar así a su esposa. No podía ni ver a ese tipo de hombres.

De camino a casa, pregunté por Eloise.

—¿Te ha comentado algo del incidente?

—Nada. Al principio no hacía más que llorar y no la culpo... Le ha dado tan fuerte que le ha dejado un cardenal. Ya me gustaría pasar un par de minutos a solas con ese tipejo, para que se entere de lo que pasa cuando te pega alguien más grande y más fuerte que tú.

—Te entiendo, pero no te animaría a que lo hicieras.

—Lo sé, pero me encantaría.

En el asiento de atrás, Diesel soltó un sonoro maullido. Sean se rio y se volvió hacia él.

—Me alegra que estés de acuerdo, gato. —Volvió a mirar al frente.

—¿Eloise te ha dicho algo? —quise saber.

—Cuando ha parado de llorar, ha empezado a divagar. —Sean frunció el ceño—. No había quien entendiera nada, iba soltando frases sin conexión. Ha hablado de galletas, del baile de la cacería de verano, de hacer verduras en conserva y de no sé qué más. Me ha puesto la cabeza como un bombo. Y encima me miraba como si yo supiera de lo que me estaba hablando...

—Supongo que es su manera de lidiar con las cosas desagradables —sugerí—. Pobrecilla...

—Me he puesto más contento que unas pascuas cuando ha aparecido su suegra. Estaba a punto de salir al vestíbulo a pedir ayuda, estaba desesperado... —Suspiró—. El único momento en que me ha dicho algo con pies y cabeza ha sido cuando me ha enseñado su habitación.

Un instante después, aparcaba el coche en el garaje. Al entrar en la cocina, con Diesel pegado a los talones, me recibió un aroma apetitoso.

Stewart Delacorte estaba en los fogones y levantó la vista al oírnos llegar.

—La cena estará lista dentro de media hora, caballeros. He pensado que estaría bien demostrar que no soy un hombre florero. —Se rio de su propia gracia y Sean y yo no pudimos por menos que acompañarlo.

Dante estaba tumbado bajo la mesa pero emergió con un alegre ladrido nada más divisar a su amo, que se acuclilló y lo tomó en brazos. El perro lo saludó con varios lametazos en la mejilla y, pese a su mueca de asco, Sean no lo regañó.

Diesel había desaparecido, pero volvería en cuanto hubiera terminado de hacer sus necesidades en el lavadero.

Me acerqué a la cocina para curiosear, pero las cazuelas estaban tapadas.

—Huele de maravilla —dije—. ¿Qué es?

—Mi ragú especial de la casa. Venga, largo de aquí, tengo que darle el toque final a este manjar. Avisaré cuando esté listo.

—Bien —dijo Sean dejando a Dante en el suelo—. Me muero de hambre.

—Pues tranquilo —contestó Stewart con una mirada coqueta—. Tengo de sobra para satisfacer a un hombretón como tú.

Sean estalló en una carcajada y capté el doble sentido de Stewart. Probablemente se me subieron los colores, pero a Sean no pareció importarle.

Subí a lavarme las manos. La velada prometía.

CAPÍTULO VEINTISÉIS

L a cena con Stewart resultó ser una experiencia. La comida estaba exquisita: tallarines integrales con una deliciosa salsa boloñesa acompañados de una ensalada verde y el mejor pan de ajo que he probado en la vida, y todo regado con una botella de merlot que tenía reservada en el armario para una ocasión especial.

Dante estuvo todo el rato paseándose entre Sean y Stewart mendigando comida. Sean le dio unos bocados y sospecho que Stewart le pasó a escondidas otros tantos, si no más.

Diesel permaneció a mi lado haciéndome ojitos para que compartiera con él aquel manjar. Le di varios trocitos de pan de ajo, que le encantaba, y me lamió los dedos para mostrar su agradecimiento.

La charla giró en torno a la investigación. No se nos podía escapar ningún dato confidencial, o de lo contrario tendría problemas con Kanesha, así que había que ir con pies de plomo. Sin embargo, Sean y yo no tuvimos que medir demasiado nuestras palabras, pues no tardé en descubrir que Stewart era capaz de mantener una conversación él solo con alguna intervención puntual de sus interlocutores.

El primer tema de la cena fue la víctima.

—Lo que he dicho antes del tío James es cierto. —Stewart hizo un gesto distraído con el tenedor—. De verdad que le tenía cariño. Al fin y al cabo, me acogió cuando mis padres murieron y se encargó de darme un hogar y una educación. Eso sí, pobre del que lo enfadara. Podía ser un cretino cuando le pisaban el callo.

Sean sonrió.

—Seguro que te cuidaste de no enfadarlo.

—Tuve mis momentos... —contestó Stewart en tono cortante.

—¿Cómo reaccionó cuando saliste del armario? —preguntó Sean.

—Se quedó como un pasmarote, sin pestañear. ¿Qué iba a decirme él? Aunque nunca salió oficialmente del armario, todos en la familia sabíamos que era gay. —Hizo una pausa—. Tampoco es que hiciera nunca nada, creo, salvo albergar una callada pasión por Nigel.

—¿Una callada pasión? Qué expresión tan curiosa —dije—. ¿Te refieres a que nunca expresó sus sentimientos ni se dejó llevar por ellos?

—Cielos, no. —Stewart se estremeció con un gesto burlón—. El tío James era muy comedido, ya me entendéis... No, creo que le bastaba con tener siempre cerca al objeto de sus afectos.

—¿Y Truesdale? —preguntó Sean—. ¿Era recíproca esa callada pasión?

Stewart soltó una carcajada.

—¿Ese mujeriego empedernido? No, en absoluto. A decir verdad, creo que le tenía verdadero cariño al tío James, pero era hetero de la cabeza a los pies. En su juventud, al tío James no le duraban las asistentas porque Nigel siempre andaba suspirando por ellas, siempre que fueran atractivas, claro. El tipo tiene un nivel.

Al recordar la escena de la cocina protagonizada por Anita Milhaus y el mayordomo me asaltó la duda. Aunque a mí no me lo pareciera, suponía que ciertos hombres podían encontrar atractiva a Anita.

—Pobre tío James, tampoco lo culpo —añadió Stewart—. He visto fotos de Nigel de joven, de cuando actuaba por Inglaterra. Estaba como un tren —se rio—. Y ahora la verdad es que para su edad no está nada mal.

Traté de imaginarme a Nigel Truesdale como una estrella de matinales, cuarenta años atrás. Lo cierto era que tenía un aire distinguido, como correspondía a su puesto o, para ser exactos, a su antiguo puesto.

—¿Nos estás diciendo que tu tío estuvo toda su vida enamorado de su mayordomo hetero y nunca hizo nada? —Sean dio un trago de vino—. Qué pena.

—Y que lo digas. —Stewart enrolló el tenedor en la pasta—. Pero así era el tío James. Ya he dicho que era comedido, ¿no? No soportaba pasarse de la raya, ¿creen que llegaría a manifestar pasión por alguien? —Stewart negó con la cabeza—. Ni en sueños. Además, era consciente de que nunca podría tener a Nigel.

Qué tristeza, ser incapaz de abrir la puerta a la pasión a otra persona. El señor Delacorte debió de transferir sus sentimientos a su colección de libros: su biblioteca fue el objeto de su pasión.

—Por cierto, te has perdido toda la diversión de esta tarde —dijo Sean.

Le lancé una mirada a modo de advertencia y respondió con un escueto asentimiento.

—No me digas. ¿Ha habido otro asesinato?

—No, no, nada tan malo. —Sean rio—. Ha habido una pelea entre tu primo y su mujer. Me los he encontrado en las escaleras. Eloise estaba llorando con la mano en la mejilla y tu primo estaba chillando.

—Pobre Eloise... —Stewart parecía compadecerla sinceramente—. Hubert la trata fatal y sé que de vez en cuando le pega. ¿Qué había pasado?

—No lo sé —contestó Sean—. Pero estaban los agentes y se lo han llevado para hablar con él.

—Se lo tiene merecido. —Stewart dio un trago de vino—. Al tío James se lo hubieran llevado los demonios. No podía ni ver cómo trataba Hubert a Eloise, aunque la mayor parte del tiempo conseguía mantener a raya a su sobrino.

—¿Qué crees que va a ser de ellos? —quise saber.

—Hubert intentará meter a Eloise en Whitfield —respondió Stewart—. En cierto modo le entiendo, porque Eloise está mal de la cabeza desde que se casaron, hace una eternidad, pero es inofensiva y un encanto. —Soltó una risa sardónica—. Francamente, creo que si pudiéramos ingresarlo a él en Whitfield, la salud mental de Eloise mejoraría considerablemente.

—Hubert no debe de estar muy contento con el testamento —dije—. Supongo que tú tampoco.

—A ver, yo tampoco esperaba heredarlo todo. —Stewart se pasó la servilleta de hilo por los labios—. Quizá sí un poco más de lo que me ha dejado, como algunos muebles de mi habitación, pero estaré perfectamente. —Nos lanzó una sonrisa radiante—. Una ventaja de vivir con mi tío ha sido que he podido ahorrar casi todo mi sueldo. Aunque la universidad no me pague como me merezco, he ganado varios premios de docencia, ¿eh? Al final, sumándolo todo, no estoy nada mal.

—Me alegro —dijo Sean, y yo repetí como un eco.

Stewart era más válido de lo que había pensado en un principio.

Nuestro invitado, que apenas pareció reparar en nuestra intervención, ya había vuelto a arrancarse:

—Pero lo de Hubert es otra historia. Es incapaz de tener un trabajo y ganarse un sustento con el sudor de su frente, ¿y sabéis por qué? Porque siempre sabe más que nadie y se encarga de decírselo a todo el mundo. ¿Quién querría tener contratado a semejante capullo?

—En la lectura del testamento me ha dado la sensación de que esperaba heredarlo todo. —Me llevé a la boca otro tenedor con pasta bañada en salsa mientras aguardaba la respuesta.

—Es tan idiota que estaba convencido de que el tío James se lo dejaría todo. —Stewart negó con la cabeza—. Yo ya me había planteado que Nigel se quedaría con la mejor parte del pastel, pero para Hubert era inconcebible que el tío James favoreciera a un sirviente antes que a alguien de su sangre. Así de ciego está. Siempre pretende que las cosas vayan tal y como piensa que deberían ir, y así le va, va por la vida de chasco en chasco.

»Eso sí, para mí, en gran parte la culpa la tiene la tía Daphne. Su madre lo educó haciéndole creer que era mejor que nadie por tener la sangre Delacorte corriendo por sus venas y que no tendría que regirse por las mismas reglas que el común de los mortales. Ella es igual, al menos cuando no está lamentándose por su deplorable estado de salud.

—¿De verdad tiene algo? —pregunté—. En la vida me he topado con varios enfermos imaginarios y he de decir que encaja en el molde.

Debería avergonzarme de dar pie al cotilleo y no lo habría hecho de no haber habido un crimen que resolver.

—Sí, padece del corazón —contestó Stewart—, una tara de familia. Pero nada más. Siempre se comporta como si estuviera a las puertas de la muerte, pero me juego un brazo a que llegará a los noventa y cinco, como su padre.

—Sí que te cae bien tu familia... —dijo Sean con un destello sagaz en la mirada—. A ver, ¿a quién no hemos despellejado aún?

Stewart le lanzó un trozo de pan de ajo que aterrizó en el plato de Sean.

—Mi querida y dulce prima Cynthia, claro. Brrrr. —Se cruzó de brazos y se los frotó unas cuantas veces—. La reina de las nieves, sin duda. Una vez le dije a un amigo que si dejabas un filete a su lado podía conservarse, y creo que no exageré mucho.

—Sí es cierto que me pareció reservada cuando la conocí —dije, conteniendo la risa ante la imagen mental que Stewart había conjurado con la vívida descripción de su prima.

—¿Reservada? —se mofó Stewart—. ¿Os acordáis de lo que Dorothy Parker dijo de Katharine Hepburn en aquella famosa entrevista?: «La señorita Hepburn tiene todo el rango de emociones desde la A hasta la B». O algo así. Pues Cynthia no pasa ni de la A.

—Que tú sepas —repuso Sean—. Quizá tiene una vida secreta que desconoces por completo.

—Uy, ¡cuánto me gusta! —Stewart casi salta de la silla—. *La doble vida de Cynthia Delacorte*. Tiene el título perfecto para un delicioso bodrio de fin de semana por la tarde. De día es la abnegada hija, si bien insensible, de Florence Nightingale y de noche deambula por las calles para saciar su sed de pasión y lujuria.

Sean rompió a reír. Cuando recuperó el habla, dijo:

—Creo que te estás echando a perder en el departamento de química. Deberías estar en Hollywood escribiendo guiones para bodrios de fin de semana por la tarde.

Me estaba partiendo de risa. Stewart era hilarante, aunque intuía que el humor era su escudo protector. Según nos había contado, en su infancia y adolescencia no habían abundado el amor y el cariño. Nadie en su familia parecía en condiciones de habérselo dado. Me recordaba a un colega de Houston, salvo que él mantenía a los demás a raya con una lengua mordaz en lugar de con el humor.

Stewart se pasó la servilleta por la frente.

—Qué emocionante. Mira, me entran los sudores solo de pensarlo. —Su expresión se serenó—. Sería interesante, supongo, pero en realidad me apasiona mi trabajo.

—Entonces eres un tipo con suerte —dijo Sean con un deje de amargura.

Stewart lo miró un instante pero decidió no hacer comentarios.

Cambié ligeramente de tema.

—¿Y qué hay de esa prima de Eloise, Anita Milhaus? Trabajo con ella en la biblioteca pública. ¿Va a menudo por la casa?

—Te compadezco... —dijo Stewart—. Anita es el tipo de mujer que le hace a uno desear la anticoncepción retroactiva. —Se estremeció—. Por desgracia, sí, viene a menudo. Va diciendo por ahí que viene a visitar a Eloise, pero yo sé la verdad.

—Si no va a ver a su prima, ¿a quién entonces? —Sean apuró el último trago de su copa de vino.

—A Hubert —contestó Stewart—. Hace años que mantienen un tórrido romance.

CAPÍTULO VEINTISIETE

Eso sí que era un bombazo. Anita no era ninguna maravilla, pero podía aspirar a algo mejor que Hubert Morris, un espécimen de hombre miserable donde los hubiera.

Pero como se suele decir, sobre gustos no hay nada escrito y la experiencia me había demostrado que ciertas mujeres tienen debilidad por los cantamañanas. Y aquel cantamañanas en concreto había sido el heredero, al menos en potencia, de una gran fortuna.

Si Anita andaba detrás del dinero, ¿dónde quedaría su lealtad ahora que Nigel Truesdale había heredado casi todo el patrimonio? Me constaba que los Milhaus eran una familia pudiente, aunque a Anita no aparentaba llegarle mucho. ¿Quizá por eso trataba de cazar a un hombre adinerado?

Eso podría explicar la escena entre el mayordomo y la bibliotecaria que había presenciado en la cocina.

Me pregunté si aquello guardaría alguna relación con el asesinato de James Delacorte. ¿Consideraba a Anita Milhaus capaz de matar a alguien?

Tras sopesarlo un instante, llegué a la conclusión de que sí. O, al menos, la creía capaz de ser cómplice de un asesinato. Un pensamiento afloró en mi memoria, pero se desvaneció antes de que pudiera conjurarlo del todo. Tenía que ver con Anita, pero ¿qué era? Traté de olvidarlo con la esperanza de que volviera a mi cabeza completamente formado.

Lo más probable es que Hubert fuera el asesino, ya que tenía mejor acceso a su tío.

Reflexioné sobre otra pieza del rompecabezas. Si alguien había robado libros de la colección del señor Delacorte, ¿quién mejor para asesorar a Hubert que una bibliotecaria?

Anita era una compañera de trabajo insufrible, pero tonta no era, aunque tampoco fuera tan lista como se creía. Sí poseía, no obstante, la inteligencia suficiente como para darle a Hubert algún consejo sobre qué libros robar y dónde venderlos.

Diesel me dio un cabezazo en la pierna y me lanzó su mirada más cautivadora, esperando otro trocito de pan. No debería haber cedido, pero al mismo tiempo era incapaz de resistirme a su carita y le di otro pedazo de pan de ajo que desapareció en un abrir y cerrar de ojos. Un destello de satisfacción asomó en el gesto de Diesel, que rápidamente recuperó su expresión cautivadora de antes.

—¿Tú qué opinas, papá? —Sean me miraba mientras me conectaba con retraso a la conversación.

—¿Qué opino de qué? Lo siento, tenía la cabeza en las nubes. —Me limpié los dedos grasientos en la servilleta.

—¿Tú crees que Stewart debería contarle a la inspectora lo del romance? Yo le he dicho que sí.

—Estoy de acuerdo. Podría tener relevancia en el caso. —No estaba listo para compartir mis cavilaciones sobre Hubert y Anita, aunque sospechaba que Stewart estaba pensando exactamente lo mismo que yo.

—Sin duda. Hubert tiene que estar implicado. En cierto modo, sería un acto de justicia poética que acabara entre rejas por el asesinato del tío James. Así, la pobre Eloise sería al fin libre.

—Si Hubert es el asesino, entonces no podrá heredar —dijo Sean—. Un asesino no puede beneficiarse de su crimen. Y si se queda sin herencia, eso deja a Eloise desamparada, económicamente al menos.

—No lo había pensado —dijo Stewart con un suspiro dramático—. Qué mala suerte tiene la pobre. Pensaba que con todo el tiempo que pasaba con el tío James, le habría dejado algo, aparte de lo de Hubert.

—¿Eloise pasaba mucho rato con el señor Delacorte? —pregunté. Ese dato era nuevo, aunque no estaba seguro de que tuviera interés.

—Uy, ya lo creo —contestó Stewart—. Todas las tardes entre semana se juntaban para tomar el té. El tío James era muy goloso y a Eloise le pirran las galletas, así que quedaban para merendar y se ponían morados. A veces incluso justo después del almuerzo.

En ese momento, Sean intervino:

—Papá, si quieres que avancemos con el inventario esta noche, deberíamos volver. Son casi las siete y media.

—Yo recojo la cocina —dijo Stewart—, no aguanto el desorden.

—Entonces te llevarás bien con papá y con su asistenta —dijo Sean apartándose de la mesa—. ¿Te importa que te deje a Dante?

Stewart sonrió.

—Pues claro que puedes dejarme a esta preciosidad. El tío Stewart cuidará muy bien de él.

—Gracias por la cena, estaba deliciosa —le dije—. Y por recoger. —Seguí a Sean hacia la puerta del garaje—. Vamos, Diesel.

Diesel no venía. Volví la vista y lo vi sentado junto a la silla de Stewart, mirando a nuestro nuevo inquilino. Le puso una pata en la pierna y le gorjeó.

—Es una monada. —Stewart se volvió hacia mí—. ¿Por qué no me lo dejas? Puedo ocuparme de los dos, será un placer.

Fruncí el ceño. Diesel se había encariñado con Stewart, era obvio. ¿O tal vez pensaba que si yo no estaba Stewart le suministraría más pan con mantequilla?

Los gatos son criaturas interesadas y, a ese respecto, Diesel no se diferenciaba de sus congéneres, pero también era cariñoso y leal, y supongo que sentía ciertos celos de que no quisiera venir conmigo.

—Claro —contesté—. Estará cansado. Puede comer un par de trozos más de pan, no más.

Stewart asintió.

—Tomo nota.

Cuando Sean y yo salíamos de la cocina, Stewart se puso a cantar y la melodía de *All Things Bright and Beautiful* en su agradable voz de barítono nos acompañó hasta el coche.

Mientras maniobraba para sacar el coche del garaje, Sean comentó:

—Es todo un personaje, ¿verdad? —Se rio—. Me recuerda mucho a Arthur.

—No se parece en nada a la idea que me había hecho a partir de mis primeras impresiones. Es mucho más agradable de lo que pensaba. —Recordaba con desagrado aquellas dos escenas.

—Puede que sea el único miembro decente de la familia —dijo Sean—. ¿Has sacado algo interesante de todo el cotilleo?

—Me parece que sí. Debería contárselo a Kanesha, aunque me gustaría tener tiempo de rumiarlo un poco.

—No puede leerte la mente —dijo Sean—. Ni a mí.

Lo miré de reojo. Estaba sonriendo.

—¿Conque tú también estás intentando resolver el caso?

—No veo por qué no —respondió—. Después de todo, ya tengo la cabeza amueblada para cuestiones legales. —Hizo una pausa—. Quizá me reinvento y me hago detective privado.

«¿Irá en serio?», me pregunté. Nunca le había oído mencionar ningún interés por aquella profesión. Es cierto que mi hijo era, como yo, lector de novela negra y no sería el primer amante del género que se convirtiera en detective privado.

—Se te daría bien —dije—, como cualquier cosa que hagas.

—Gracias.

Doblé para tomar el camino de entrada a la mansión de los Delacorte. Me puse un poco nervioso al no ver coches patrulla aparcados frente a la casa, hasta que recordé que habría un agente de servicio en la biblioteca.

Desde fuera se veían pocas luces encendidas, aunque la de la entrada estaba dada. Toqué el timbre y, al cabo de un momento, se abrió la puerta.

—Buenas noches —saludó Truesdale haciéndose a un lado para dejarnos entrar. Al pasar junto a él, me fijé de reojo en su rostro. Estaba demacrado y tenso, con la frente veteada de arrugas.

—Sentimos molestarlo —dije—. Hemos vuelto para seguir con el inventario a petición de la inspectora Berry.

—De acuerdo, señor Harris —contestó Truesdale cerrando la puerta—. ¿Hasta qué hora tienen pensado trabajar esta noche?

—Diez o diez y media, si no es molestia.

—Por supuesto que no —respondió Truesdale—. Por favor, toque el timbre de la biblioteca cuando estén listos para irse.

—Gracias, así lo haré.

Truesdale asintió antes de dejarnos solos y Sean y yo echamos a andar hacia la biblioteca.

—Pobre hombre —musitó Sean con un hilo de voz—, parece que se va a venir abajo en cualquier momento.

—No sé si habrá podido descansar —dije cuando nos acercábamos a la biblioteca.

Un policía canoso entrado en años esperaba sentado frente a las puertas de la biblioteca y se levantó al vernos.

—Buenas noches, agente —saludé, y nos presenté.

El policía, que se llamaba Robert Williams según su placa, asintió.

—Me habían avisado de que vendrían —dijo. Abrió una de las puertas y nos indicó con la mano que pasáramos—. Después de ustedes.

—Gracias.

Sean y yo entramos en la sala. Las luces seguían encendidas, cosa que agradecí. No me apetecía nada entrar en una sala a oscuras. No pude evitar volver a mirar al escritorio para cerciorarme de que no hubiera ningún cadáver.

—Da un poco de canguelo —comentó Sean con un susurro—. No se oye ni el vuelo de una mosca.

Asentí.

—Sí, un poco. —Respiré hondo—. Bueno, manos a la obra, a ver cuánto avanzamos esta noche.

De unas zancadas, me planté en la mesa de trabajo y saqué un par de guantes de algodón para cada uno. Ya tenía varios pares que llevarme a casa para lavar, que no se me olvidara al acabar la jornada.

Retomamos la labor donde la habíamos dejado un rato antes. Yo leía en voz alta los títulos y Sean los buscaba. Trabajamos con ese método durante una hora y seguíamos sin encontrar ningún objeto desaparecido. Estaba empezando a pensar que completaríamos el inventario sin encontrar un solo libro que faltara.

—¿Cuál sigue? —dijo Sean mientras introducía un precioso ejemplar firmado de *Una cortina de follaje,* el primer libro de relatos de Eudora Welty, en el lugar que le correspondía en el estante.

Pasé página y silbé.

—*La paga de los soldados,* de William Faulkner. Primera edición, firmada, publicada por Boni y Liveright en 1926. —Ojeé el resto de la descripción—. También en buen estado. Casi perfecto, debería estar como nuevo y sin leer.

No era un gran admirador de Faulkner, he de reconocerlo, pero no podía evitar emocionarme al imaginarme ante su firma estampada en un ejemplar de su primera novela.

Sean peinaba los estantes.

—Ese no lo hemos visto todavía, ¿verdad?

Eché un vistazo a nuestra mesa de trabajo, donde había dos montones de libros que seguían esperando para volver a su lugar.

—No, me acordaría —dije.

Sean se acuclilló para examinar los dos estantes inferiores de una de las vitrinas.

—Aquí está —dijo sacándolo con cuidado. Se puso de pie y lo abrió. Frunció el ceño.

—¿Qué pasa? —pregunté—. ¿Tiene algo raro?

—No está firmado —contestó Sean—. Al menos, no en la portadilla. Déjame ver las guardas. —Con delicada precisión, examinó las hojas que precedían a la portadilla. Alzó la vista y volvió a mirarme—: No hay ninguna firma. Y tiene manchitas en el borde exterior de las páginas.

Volví a leer la descripción para asegurarnos. Firmado, casi perfecto. No decía nada de páginas manchadas.

El libro que Sean tenía en las manos no era el original. Habían dado el cambiazo. Por fin habíamos encontrado una pieza robada.

CAPÍTULO VEINTIOCHO

L e dije a Sean que dejara el ejemplar apócrifo de *La paga de los soldados* en el escritorio y me dirigí a la puerta para hablar con el agente Williams.

—¿Puede avisar a la inspectora Berry y decirle que hemos descubierto algo? —pregunté—. Hemos identificado un objeto robado de la colección y vamos a seguir buscando a ver si aparecen más.

—Claro —respondió Williams. Sacó el teléfono móvil y empezó a marcar el número mientras yo regresaba con Sean.

Ojeé rápidamente las siguientes entradas del libro de registro. Las doce posteriores eran novelas de Faulkner, todas firmadas y en estado casi perfecto. Comprobé la fecha de compra: la misma para las trece. El señor Delacorte las había comprado reunidas en una colección hacía doce años. No aparecía el precio, pero supuse que habría pagado un dineral por trece libros firmados.

El siguiente título de Faulkner era *Mosquitos*, de 1927. Sean sacó el volumen de la estantería mientras yo leía la descripción en voz alta.

—La inspectora está de camino —dijo Williams a mi espalda, asustándome.

—Estupendo, gracias por llamarla.

—Es mi trabajo. —Williams esbozó una sonrisa antes de regresar a su silla.

Volví a concentrarme en Sean y en el libro que sostenía entre las manos.

—Este también está cambiado —dijo Sean—. No hay firma, la encuadernación está suelta y tiene manchas.

—Me da que han dado el cambiazo con todos los Faulkner y han metido ejemplares de calidad inferior. Sigamos.

Sean y yo examinamos los once títulos restantes y todos habían sido sustituidos por un ejemplar de menor valor. El único elemento consistente en los trece era la sobrecubierta, sorprendentemente bien conservada en comparación con el deplorable estado de los libros en sí.

Movido por un presentimiento, saqué la camisa de *Mosquitos* de su funda protectora y la examiné de cerca bajo la luz de la lámpara de escritorio. Un breve repaso me bastó para confirmar mis sospechas: la sobrecubierta era una impresión láser, una copia del forro del libro, tal vez del verdadero ejemplar en buen estado y firmado del señor Delacorte.

Kanesha entró en la biblioteca justo cuando le explicaba mi teoría sobre las sobrecubiertas a Sean.

—Cuénteme —ordenó sin más preámbulos.

Me observó de brazos cruzados mientras le contaba que habían sustituido trece ejemplares de Faulkner muy valiosos por otros de calidad inferior y sin dedicar. La inspectora no me interrumpió, así que pude hacer un relato conciso. Cuando terminé, guardó silencio un instante. Su primera pregunta no me sorprendió:

—¿Cuánto cuestan?

—Pues he estado pensándolo... Una colección de novelas firmadas por Faulkner podría valer un ojo de la cara. En una subasta, tal vez podría llegar a los setecientos cincuenta mil dólares, si no más. Un lote así no sale a la venta todos los días.

—¿Y el ladrón los colocaría después en una subasta pública? —preguntó Sean—. Sería muy fácil seguirle el rastro...

—Excelente apunte —reconoció Kanesha—. ¿Cómo podrían venderlos sin llamar la atención?

—Depende de los contactos que tenga el ladrón —dije—. Si los vende directamente a un coleccionista privado, nadie se enteraría. O también podría venderlos por separado a distintos compradores, aunque probablemente así se sacaría menos...

—¿Y cómo haría para seguir el rastro de los libros? —preguntó Kanesha. Su expresión delataba su incomodidad; el asunto escapaba claramente a su ámbito de experiencia.

—Yo diría que habría que meter al FBI... —dijo Sean.

—Sí. En los últimos años se han producido varios robos de libros raros, por lo general en bibliotecas, que han recibido cierta publicidad —expliqué—. Se suele acudir al FBI y el caso que nos ocupa probablemente no sea distinto, pues sospecho que los libros se habrán vendido en otro estado.

—Conozco a un tipo del MBI —dijo Kanesha. Al ver la expresión de desconcierto de Sean, explicó—: El brazo estatal del FBI en Misisipi. Suelen colaborar.

Se oyó un teléfono. El sonido venía de la cartuchera de Kanesha.

—Disculpen —dijo, alejándose unos pasos de nosotros para atender la llamada.

Consulté mi reloj: las nueve menos cuarto.

—¿Qué te parece si seguimos hasta las diez? No sé tú, pero yo empiezo a estar hecho polvo.

—Por mí bien —dijo Sean. Levantó los hombros—. Empiezo a notarme el cuello agarrotado.

Cogí el tomo del inventario, pero Kanesha habló antes de darme tiempo a consultar la siguiente entrada después de los Faulkner.

—Parece que voy rumbo a su casa —dijo Kanesha—. Su nuevo inquilino quiere hablar conmigo. Dice que tiene información para mí. —Me miró con aire inquisitivo.

—Sí, durante la cena ha dejado caer que quería hablar con usted —respondí impasible.

—Sí, es verdad —dijo Sean.

Kanesha nos contempló un instante antes de despedirse:

—Buenas noches, caballeros. Hasta mañana seguramente.

—Buenas noches —respondimos al unísono.

Kanesha se despidió con un leve asentimiento antes de salir y Sean y yo volvimos a sumergirnos en nuestra labor.

—Siguiente entrada —dije levantando el tomo—: *Lanterns on the Leeve,* de William Alexander Percy. Knopf, 1941. Buen estado, con sobrecubierta. Firmado en la portada.

—Aquí está —dijo Sean, sacándolo de la estantería. Lo abrió para examinarlo de cerca y al cabo de un momento asintió—. Todo en orden. —Devolvió el libro a su lugar.

Continuamos durante otra hora, sin encontrar más incidencias. Quizá el ladrón solo se había llevado el lote de primeras ediciones de Faulkner. En realidad, solo eso ya valía una suma jugosa.

Pero había otra pieza que potencialmente podía costar lo mismo que las trece novelas de Faulkner juntas: el *Tamerlán* de Poe. Pese a la multitud de distracciones, no me había olvidado de él. Si Kanesha conseguía contactar con el marchante de libros antiguos, mañana tendríamos más información.

Como en los próximos tiempos saliera a subasta un ejemplar de *Tamerlán,* surgirían las preguntas. Ese libro era el candidato perfecto para una venta privada. Si el ladrón —o la ladrona— tenía dos dedos de frente, buscaría a alguien dispuesto a comprarlo de tapadillo, sin arriesgarse a publicidad de ningún tipo. Pero ¿cómo haría el ladrón para encontrar un comprador privado? Tendría que dejar algún rastro y ahí era donde entraba en juego el FBI. Ya tenían experiencia en ese tipo de robos y sabrían por dónde empezar a mirar.

Cuando dieron las diez, Sean y yo habíamos terminado con el segundo tomo del inventario.

—Dos menos —dije, quitándome los guantes de algodón y guardándomelos en el bolsillo—. Hemos avanzado mucho y la verdad es que contigo voy mucho más rápido.

—Encantado de ayudarte —dijo Sean. Le tendí la mano para que me diera los guantes—. Nunca había visto tantos libros maravillosos juntos —comentó asombrado—. Esta colección es una pasada.

—Sin duda. —De pronto, recordé el testamento del señor Delacorte y noté un temblor en las piernas—. Y ahora va a ser de la universidad.

Sean sonrió malicioso.

—Supongo que eso significa que podrás jugar con ellos cuando te plazca, con eso de que eres el gurú de los libros raros y tal...

—Es un regalo increíble para la universidad —dije. Los pensamientos se agolpaban en mi cabeza. ¿Dónde íbamos a colocar la colección? En la sala de libros raros no quedaba sitio... Habría que esperar a que Peter Vanderkeller, el director de la biblioteca de la Universidad de Athena, se enterara. Se iba a poner loco de contento.

—Vamos, papá —dijo Sean, pasándome un brazo amable por el hombro—. Mira por dónde vas, que te vas a chocar con algo.

Estaba tan absorto en mis pensamientos que por poco me estampo contra la puerta cerrada.

El agente Williams nos abrió la puerta con una risita.

—Buenas noches, caballeros.

Nos despedimos de él y seguí a Sean hasta la puerta principal. No se veía a Truesdale por ningún lado y recordé, con retraso, que deberíamos haber tocado el timbre cuando estuviéramos listos para irnos.

—El timbre —dije. Sean captó lo que quería decir y miró alrededor.

—No creo que haya un timbre en el vestíbulo —dijo—. Igual podemos marcharnos sin más, lo más probable es que la puerta se quede cerrada.

La propuesta de Sean era tentadora, pero me pareció de mala educación irnos sin despedirnos. Truesdale había hecho hincapié en que lo avisáramos. Al fin y al cabo, era nuestro anfitrión, estábamos en su casa.

—¿Te parece si me asomo a la cocina a ver si está por ahí? —sugirió Sean—. ¿Por dónde es?

Señalé hacia la izquierda de la gran escalinata y Sean enfiló el vestíbulo.

Mientras esperaba, miré a mi alrededor. La iluminación de las escaleras era tenue y la segunda planta quedaba sumida en las penumbras. Reinaba un silencio inquietante y, por un instante, imaginé que, si aguzaba el oído, podría oír susurros de voces calladas hace largo tiempo.

Las pisadas de Sean resonaron por el mármol y me sacaron de mis ensoñaciones.

—Ya viene. He dado una voz al entrar en la cocina y ha salido de un cuarto que había al fondo.

En ese instante apareció Truesdale y se plantó de unas zancadas en la puerta principal. Sean y yo lo seguimos.

—Buenas noches, caballeros —dijo abriendo la puerta—. ¿A qué hora volverán mañana?

—A las nueve —respondí—, si no es demasiado temprano.

—En absoluto, señor Harris.

Lo observé en la penumbra del vestíbulo, pero aparté la mirada cuando empezó a torcer el gesto.

—Buenas noches —dije saliendo al frescor de la noche.

Una vez fuera, le pregunté a Sean:

—¿Te has fijado en lo que tenía en la cara?

—Sí. Una mancha borrosa en la comisura de los labios. ¿Crees que era pintalabios?

—Probablemente. Me pregunto si de Daphne o de Anita...

—Podría haber tenido compañía cuando fui a buscarlo, aunque yo ni vi ni oí a nadie.

—Ahora no podemos saberlo.

Hicimos el trayecto de vuelta a casa en silencio, creo que estábamos agotados. Contaba los segundos para meterme en la cama con Diesel y tratar de conciliar el sueño. Estaba demasiado cansado incluso para elucubrar sobre el origen de los restos de pintalabios en la cara de Truesdale. Mañana, me dije al más puro estilo de Escarlata O'Hara. Lo pensaré mañana.

Empecé a temer que Kanesha siguiera en casa, escuchando a Stewart hablar sobre su familia. Aunque si había alguien que podía hacerle ir al grano, esa era la inspectora Berry.

Al llegar a casa, solo vimos el coche de Stewart. Comprobé con enorme regocijo que lo había dejado todo recogido; la cocina estaba igual que cuando limpiaba Azalea.

Subimos las escaleras y seguíamos sin ver ni rastro de los animales.

—Estarán con Stewart —dijo Sean cuando llegamos al descansillo de la segunda planta—. ¿Quieres que suba a echar un vistazo?

—Sí, gracias. No me veo con ánimo de subir otro piso.

Eché a andar hacia mi dormitorio mientras Sean seguía hacia la buhardilla. Minutos después, cuando salía del baño con el pijama puesto, Diesel entró tan campante en el cuarto y saltó a la cama. Me acosté a su lado y nos miramos.

—Me juego algo a que has pasado un buen rato con Stewart.

Me tomé su maullido como una confirmación. Alargué la mano y le rasqué la cabeza hasta que su ronroneo fue bajando de volumen y sonreí.

Estuvimos un ratito de «cháchara», como me gusta decir, unas charlas que consistían en que yo hablaba mientras le acariciaba o le rascaba y Diesel me contestaba con maullidos o gorgoritos. Tras nuestra conversación, estaba listo para apagar la luz y dormir.

Diesel se estiró, con la cabeza en la otra almohada, y me acurruqué para ponerme cómodo.

Creo que caí rendido en un suspiro, pero al cabo de un instante me despertaron unos enérgicos toques en la puerta.

—¿Qué demonios pasa?

Me incorporé como un rayo y me destapé. Diesel no se movió, asustado por los ruidos.

Alcancé la puerta a trompicones.

Stewart Delacorte estaba en el descansillo con el rostro bañado en lágrimas.

—¿Qué ha pasado? —pregunté, alarmado por su aspecto.

—Eloise... —Stewart casi se atraganta al pronunciar su nombre—. Mi pobrecita Eloise... está muerta.

CAPÍTULO VEINTINUEVE

«¿**E**loise muerta?». ¿Era una pesadilla? Cerré los ojos un instante, pero cuando los abrí, Stewart seguía llorando delante de mí. Sentí el frescor de la tarima bajo mis pies descalzos.

—Ya, yo tampoco me lo creo —dijo Stewart con voz trémula.

—Bajemos a la cocina. —Le di una palmada en el hombro—. ¿Te apetece una infusión calentita? A mí me sentaría muy bien.

—Sí, gracias. —Stewart se volvió hacia las escaleras—. Por ahí llega Sean.

Mi hijo venía corriendo hacia nosotros y Dante trotaba tras él.

—¿Qué pasa? —Se frotó los ojos y bostezó. Llevaba una sudadera raída y unos viejos pantalones de deporte. Sorprendí a Stewart mirándolo de reojo.

—Stewart ha recibido malas noticias. Vamos a la cocina a preparar una infusión. —Noté un roce en las piernas que conocía muy bien. Ahora que el vocerío se había calmado, Diesel estaba a gusto entre nosotros.

Diesel y Dante encabezaron la comitiva. Mientras bajábamos, Stewart repitió la triste noticia y Sean expresó sus condolencias.

Pulsé el interruptor de la cocina y fui directo a llenar de agua el hervidor, pero Sean me lo quitó de las manos y lo puso al fuego. Abrí el armario y busqué una infusión relajante que me gustaba mucho y me ayudaba a dormir cuando estaba alterado. Nos vendría bien a todos.

Stewart se sentó a la mesa. Diesel se quedó detrás y Dante se le sentó en el regazo. Mi gato, sensible al dolor ajeno como siempre, lanzó unos gorgoritos mirando a Stewart, apoyándole la pata en la pierna. Stewart le rascó la cabeza y le dio las gracias. Entre tanto, Dante se le acurrucó entre las piernas y Stewart lo acarició con la mano que le quedaba libre.

Sean observaba la escena perplejo, hasta que el hervidor empezó a silbar y vertió el agua caliente en la tetera que yo había dejado preparada.

Mientras nos tomábamos la infusión, Stewart reveló los pocos detalles que tenía de la muerte de Eloise.

—La encontró la tía Daphne. Estaba tan aturdida que casi se olvidó de su propia salud durante más de cinco minutos —ironizó—. La tía había bajado a la cocina para prepararse un brebaje especial que se toma por las noches para templar los nervios. Normalmente tiene reservas en su dormitorio, pero se le habían acabado y bajó a la cocina a por más. Truesdale, que es quien se encarga de las compras, siempre se asegura de que haya en la despensa.

Hizo una pausa y dio un sorbo.

—Lo siento, me enrollo como una persiana, me pasa cuando estoy alterado. En fin, que la tía Daphne fue a la cocina y se encontró a Eloise tirada encima de la mesa de la esquina. Al principio creyó que estaba dormida, pero luego se dio cuenta de que algo iba mal.

No me apetecía en absoluto oír detalles escabrosos; ya tenía experiencia encontrándome cadáveres. Di gracias al cielo por no haberme encontrado a Eloise.

Stewart siguió con la historia:

—Cuando miró el rostro de la pobre Eloise, comprendió en el acto lo que había pasado. —Se estremeció—. Tenía una alergia letal a los cacahuetes, me refiero a Eloise, no a la tía Daphne, y debía de haber comido algo que llevara cacahuete. La tía Daphne piensa que es probable que fueran galletas, porque en el plato solo quedaban miguitas.

—Es horrible —dijo Sean—. Pero Eloise tendría cuidado con lo que comía, ¿no? Sabiendo que era alérgica...

—Ponía mucho cuidado —contestó Stewart—. Ya podía estar como una regadera, pero sabía perfectamente que no podía ni probarlos. Tampoco es que fuera un problema, porque el tío James los tenía prohibidos en casa, también era muy alérgico.

No pude evitar recordar el cadáver del señor Delacorte: la lengua hinchada y abotargada. Una reacción alérgica. El señor Pendergrast pensaba que había comido cacahuetes y había muerto. Y ahora Eloise. Qué curioso que dos personas en la misma casa murieran de la misma alergia.

Un recuerdo borroso me vino a la memoria. Alguien de la familia había comentado algo que venía a cuento, pero no me acordaba ni de quién era ni de lo que había dicho.

—¿No se supone que la gente que tiene esas alergias suele llevar adrenalina encima? —preguntó Sean pensativo mientras apoyaba la taza—. En mi trabajo había una compañera alérgica a las abejas y siempre iba con una inyección de esas.

—Eloise también. —De pronto, Stewart palideció—. Pero la tía Daphne ha dicho que no la tenía cuando se la encontró. Debió de dejársela en su habitación.

—A mí lo que me gustaría saber es: cómo encontró Eloise unas galletas, o lo que fuera, con cacahuete, si los cacahuetes estaban prohibidos en la casa... —Sabía cuál era la respuesta obvia a mi pregunta, pero sentía que debía verbalizar en voz alta mi pensamiento.

—No cabe duda de que alguien metió las galletas en casa con la intención de matar al tío James y a Eloise. —Stewart se apoyó en el respaldo, perplejo, mientras pronunciaba aquellas palabras—. Pero ¿por qué han asesinado también a Eloise?

—Quizá sabía quién era el asesino de tu tío —dijo Sean—. O quizá fue Hubert porque quería quitársela de en medio. O podía haber sido su novia, la bibliotecaria esa, como se llame.

—Anita —dije. ¿De verdad era tan desalmada como para matar a su propia prima? De lo que yo había visto, era una persona absolutamente egocéntrica. Suponía que si deseaba algo con todo su ser, podría llegar muy lejos para conseguirlo.

—Yo apostaría por Hubert. —El rostro de Stewart se ensombreció—. Lleva años tratando de librarse de ella.

—Quizá se pensaba que heredaría casi toda la fortuna de tu tío y que también se libraría de su mujer. —Sean apuró la taza y la dejó en la mesa.

—Eso me cuadra con Hubert, sí —dijo Stewart. Levantó a Dante de su regazo, le volvió la cara hacia arriba y le dio un beso en el hocico antes de dejarlo en el suelo—. En fin, vamos a aparcar el tema, creo que me vuelvo a la cama, a ver si consigo dormir.

—Buena idea. —Me levanté y recogí las tazas vacías.

—Gracias por la infusión —dijo Stewart. Se puso en pie y miró al suelo—. Y gracias por escucharme. Lo agradezco mucho. —Un ligero rubor tiñó su rostro. Me pregunté si le daría vergüenza, quizá no estaba acostumbrado a que lo consolaran.

—No hay de qué —dije, compadeciéndolo.

Sean le dio una palmadita en el hombro y a Stewart se le subieron aún más los colores. Murmuró unas palabras incomprensibles y salió escopetado, seguido de los animales.

—¿Qué le he hecho? —Sean estaba perplejo—. Ha salido disparado, ni que le hubiera lanzado un cañonazo.

Para tener un amigo gay que se parecía tanto a Stewart, Sean estaba bastante espeso.

—¿No se te ocurre? Piensa un poco.

Sean se me quedó mirando y entonces fue él quien se sonrojó. Se cruzó de brazos y respiró hondo.

—No, no, no. Esto ahora no.

En ese momento sonó el teléfono.

—¿Quién demonios llama ahora? —exclamé. Me acerqué a la pared y descolgué el auricular.

—Buenas noches, póngame con Sean Harris —dijo una voz femenina que parecía acostumbrada a dar órdenes. En su tono, que rayaba la grosería, detecté un ligero acento inglés.

—¿Quién lo llama? —pregunté sin tratar de ser cortés.

—Lorelei. Sé bueno y pásamelo, majo.

No pensaba permitir aquellos modales.

—Yo no soy «majo», soy el padre de Sean y le agradecería que no me tratara como si fuera su criado. —Sin darle tiempo a contestar, añadí—: Voy a ver si quiere hablar con usted. —Tapé el auricular con la mano y miré a Sean—. Es una tal Lorelei. ¿Quieres ponerte?

Sean soltó una palabrota.

—Dile que se... —Evidentemente, se lo pensó mejor antes de terminar la frase. Vino hacia mí y me extendió la mano—. Pásamela.

Le tendí el auricular y deduje que lo más conveniente era una retirada rápida, pero antes de apartarme del todo, oí la voz airada de Sean:

—¿Qué demonios quieres, Lorelei? Ya te he dicho que no me llames más. Creía que habías pillado el mensaje cuando dejé de responderte al móvil.

En el descansillo de la segunda planta me topé con Diesel, que bajaba de la buhardilla.

—¿Has consolado un poquito a Stewart, muchacho? —Me incliné para rascarle detrás de las orejas y me recompensó con ese ronroneo suyo de motor diésel—. Venga, vamos a la cama.

Apenas nos habíamos acostado, cada uno en nuestro respectivo sitio, cuando oí un estruendo en la planta baja. Salí de la cama y bajé las escaleras a todo correr, pero Diesel se quedó en la cama.

Me detuve en seco frente a la puerta de la cocina casi sin aire, y recuperé el aliento mientras observaba el panorama: Sean estaba en el fregadero, de espaldas, con la cabeza gacha. A su lado, por el suelo, había al menos dos de las tazas en las que acabábamos de beber la infusión hechas pedazos.

—¿Qué ha pasado? —pregunté, tratando de controlar mi tono de voz—. ¿Las has tirado tú? —A juzgar por el estrépito, imaginé que alguien las había estampado deliberadamente contra el suelo.

—Ahora no, papá —dijo Sean sin darse la vuelta—. Ya las recogeré y te compraré dos puñeteras tazas.

—Ya me estoy hartando de esperar a que te parezca buen momento para contarme qué diantres te pasa. —Avancé unos pasos hacia él—. No puedes armar este jaleo y esperar que ni me moleste ni me preocupe. ¿Qué te pasa, hijo?

En ese momento, Sean se volvió hacia mí. Me contempló un instante antes de decir:

—¿Y a ti qué te importa? —Su rostro se enrojeció—. No te debo explicaciones, ni a ti ni a nadie. —Pasó por encima de los trozos de cerámica y salió hacia el lavadero.

—Sean Robert Harris, vuelve aquí ahora mismo. No te vayas mientras te hablo. —Sean me miró furioso—. ¿Y qué es eso de que a mí qué me importa? —Me mordí la lengua para no perder los estribos—. Eres mi hijo, por supuesto que quiero saber lo que te pasa, especialmente si hay algo que te tiene preocupado.

—¿Y por qué ahora? ¿A qué viene? —Sean avanzó un paso hacia mí, con el rostro desencajado—. En los últimos cuatro o cinco años, no te has interesado por mi vida, papá. ¿Qué ha cambiado ahora?

—¿Cómo puedes decir eso? —Me dolía la cabeza y el corazón me latía desbocado—. Hace años que hablamos varias veces al mes por teléfono.

—Ya, claro, porque te llamo yo... ¿Cuántas veces has cogido tú el teléfono para llamarme? Dímelo, papá.

Me costaba respirar. La verdad de sus palabras me golpeó con fuerza. Era cierto que esperaba a que llamara él, casi nunca era por iniciativa mía, salvo para felicitarle el cumpleaños. ¿Por qué no? ¿Para no molestarlo porque sabía que podía estar ocupado con el trabajo?

De pronto, parecía una excusa barata.

Sean se acercó a la mesa. Se agarró al respaldo de una silla como si necesitara apoyarse en algo para mantenerse de pie.

—Y cuando te llamaba e intentaba contarte alguna cosa seria, me contestabas que todo iría bien y me soltabas alguna frase hecha. Nunca me escuchabas, así que al final tiré la toalla y a partir de ahí, cuando te llamaba, hablábamos de chorradas como la última monería de tu maldito gato.

—Sean, lo siento mucho. —Ahora estaba muy enfadado conmigo mismo por lo que le había hecho a mi hijo. Sabía exactamente lo que había pasado y por qué.

Y ahora tenía que explicárselo y rezar para que me entendiera y me perdonara.

—Tienes razón —reconocí—. No te escuchaba. No estuve ahí cuando me necesitabas, no tengo perdón. Solo puedo decirte lo que he entendido en los años que han pasado desde que murió tu madre.

El rostro de Sean se ensombreció tras la mención a su madre.

—Sigue, te escucho.

Respiré hondo para tranquilizarme.

—Durante la enfermedad de tu madre, solo tenía ojos para ella. Poco después, se fue la tía Dottie y su muerte también me afectó mucho. Supongo que todo ese dolor me hizo encerrarme en mí mismo, me alejé del mundo, incluso de mi hijo y mi hija. —Hice una pausa y volví a respirar—. Y luego volví a Athena y encontré aquel gatito en el aparcamiento de la biblioteca municipal.

»A partir de ahí, mi vida empezó a girar en torno a Diesel y él me lo recompensó con su amorosa compañía. Creo que puede decirse que me encerré en mi burbuja, mi rutina, mi trabajo y mi voluntariado, y no permitía que nadie entrara en ella.

Sean seguía callado, mirándome.

—El asesinato del año pasado me sacó de mi pequeño mundo. Empecé a darme cuenta de lo egoísta que había sido y de lo que había permitido que ocurriera, pero nunca me había parado a pensar en el daño que había causado.

Esperé una respuesta, pero Sean se limitaba a mirarme.

—¿Crees que puedes entenderme y perdonarme? —Tenía el corazón en un puño. ¿Había dañado irreparablemente la relación con mi hijo?

—Todos sufrimos mucho, papá —dijo Sean con voz ronca—. Para Laura y para mí fue un golpe muy duro. Perder a mamá fue desolador. —Hizo una pausa y tomó una inspiración temblorosa—.

Pero es que fue como si también te perdiéramos a ti. Laura lo llevó mejor que yo, vosotros siempre tuvisteis buena relación.

Antes de que me diera tiempo de formular una respuesta coherente, Sean siguió:

—Pero parecía que te ibas cada vez más y más lejos. Vendiste la casa sin ni siquiera comentárnoslo. Te mudaste a casi mil kilómetros. Laura se marchó a California y yo me quedé allí. —Hizo una pausa—. Para mí fue como si quisierais sacarme de vuestras vidas.

Mientras me miraba, los años de sufrimiento que Sean había pasado casi cobraban forma ante mis ojos.

Sentí como si me hubieran dado una tanda de puñetazos en el estómago. Las piernas me fallaban, pero conseguí acercarme a él.

—Sean, mírame.

Sean primero bajó la vista al suelo, pero después se volvió hasta que nos quedamos frente a frente.

—A partir de ahora te escucharé siempre. Nunca más te apartaré de mí. Tu hermana y tú sois lo más importante para mí. —Hice una pausa y tomé aliento—. Siento muchísimo haberte hecho daño. No era en absoluto mi intención y nunca más volveré a darte la espalda, te lo prometo.

Deslicé los brazos por debajo de los suyos y lo acerqué a mí. Al principio se quedó rígido, pero al final me rodeó con los brazos. Sentí el temblor de su cuerpo mientras se relajaba.

Permanecimos un momento abrazados, hasta que me desenganché con suavidad y retrocedí. Sean me miró con una sonrisa tímida:

—Gracias, papá. Creo que puedo entender por lo que pasaste —dijo, con voz ronca—. Si tienes ganas de escuchar, te cuento por qué dejé el trabajo. ¿Te importa si salimos al porche? Fuera estoy más a gusto.

—Claro, pero vamos a recoger antes esto. —Saqué la escoba y el recogedor del armario y mientras Sean retiraba los trozos más grandes yo barrí el resto.

—Siento el destrozo —se excusó mientras se aclaraba las manos en el fregadero.

—No pasa nada —dije—. Necesito un trago, ¿te apetece tomar algo?

—Un vaso de agua —contestó Sean—. Sal tú primero, yo voy enseguida. He dejado a Dante arriba, lo más probable es que esté de los nervios.

Desapareció escaleras arriba y me serví un vaso de agua. Cuando salía por la puerta, Diesel bajó el último peldaño de un salto y saludó con un gorjeo que parecía una pregunta.

—Ya, ya sé que es muy tarde, pero voy al porche a hablar con Sean. Ven.

Fuera, en el porche, encendí una lámpara que tenía una bombilla de baja intensidad. Nos acomodamos al calor de la luz tenue, yo en un sillón y Diesel se tumbó en el viejo sofá que había a mi lado.

Al cabo de un instante, llegaron Sean y Dante, que fue derecho a arañar la puerta mosquitera. Sean la abrió con una carcajada para dejarlo salir al jardín.

—¿Y tú, Diesel? ¿Te apetece salir?

Diesel miró a Sean y bostezó.

—Me da que no. —Volvió a reír, dejando que la puerta se cerrara, se sentó en otro sillón que quedaba cerca del mío y bebió un poco de agua de la taza que le había llevado.

Bajó la mirada.

—No es que me diera miedo contártelo, papá. Ha sido más una cuestión de vergüenza. —Se puso colorado—. Vas a pensar que fui un idiota por haberme metido en ese embolado.

—No te avergüences conmigo. —Mi tono era amable—. Y no voy a pensar que seas un idiota. Además, yo también he hecho un par de cosas en la vida de las que aún me avergüenzo.

—Bueno, pues allá va. Lorelei, la mujer que ha llamado hace un rato, era mi jefa. Tiene cuarenta y pocos años y es un portento, una de las triunfadoras del bufete. —Se detuvo y dio otro trago de agua—. También es una mantis religiosa en lo tocante a los hombres. —Volvió a ruborizarse—. Durante el último año y medio, he llevado dos casos importantes con ella y he trabajado una barbaridad de horas a la semana. Pasábamos mucho tiempo juntos, al menos al principio y..., bueno, es muy atractiva.

—En otras palabras: vuestra relación dejó de ser estrictamente profesional —dije en un tono neutro. Me sorprendía que se hubiera enrollado con una mujer que le sacaba casi veinte años. En el instituto y en la universidad siempre había salido con chicas de su edad.

—Ejem, sí... Me dejó bastante claro que estaba interesada y yo me volví loco por ella. Solo podía pensar en ella, estaba dispuesto a echar todas las horas que hicieran falta solo para gustarle.

Empezaba a imaginarme por dónde irían los tiros y se me encogió el corazón.

Sean miró hacia el jardín.

—Esta es la parte en la que me siento estúpido. Cuando los casos estaban listos para ir a juicio, hizo que me cambiaran de equipo y luego me enteré de que tenía un lío con otro compañero del bufete de mi edad. Un tipo con el que estaba trabajando en otro caso. —Suspiró—. Me utilizó para hacer casi todo el trabajo y luego me dio la patada.

Se me ocurrían varios apelativos para describir a aquella mujer, pero me los guardé para mí.

—¿Y entonces decidiste dejar el trabajo?

Sean había aprendido una dura lección y la herida tardaría mucho tiempo en cicatrizar.

—No, se me fue la cabeza. Estaba cabreado con ella y conmigo. No conseguía olvidarme del asunto. Supongo que estaba tan cansado, porque seguía trabajando un montón de horas a la semana, que no pensé muy bien lo que iba a hacer... —Rio con amargura—. Fue entonces cuando decidí cobrarme mi venganza.

—¿Qué hiciste? —Sean había sido travieso de niño. Sus diabluras nunca fueron maliciosas, pero pensaba que eran cosas del pasado.

—El bufete dio una fiesta por el cumpleaños de Lorelei hace tres semanas y le preparé un paquetito especial, anónimo, claro. Cuando llegó la hora de los regalos, me acerqué al corro para ver la cara que ponía al abrirlo. —Sonrió con picardía—. Era un lote de libros de autoayuda para personas adictas al sexo. Tendrías que haberle visto la cara al sacar el primero. La faltó tiempo para volver a meterlo en la caja.

Tuve que reírme. En cierto modo, era un acto de justicia poética.

—¿Y sabía de quién venía el regalo?

—Probablemente. Aunque no era el único candidato en la sala, había otros... —La aspereza de Sean no ocultaba el dolor que a todas luces aún sentía.

—¿Y tu regalo tuvo consecuencias?

—Un par de circulares admonitorias de los socios gerentes que llegaron a todo el mundo. Y algunas palmaditas en la espalda furtivas entre los miembros del club. —Sean hizo un amago de sonrisa—. Obviamente negué que hubiera sido yo, pero me di cuenta de que la identidad de las presas de Lorelei era un secreto a voces. Fui el último en enterarme, tonto de mí.

»Fue ahí cuando decidí dejarlo. Estaba harto de jornadas interminables, harto del bufete y básicamente harto de mí. Presenté mi renuncia y se acabó.

Me miró con una ceja enarcada.

—Por cierto, si alguien pregunta, estás perdiendo la cabeza.

—Ah, claro. Ya veo: te fuiste por el viejales de tu padre, que está gagá. Tuviste que dejar el trabajo para cuidarme. —Traté de contener la risa.

—Más o menos —murmuró—. No estás enfadado, ¿verdad?

—Pues claro que no.

—Siento haberte defraudado —dijo Sean, desviando la mirada—. He mandado mi vida al traste, me lo he cargado todo por hacer una tontería tan grande.

—No me has defraudado, Sean. —Hice una pausa—. Creo que tomaste la decisión equivocada involucrándote con tu jefa, pero ella tiene tanta culpa como tú. Ella abusó de su autoridad, por mucho que tú te prestaras de buen grado.

—Sí, papá. Cometí un error que no se repetirá.

Dante rascó la puerta mosquitera y Sean lo dejó entrar. El caniche bailoteó alrededor de los pies de mi hijo antes de fijarse en Diesel, que seguía en el sofá. De un salto se colocó a su lado, con la cabeza apoyada en las patas delanteras. Diesel levantó la cabeza un instante, lo miró, y volvió a bajar y a cerrar los ojos.

—Son uña y carne —dijo Sean, volviendo a sentarse.

—Diesel es de trato fácil, por suerte. —Me recosté en la butaca—. Me alegro de que me hayas contado lo que te pasaba.

—Yo también —dijo Sean. Dudó un instante—. Sigo queriendo ser abogado, pero no en un gran bufete. No quiero volver a eso.

—No tienes por qué —dije—. ¿Te gustaría ejercer en Misisipi? Podrías presentarte al examen de acceso a la abogacía.

—Sí, me gustaría. Si sigues soportándonos a Dante y a mí, porque creo que me lo voy a tener que quedar...

Desvió la mirada y de pronto intuí quién era la dueña anterior de Dante.

—Era el perro de Lorelei, ¿verdad?

Sean asintió.

—Se lo regalé por Navidad, pero cuando se enteró de que lo había sacado de una perrera, no lo quiso ni ver, así que me lo quedé yo.

—Otro motivo para no quererla. —No podía soportar a la gente que trataba así a los animales. Dante estaba mucho mejor con Sean; y con Diesel y conmigo, claro.

—Lorelei ha llamado antes para decirme que podía recuperar el puesto si quería —dijo apenado. Resopló y añadió—: O en otras palabras: si me arrastraba a sus pies. Le encanta todo el rollo del poder y sabe que, si volviera, me tendría como a un esclavo. A saber qué me habría deparado...

—Aquí estarás infinitamente mejor. —Me reí—. Para empezar, puedes cuidar de tu padre, que está perdiendo la cabeza.

Sean correspondió con otra carcajada, un sonido bello. Nos quedamos un rato más en el porche, los cuatro juntos, en agradable silencio. Diesel y Dante dormían mientras mi hijo y yo contemplábamos el cielo nocturno.

CAPÍTULO TREINTA

Cuando a la mañana siguiente el despertador sonó a las siete, me levanté con el corazón ligero pero la cabeza pesada. No estaba acostumbrado a acostarme más allá de las diez y era casi la una cuando me metí en la cama. Además, me costó conciliar el sueño porque no paraba de darle vueltas a mi charla con Sean y a la noticia de la muerte de Eloise Morris.

Fue un alivio que Sean por fin me hubiera contado qué le pasaba, me había quitado un peso de encima y nuestra relación había salido reforzada. Ahora que entendía cómo mi propia conducta había afectado a mi hijo, sabía hacia dónde ir para reparar los daños.

La muerte de Eloise me entristecía tanto como me enfurecía. ¿Quién le habría tenido tanto odio o tanto miedo como para quitarle la vida?

Hubert era el sospechoso más obvio: estaba claro que despreciaba a su mujer y quería quitarla de en medio. Con ella fuera de juego, podía casarse con Anita si así lo quería.

¿También habría matado a su tío? Habría sido capaz de pensar que se quedaría con casi todo. Heredar una fortuna, librarse de su esposa e irse a vivir con su amante. He ahí un posible plan. De pronto me asaltó otro pensamiento. ¿Y si habían sido dos asesinos distintos? Tras rumiarlo unos instantes, descarté la hipótesis por improbable. El asesinato de Eloise podía ser un crimen inspirado en otro, pero no lo creía.

Su muerte podía estar causada por el miedo del asesino. ¿Qué sabía Eloise que pudiera perjudicar al asesino de James Delacorte? Que pareciera una lunática la mayor parte del tiempo no significaba que no pudiera ver algo y contarlo después. Parecía decir cosas sin sentido, pero ahora que recordaba sus excéntricas salidas, me daba cuenta de que a veces encajaban en el contexto de un modo u otro.

¿Quizá habría desvelado sin querer una pista sobre la identidad del asesino? ¿Sabía quién mató a James Delacorte sin darse cuenta del todo? Tendría que repasar todas mis intervenciones con ella para buscar posibles pistas.

Después de batallar con todas esas preguntas, me costó desperezarme al salir de la cama a las siete. Diesel levantó la cabeza de la almohada y bostezó. Me miró un momento antes de hacer la croqueta un poco, estirarse y bostezar un poco más.

Para cuando terminé de ducharme y vestirme, no había ni rastro de Diesel. Al acercarme a la cocina, me recibió un olor a filetes rusos que venía de la sartén. Azalea estaba en casa y el desayuno estaría listo enseguida. Me rugieron las tripas por adelantado.

—Buenos días —dije. Me serví un café y me senté a la mesa.

Azalea me devolvió el saludo sin apartar la vista de los fogones.

—Los huevos casi están y los filetes también.

—Huele que alimenta. —Ojeé el plato de panecillos y el salsero con *gravy* roja. Noté que las arterias se me atascaban con solo mirarlo, pero cuando los panecillos y la salsa de carne de Azalea estaban en juego, no podía resistirme.

—Azalea, tenemos un nuevo inquilino. —Di un par de sorbos al café—. Stewart Delacorte, el sobrino nieto de James Delacorte. Se mudó ayer por la noche, está en la habitación de la buhardilla que queda encima de la mía.

—Supongo que entonces pongo otro plato en la mesa. —Azalea se volvió de la cocina y colocó una fuente con huevos revueltos y filetes rusos delante de mí.

—Quizá tarde en levantarse. —Empecé a salivar en cuanto abrí dos panecillos y los regué de salsa—. Ayer por la noche le dieron malas noticias y nos acostamos tarde.

Azalea se me quedó mirando, con los brazos en jarras.

—¿Qué malas noticias?

Hice una pausa con el tenedor cargado.

—Ayer por la noche asesinaron a Eloise Morris.

Bajé el cubierto. Me parecía una falta de respeto meterme comida en la boca después de haber soltado una noticia así.

Azalea negó con la cabeza.

—Pobre criatura... —Su voz era suave—. Jamás le hizo daño a nadie. Que el Señor la bendiga y cuide de ella. —Los labios de Azalea siguieron moviéndose y supe que estaba pronunciando una plegaria silenciosa por Eloise.

Cuando terminó, Azalea se volvió hacia los fogones.

—Pobre señor Stewart. Yo trabajaba en la casa cuando llegó a vivir con su bisabuela. Tan chiquitín y huerfanito. La señorita Eloise pasaba mucho tiempo con él, porque solo era unos diez años mayor...

No era de extrañar que Stewart estuviera tan afectado, no nos había contado lo cercanos que habían sido. Era comprensible el desprecio que le tenía a Hubert por lo mal que trataba a su mujer.

—¿Y cuánto tiempo se quedará el señor Stewart? —Azalea volvió a la mesa con otro plato de huevos y filetes rusos y lo colocó en el sitio de Sean, que apareció en la puerta justo en ese momento.

—Buenos días. ¡Qué bien huele! —Sacó la silla y se sentó.

—No sé cuánto tiempo estará aquí Stewart, Azalea —dije—. Quería irse a toda costa de la casa de los Delacorte y quedarse aquí hasta que encontrara un sitio donde vivir.

—No puedo decir que le culpe. —Azalea sirvió una taza de café a Sean, que se lo agradeció con la boca llena de huevos, panecillo y carne.

—Tiene usted mejor cara esta mañana. —Azalea se plantó cerca de la mesa y clavó su severa mirada en mi hijo—. Comer bien y dormir bien marcan la diferencia.

—Sí, Azalea, gracias. —Sean le sonrió—. Con estos manjares no puedo no recuperarme. Son los panecillos más suculentos que he probado en mi vida.

La expresión de Azalea se suavizó un instante.

—Los hago como me enseñó mi mamá cuando era una cría. —Se puso derecha—. Bueno, tengo faena en el lavadero. No puedo quedarme aquí charlando o no me dará tiempo a acabarla toda.

Se marchó hacia el lavadero.

Sean me sonrió.

—Es lo más. Espero que no se vaya nunca.

Terminé de masticar un buen bocado de panecillo bañado en salsa.

—Eso es cosa suya, yo no tengo nada que decir. —Me percaté de que el perro no estaba con Sean—. ¿Y Dante?

—Está fuera en el jardín, corriendo. Ahora lo traigo.

—No has sacado a Diesel con él, ¿no? No lo he visto desde que me he levantado.

Sean negó con la cabeza.

—No, Dante está solo. Yo tampoco lo he visto. —Se encogió de hombros—. Estará con Stewart.

Era probable que Sean tuviera razón. Diesel tenía el don de saber cuándo alguien necesitaba consuelo; seguro que había subido a la buhardilla para ver a nuestro inquilino cual enfermera que visita a su paciente.

Examiné un instante a mi hijo.

—¿Qué tal estás?

—Mucho mejor. —Sean me devolvió la mirada con una sonrisa llena de afecto—. Me alegro mucho de que habláramos, papá.

—Yo también. —Fue todo lo que logré decir, pues se me había hecho un nudo en la garganta. Cuando me sentí seguro para volver a hablar sin que me temblara la voz, añadí—: No he recibido noticias de la comisaría, así que supongo que no hay problema en que volvamos a la mansión de los Delacorte y sigamos con el inventario.

—Me imaginaba que dirías eso. —Sean hizo una mueca—. No me apetece nada volver a esa casa, pero ya sé que no vas a dar tu brazo a torcer hasta que acabemos el inventario.

—No, a menos que Kanesha me lo diga. —Comí un bocado de panecillo y salsa.

El teléfono sonó y me sobresalté. Sería espeluznante que fuera Kanesha.

Me levanté para responder.

La voz se identificó:

—Buenos días, señor Harris. Soy Ray Appleby. ¿Cómo está?

—Bien, señor Appleby. ¿Qué desea? —Miré a Sean, que negaba con la cabeza frunciendo el ceño. Asentí para demostrarle que comprendía su advertencia.

—Tengo entendido que ha habido otra muerte en la casa de los Delacorte. —Appleby hizo una pausa—. Por casualidad, ¿estaba usted presente cuando se encontró el cadáver?

Contuve un suspiro de irritación.

—No, no estaba. Estaba en mi casa, tendrá usted que hablar con la comisaría. No puedo ayudarle.

—Usted conocía a la víctima, Eloise Morris.

Traté de mantener un tono cordial, aunque mi paciencia se estaba agotando a toda velocidad.

—Apenas, señor Appleby. La vi brevemente en un par de ocasiones, cuatro a lo sumo. Bueno, si no tiene más preguntas, estoy ocupado.

—Algunas fuentes me han asegurado que la señora Morris sufría problemas mentales. ¿Tiene usted algún comentario al respecto?

—No —dije—. No tengo nada más que añadir. Bien, si me disculpa, tengo cosas que hacer.

Appleby estaba haciendo otra pregunta cuando colgué el auricular. No me gustaba dejar a nadie con la palabra en la boca, pero cuando había prensa de por medio, no me sobraba la paciencia. ¿Cuántas veces tenían que oír un «no» antes de soltar el hueso?

—¿Te ha preguntado por Eloise Morris? —Sean estaba sirviéndose otro panecillo cuando volví a la mesa a terminar el desayuno.

—Sí. Me ha preguntado si estaba presente cuando apareció el cadáver. —Cuanto más lo pensaba, más me sacaba de quicio. No sé por qué daba por sentado que por que hubiera encontrado dos cadáveres en los últimos seis meses fuera a encontrar un tercero. Afortunadamente, no estamos en *Se ha escrito un crimen* y yo no tengo nada de Jessica Fletcher.

Sean y yo terminamos el desayuno en silencio. De camino al piso de arriba, me detuve al cruzarme con Diesel, que también se paró en un peldaño de tal forma que nuestros ojos quedaban a la misma altura. Mi gato me miró con eso que yo siempre había considerado su expresión de solemnidad.

—¿Dónde estabas? —pregunté—. ¿Cuidando a Stewart?

Maulló dos veces y lo tomé por una afirmación.

Seguí escaleras arriba y Diesel me acompañó.

—Me voy dentro de unos minutos. Si quieres venir conmigo, más te vale estar preparado.

Miré hacia abajo cuando Diesel hizo una pausa cerca del descansillo de la segunda planta. Ladeó la cabeza como si considerara mi propuesta y echó a trotar escaleras abajo.

Fui a lavarme los dientes con una sonrisa.

Un ratito después, de nuevo en la cocina, Sean y Diesel me esperaban listos para salir. Diesel ya tenía el arnés colocado y le di las gracias a Sean.

—Él solito lo ha descolgado del perchero y me lo ha traído, un minino bien listo —me contestó riendo.

—Sí que lo es, sí —dije, rascándole afectuosamente la cabeza—. ¿Y Dante? ¿Te lo traes hoy?

—No, se queda aquí con Stewart. —Sean se encogió de hombros—. He subido a verlo un minuto y seguía bastante alicaído. Cuando le he preguntado si le importaba quedarse a cargo de Dante, se ha animado un poco. Realmente se ha quedado prendado de él.

Enganché la correa al arnés de Diesel. Cuando me puse de pie, le advertí:

—Como te descuides, te quedas sin perro.

—Mira, papá, si te soy sincero, no me importaría que Stewart se lo quedara. Dante es una monada, pero un perro implica mucha dedicación y no sé si me apetece ahora mismo.

—Ya, lo entiendo. —Abrí la puerta trasera y Diesel pasó al garaje antes de nosotros—. Pero has de estar absolutamente seguro de que Stewart lo quiere de verdad y cuidará bien de él. Se lo debes a Dante.

—Lo sé. —Stewart me sonrió por encima del coche mientras abría la puerta trasera del lado del conductor para que entrara Diesel—. Por eso no te preocupes, te lo prometo. —Abrió la del copiloto y se sentó.

—Cuando me ponga a hablarte como si todavía tuvieras doce años —dije con una sonrisa de disculpa—, me avisas, ¿vale? No tenía intención de soltarte un sermón.

Sean me dio una palmadita en el brazo mientras maniobraba marcha atrás para salir del garaje.

—No pasa nada, papá. Si empiezas a sacarme de quicio, te recordaré la edad que tengo. Sé que es difícil recordar esos detalles cuando uno empieza a estar gagá.

Solté una carcajada y me maravillé de lo rápido que nuestra relación había vuelto a un terreno más familiar. Sean iba pareciéndose cada vez más al hijo que era antes de la enfermedad de mi mujer, antes de que empezara a distanciarme de él.

Cuando doblamos por el camino de entrada a la mansión de los Delacorte, solo vi dos coches patrulla aparcados. Uno del departamento de policía estatal y otro de la comisaría del condado. Me pregunté si Kanesha estaría disponible durante la mañana.

Lo descubrimos al cabo de un instante, después de que un agente nos abriera la puerta. Kanesha estaba hablando con otro inspector del condado y con un agente de policía a la entrada del salón principal.

Al vernos, Kanesha levantó una mano y Sean y yo frenamos en seco. Diesel se sentó a mis pies. Los agentes siguieron conversando un par de minutos más, hasta que la inspectora nos indicó con un gesto que nos acercáramos. Nos hizo pasar al salón mientras el policía y el inspector charlaban.

Kanesha no se andaba con rodeos:

—Seguro que ya saben lo que pasó anoche. —Tras mi asentimiento, continuó—: Quiero que acaben el inventario lo antes posible. He hablado con el FBI de Jackson y hoy mismo enviarán a alguien para encargarse de esa parte de la investigación.

—Nos esforzaremos al máximo —dije—, pero no creo que podamos acabar esta tarde.

—Hagan lo que puedan —respondió Kanesha, impasible—. Cuando el FBI entre en escena, no sé si querrán que sigan con ello. En mi experiencia, no se les da bien trabajar con lugareños.

—Tomamos nota, inspectora —dijo Sean—. Vamos, papá, tenemos trabajo.

Asentí con la cabeza mirando a Kanesha y eché a andar detrás de Sean hacia la puerta.

—Ah, otra cosa —dijo Kanesha. Nos volvimos—. He hablado con el marchante de libros raros de Nueva York sobre *Tamerlán.*

—¿Llegó a comprar el señor Delacorte un ejemplar? —pregunté cuando hizo una pausa y no siguió de inmediato.

—Sí —dijo Kanesha—. Y si logramos dar con ella, creo que encontraremos al asesino.

CAPÍTULO TREINTA Y UNO

—¿Y cree que el libro todavía estará en esta casa? —La voz de Sean denotaba incredulidad—. Seguro que lleva tiempo fuera de aquí.

—No lo creo. —Kanesha se inclinó sobre el respaldo de un robusto sillón acolchado—. El señor Delacorte lo trajo la semana pasada. Fue a Nueva York a buscarlo y volvió el miércoles, por lo que solo ha transcurrido una semana. No creo que les haya dado tiempo a hacer nada con él.

—Tiene sentido —dije—. Encontrar un comprador lleva su tiempo, a no ser, claro está, que el ladrón ya tuviera uno en mente.

—El único miembro de la familia que ha salido de aquí desde que el señor Delacorte volvió de Nueva York es Stewart. —Kanesha se levantó—. Se fue el domingo a Memphis para visitar a un amigo. Ya he preguntado a la policía de Memphis por ese amigo y está limpio. Regenta una floristería con mucho éxito, no creo que esté implicado en el robo, ni Stewart tampoco.

—¿Sabe quién cometió el robo? —pregunté.

—Con mucha probabilidad —contestó con un gesto de confianza en el rostro—, pero me va a llevar tiempo demostrarlo. Tenemos que encontrar el libro desaparecido de Poe.

—¿Puede volver a registrar la casa? —preguntó Sean—. Pida otra autorización judicial; a estas alturas hay evidencias fundamentadas y se la concederán seguro.

—Es usted un lince, nunca se me habría ocurrido. —Kanesha no se esforzó por ocultar el sarcasmo y Sean se sonrojó, no sé si de vergüenza, de fastidio o de ambas—. Estoy en ello —siguió Kanesha—. Entretanto, tengan los ojos abiertos. Incluso podría estar escondido en la biblioteca. Tengo la corazonada de que no ha salido de esta casa.

—Vámonos, Sean. —Me encaminé hacia la biblioteca con Sean y Diesel pegados a mis talones, molesto con la impertinencia de aquella mujer. Si Azalea la hubiera visto, le habría dicho cuatro cosas a su hija. Entendía que Kanesha estaba bajo una presión tremenda para resolver el caso, pero eso no era óbice para perder las formas.

Por la rígida línea de la boca de Sean, sabía que estaba enfadado, y no lo culpaba. Cruzó el vestíbulo a zancadas como si quisiera aplastar cucarachas. Las alfombras acallaban sus pisotones y evitaban que hiciera mucho ruido.

Diesel y yo nos apresuramos tras él. Mi gato soltó un par de gorgoritos, como reacción a las emociones que había percibido en Sean.

Al llegar a la biblioteca, el agente Bates había recuperado el puesto de guardia. Nos saludó y nos abrió las puertas.

Sean encendió la luz mientras yo le quitaba el arnés a Diesel y lo dejaba a un lado. El gato se estiró y bostezó antes de cobijarse en su lugar predilecto bajo la mesa de trabajo.

De cuatro zancadas, Sean se aproximó al estante donde nos habíamos quedado la noche anterior y se volvió hacia mí:

—Estoy listo.

Le di un par de guantes de algodón antes de abrir el tomo del inventario para localizar el punto donde nos habíamos quedado.

—Pues manos a la obra.

Seguimos la lista del libro de registro y aparecieron todos los títulos que figuraban. La mayoría estaban bien colocados en el anaquel, salvo cuatro que habíamos encontrado antes y habíamos apartado en la mesa de trabajo hasta que salieran en la lista.

Trabajaba medio distraído, porque no dejaba de repasar mi conversación con Kanesha. Eso de que Stewart era el único miembro de la familia que había salido de la casa después de que el señor Delacorte trajera el ejemplar de *Tamerlán* de Nueva York me inquietaba. Ahora que había intimado con él, no tenía ganas de verlo como a un ladrón. Cabía preguntarse, no obstante, si Kanesha, que tanta fe tenía en su «corazonada», estaría pasando por alto alguna obviedad. Stewart estaba dotado de la inteligencia suficiente como para conocer el valor de los libros robados y, con sus conexiones en el mundo académico, seguro que daría con los contactos necesarios para vender el libro en privado.

Con todo, en caso de que el *Tamerlán* siguiera en la casa, ¿dónde podría estar? El libro de Poe no había aparecido durante el registro. Me planteé la posibilidad de que a los agentes se les hubiera escapado porque estaba muy bien escondido, pero cuanto más lo pensaba, más me convencía de que el libro que buscábamos no estaba en la casa. Si el ladrón tenía un cómplice fuera, el libro podía haber estado en su poder desde el principio.

Leí el siguiente título, una primera edición de *La edad de la inocencia,* la novela con la que Edith Wharton había ganado el Pulitzer y se había convertido, recordé, en la primera mujer en conseguirlo con una obra de ficción. Era otro de los favoritos que me habría encantado poseer, pero tendría que contentarme con mi edición en facsímil.

Mientras Sean peinaba los estantes en busca del libro de Wharton, volví a pensar en la idea de un cómplice. Para mí había una única candidata: Anita Milhaus. Se sabía que mantenía una aventura con Hubert Morris, el sospechoso con más papeletas para ser el ladrón. No me cabía duda de que Eloise había encontrado el cuarto tomo del registro entre sus cosas, aunque nunca lo sabríamos con certeza, ahora que la pobre Eloise estaba muerta.

Me gustaba la idea de Anita como cómplice. Quizá mi antipatía hacia su persona pudiera influir en mi hipótesis, pero a pesar de eso, pensé que podía conseguir pruebas para llevarla a juicio. Era inteligente, eso había que reconocérselo, y de sobra capaz de ayudar a Hubert a cometer el robo.

Un recuerdo afloró y me pilló tan por sorpresa que por poco se me cae el libro del inventario a los pies. La pulsera de diamantes que lucía el viernes..., me había olvidado. ¿Qué era lo que me había dicho? Algo de que se la había regalado su «caballeroso amigo». Tenía pinta de ser carísima. ¿Qué pellizco de la venta de los Faulkner desaparecidos había ido a parar a esa compra?

La pulsera podía ser una pista crucial para el caso. Tenía que informar a Kanesha. Si conseguía seguir el rastro de la compra, quizá encontraría pruebas para incriminar a Hubert. Según tenía entendido, el sobrino de James Delacorte no acostumbraba a disponer de esas cantidades de dinero.

Estaba a punto de sugerirle a Sean que nos tomáramos un descanso cuando un toque en la puerta se me adelantó.

El agente Bates abrió la puerta y se quedó en el umbral impidiendo el paso.

—Buenos días, ¿qué desea, señorita?

—Buenos días, agente. Soy Alexandra Pendergrast. Mi padre y yo administramos el patrimonio del difunto señor Delacorte. La inspectora Berry me ha dado permiso para entrar en la biblioteca.

—De acuerdo, sí, está usted en la lista.

Bates se hizo atrás y Alexandra entró en la biblioteca. Vestía un traje ciruela y una blusa marfil que combinaban con el color de su pelo y realzaban su figura. Era una joven preciosa, no podía evitar admirarla.

—Buenos días. —Alexandra se detuvo a un par de pasos de mí. Diesel asomó de su refugio bajo la mesa de trabajo y se acercó a saludarla con un gorjeo. La joven lo miró con una expresión desconfiada—. No muerde, ¿no?

—A usted no. Este gato tiene criterio, no se piense —espetó Sean, por detrás de mí, con brusquedad. Se aproximó.

Alexandra se ruborizó y reprendí a Sean con un gesto de cabeza. Estaba siendo un borde sin venir a cuento, más allá de su manifiesta antipatía hacia las abogadas. Tendría que dejar de verlas como encarnaciones de la odiosa y rapaz Lorelei.

—¿Cómo quiere que sepa que no muerde? —Alexandra lo fusiló con la mirada—. Nunca he vivido con gatos y este es tan grande que podría ser un perro. Cualquiera diría que se zampa a un niño de desayuno.

—¡Venga ya! —Sean soltó una carcajada—. Ni siquiera usted podría tragarse esa patraña...

Decidí intervenir antes de que siguieran comportándose como niños.

—Diesel es un gato muy sociable, señorita Pendergrast. Solo ha venido a saludarla, como hace con todas las personas que encuentra interesantes.

—Ah. —Alexandra volvió a sonrojarse—. Siento haberle ofendido, señor Harris. —Se aseguró de que quedara claro que las disculpas eran para mí—. Es que me pongo un poco nerviosa cuando hay gatos rondando...; bueno, y perros también, en realidad. Mi madre tenía los animales prohibidos en casa, así que nunca pudimos acostumbrarnos a ellos.

Percibí un deje de nostalgia en sus palabras y me compadecí de una niña a la que negaron la alegría de tener un cachorrillo con el que jugar y al que hacer carantoñas.

—Rásquele la cabeza. —Me incliné hacia delante y le mostré cómo hacerlo—. Así. No le va a morder.

Tras dudar un instante, Alexandra extendió una mano temblorosa para acariciarlo. Cuando ganó confianza, se atrevió a rascarle detrás de las orejas y Diesel se lo recompensó con un ronroneo de placer.

—Supongo que eso quiere decir que le gusta. —Alexandra retiró la mano y se irguió—. Parece el motor de un coche.

Sean se rio.

—De ahí su nombre..., Diesel.

Alexandra obvió su comentario.

—Bueno, sigamos con el trabajo. Mi padre me ha pedido que me pasara por aquí para ver cómo va el inventario.

Sean se me adelantó:

—La ha enviado para que nos vigilara. Pues puede decirle que el trabajo avanza bien y que quizá hayamos terminado a última hora de hoy.

—¿De verdad? —preguntó Alexandra mirándome fijamente. Parecía resuelta a hacer caso omiso de Sean.

—Bueno, o eso vamos a intentar —dije—. Quizá debería hablar con la inspectora Berry. Por lo visto, el FBI va a enviar a un agente para seguir con la investigación de los objetos robados. —Según pronuncié aquella frase, me di cuenta de que quizá me había ido de la lengua. ¿Sabían los Pendergrast que Sean y yo habíamos descubierto que habían dado el cambiazo con un lote de novelas de Faulkner?

Respiré aliviado cuando Alexandra asintió.

—La inspectora ya se ha puesto en contacto con nuestro despacho. Mi padre y yo estamos muy agradecidos por el trabajo que han realizado hasta ahora. Bueno, si me disculpan, tengo que...

Unos sonoros golpes la interrumpieron y se volvió al tiempo que el agente Bates abría la puerta.

—Buenos días, agente, quiero hablar con Charlie Harris.

Se me cambió la cara al reconocer la voz estridente de Anita Milhaus. ¿Qué quería esa mujer de mí?

Anita trataba de apartar a Bates a empujones, pues vi que la puerta se movía hasta que el agente la agarró con firmeza y la sostuvo.

—Lo siento, señora —dijo—. Solo pueden entrar personas autorizadas.

—Venga, hombre, qué ridiculez. —La voz de Anita llegó perfectamente alta y clara—. Lo que me faltaba por ver... Solo quiero hablar con él un segundo.

Esperé a la reacción de Bates antes de tomar cartas en el asunto. Con un tono firme pero educado, el agente dijo:

—Espere en el vestíbulo, si es usted tan amable. Voy a avisar al señor Harris.

Cerró la puerta y oí un murmullo de fastidio amortiguado del otro lado.

Bates se volvió hacia mí:

—¿Desea hablar con esa señora?

—En realidad no —empecé a decir, pero me di cuenta de que no podía negarme sin parecer tan infantil como Sean y Alexandra hacía apenas un instante, así que me encaminé hacia la puerta y me quedé en el umbral buscando a Anita con la mirada.

Estaba sentada en la silla que había junto a la entrada, con una bolsa de tela en el regazo.

—¿Qué querías, Anita?

Me miró enfurruñada.

—No entiendo por qué no puedo pasar, no me parece civilizado hablar en un vestíbulo. Te aseguro que en mi familia no tratamos así a la gente.

—Me hago cargo —dije—. Si no quieres hablar aquí, espérame en el salón. No tardaré ni tres minutos, prometido.

Aunque no pareció entusiasmarle mi propuesta, asintió.

—Y que no sean más de tres. Tengo cosas que hacer.

Antes de desaparecer por el vestíbulo con su bolsa de tela al hombro, la luz del vestíbulo se reflejó en su muñeca y la pulsera de diamantes lanzó un destello fugaz.

Volví a la biblioteca, donde Alexandra y Sean esperaban en silencio sin dirigirse la mirada.

—¿Quién era esa, papá? —Sean seguía apartando la vista de Alexandra.

—Anita Milhaus. Ya te he hablado de ella, ¿te acuerdas?

Sean hizo una mueca.

—Ah, esa. ¿Qué quería?

—No lo sé. Estoy a punto de averiguarlo. —Me volví hacia Alexandra—: Si no tiene más preguntas, voy a ver qué quiere Anita.

—Nada más —dijo Alexandra con una cálida sonrisa sin mirar a Sean—. Le acompaño a la puerta y salimos juntos.

—Vuelvo enseguida, Sean. Será un momento.

Sean asintió y se dio media vuelta. Diesel decidió acompañarme. Me sorprendió porque no le tenía ningún aprecio a Anita; cuando la viera en el salón, se arrepentiría de no haberse quedado con Sean.

—¿Trabaja usted con Anita? —preguntó Alexandra en el vestíbulo.

—Trabajo de voluntario en la biblioteca pública y a veces coincido con ella. ¿La conoce?

—Más de lo que me gustaría —contestó con una risita—. Me toca aguantar a su sobrina en el despacho y se pasan la vida hablando por teléfono. Son un dolor de muelas.

Bajé la voz a medida que nos acercábamos al salón.

—Me sorprende que toleren ese comportamiento en una empleada. ¿Trabaja de secretaria?

—No, es una pasante. Por suerte, trabaja sobre todo con mi padre, y como es bastante buena en lo que hace, pasa por alto sus malos hábitos.

Ya habíamos llegado a la puerta del salón.

—Señor Harris, si necesita cualquier cosa, llámeme —dijo tendiéndome una mano.

—Gracias, lo haré en caso de necesidad.

Le estreché la mano y me transmitió calidez y firmeza. Diesel se despidió con un gorgorito y ella le rascó la cabeza un par de veces antes de marcharse.

Me detuve frente a la puerta del salón para armarme de valor para lidiar con Anita. Si se me ocurría alguna treta para tirarle de la lengua, tendría más que contarle a Kanesha. Con esa idea entré en el salón seguido de Diesel a mis talones.

Anita deambulaba por la estancia, cogiendo figuritas y devolviéndolas a su lugar, tan absorta que pude observarla un minuto sin que se percatara de mi presencia. Cuando reparó en mi gato y en mí, se sobresaltó y por poco se le cae la figurita que tenía entre las manos. La dejó rápidamente y sorteó una mesa y un par de sillas para acercarse a mí.

—Ah, por fin —dijo en tono de reproche—. Estaba a punto de marcharme, me has tenido aquí sentada perdiendo el tiempo, Charlie. Tengo que ir a Memphis a coger un avión.

—Siento haberte hecho esperar, pero tenía que terminar la conversación con alguien que había venido a verme. Me consta que la conoces: Alexandra Pendergrast.

—Uy, doña Repipi; claro que la conozco. —Anita hizo una mueca que tomé por desprecio—. Mi sobrina trabaja para su padre y me cuenta lo que se cuece en esa oficina, si la gente supiera... —Se calló en mitad de la frase—. Me estás distrayendo y se me olvida lo que quería decirte.

Por el rabillo del ojo vi a Diesel olisqueando el bolso de tela de Anita. Lo había dejado en el suelo junto a un sofá y saltaba a la vista que algo en su interior intrigaba a mi gato. No pensé que pasara nada malo por que metiera la cabeza, así que le dejé hacer sin decir nada.

—Ah, sí, es verdad —dije—. ¿Qué querías?

—Necesito que me sustituyas en la biblioteca mañana y pasado mientras estoy fuera. —Me lanzó una sonrisa coqueta—. Si no fuera un viaje urgente, ni se me ocurriría importunarte, pero es que de verdad necesito el favor.

No como las otras veces en que me había importunado alegando exactamente la misma excusa, pensé. Reprimí un suspiro.

—No sé si puedo. Tengo trabajo aquí y no sé si lo habré terminado y podré sustituirte.

—Ah, sí, ya me he enterado de lo que estás haciendo. Un inventario de esa colección de libros mohosos. —Anita soltó una carcajada—. ¿Cómo va? ¿Has encontrado alguna sorpresa?

Mientras Anita hablaba, yo seguía pendiente de Diesel, que había tumbado la bolsa y había metido la cabeza y las patas delanteras. Ahora sí que debería reprenderlo y, si la bolsa hubiera sido de otra persona, es probable que lo hubiera hecho.

Anita volvió a captar mi atención con aquella segunda pregunta.

—¿Sorpresas? ¿Qué tipo de sorpresas?

¿Sería capaz de reconocer que estaba al tanto de que el señor Delacorte sospechaba que faltaban piezas de la colección?

—Ah, no sé... —dijo despreocupada—. No llegué a ver la colección, así que vete a saber qué había.

Había dejado de prestarle atención, pues mi gato estaba hurgando entre un revoltijo de ropa y demás artículos que había sacado de la bolsa de Anita.

—Diesel, deja eso ahora mismo.

El gato se detuvo en seco al oír mi orden, pero reanudó la prospección. Acostumbraba a ser obediente, así que obviamente deseaba con todas sus fuerzas lo que hubiera encontrado entre las cosas de Anita.

Hice amago de levantarme hacia él y, cuando Anita se percató de lo que estaba ocurriendo, se puso a chillar y me apartó de un empujón para llegar hasta el gato.

Diesel volvió a quedarse de piedra, pero ya tenía algo en la boca. Sujeté a Anita, por miedo a que le pegara, algo que no pensaba permitir aunque tuviera que evitarlo a empujones.

Mi gato había encontrado una bolsita con palitos de queso en el bolso de Anita y se había atrincherado con su botín debajo del sofá. Anita se agachó para recoger sus cosas y yo me acuclillé para mirar por debajo. Tenía que detener a mi díscolo minino antes de que diera cuenta del queso. Podía comer un poco, pero si se ventilaba toda la bolsa le sentaría mal.

Sin darme cuenta, apoyé la rodilla entre las cosas de Anita. Su agudo chillido en mi oído me sobresaltó y la aparté. Anita agarró rápidamente el jersey sobre el que me había apoyado, dejando a la vista una carpeta transparente como las que usaba para proteger los documentos valiosos en la biblioteca de la universidad.

Anita la atrapó, pero se le resbaló entre los dedos. Cuando la volvió a coger, le agarré la mano.

Había visto el contenido de la carpeta.

Tamerlán.

CAPÍTULO TREINTA Y DOS

Me dije que Diesel se había ganado el queso. No me daba miedo que se comiera el envoltorio, sabía abrirlo y meter la pata para extraer el contenido. Solo cabía esperar que no intentara acabárselo antes de que me diera tiempo a frenarlo.

Anita trató de soltarse de mi mano, pero el impulso le hizo perder el equilibrio y cayó al suelo sobre el trasero.

Me saqué el pañuelo del bolsillo del pantalón para coger la carpeta y me levanté mirando a Anita:

—Ese viaje tan urgente tuyo no tendría que ver con esto, ¿verdad? ¿Ya has encontrado comprador?

Anita no respondió. Casi podía ver cómo ponía en marcha la maquinaria para buscar una respuesta. Se puso en pie con dificultad y, pensando que echaría a correr, me coloqué bloqueando el paso hacia la puerta, pero había malinterpretado sus intenciones y se precipitó hacia el timbre que había en la pared de la chimenea.

—Gracias —dije—. Cuando Truesdale responda, le pediré que llame a comisaría de mi parte. Seguro que a la inspectora

Berry le interesa esto. —Agité la carpeta en el aire—. Y cómo ha llegado a tus manos.

Anita se cuadró.

—No sé a qué te refieres. Eso es mío, que lo sepas.

—Ah, ¿sí? —La desfachatez de esa mujer era increíble—. Qué casualidad, el señor Delacorte también tenía un ejemplar.

Anita abrió unos ojos como platos.

—¿En serio? —Se esforzaba por aparentar sorpresa—. Menuda coincidencia... No tenía ni idea. Es increíble, dos ejemplares de *Tamerlán* en Athena.

—Increíble, sí. —Me pareció interesante que no hubiera intentado arrebatarme la carpeta. Seguía junto a la chimenea, sin quitarme los ojos de encima.

Me acordé de pronto de Diesel y el queso. Lo llamé y asomó la cabeza por debajo del sofá.

—Sal de ahí, muchacho. Ya has comido bastante.

Maulló dos veces antes de arrastrarse bajo el sofá y venir a mi lado.

—¡Maldito gato! —Anita fusiló a Diesel con la mirada—. Debería quedarse en su casa, ahí es donde debe estar.

No me molesté en responder. Oí que se abría la puerta y Truesdale entró en el salón.

—¿Ha llamado alguien? —Se acercó a una distancia prudencial y nos miró alternativamente a Anita y a mí un par de veces. Cuando reparó en la carpeta que yo sostenía en la mano, puso cara de fastidio.

Anita salió corriendo hacia él con los brazos abiertos.

—Ay, Nigel, es horrible. Charlie ha robado eso de ahí, lo que sea, y ahora va a ir contando que lo ha encontrado en mi bolso. No dejes que se lo lleve.

Estaba tan atónito que por poco se me cae la carpeta al suelo.

—No digas tonterías, Anita. Cuando lo investigue el FBI, encontrará tus huellas por toda la carpeta, estoy seguro.

—¿Cómo que el FBI? —Truesdale alzó una mano para marcar distancias con Anita, que retrocedió confundida—. ¿Y qué tiene que ver el FBI en todo esto?

Observé la cara de Anita mientras contestaba:

—Investigarán los hurtos de la colección del señor Delacorte.

Anita palideció y empezó a temblar.

—¿Qué has hecho, Anita? —preguntó Truesdale mirándola visiblemente disgustado.

—Ay, Nigel, cariño, no me mires con esa cara... —Anita le lanzó lo que probablemente pretendía ser una sonrisa sugerente, aunque a mí me hacía pensar más bien en alguien con gases intestinales—. Seguro que podemos arreglarlo, al fin y al cabo... ahora eso es tuyo. —Señaló la carpeta—. ¿Por qué no lo dejas en la estantería y nos olvidamos de este asunto?

—De nada valdría —dije—. *Tamerlán* no es lo único que has robado de la colección, y lo sabes. —Recordé la pulsera—. ¿De dónde sacó tu caballeroso amigo el dinero para comprarte esas joyas? Anda, cuéntanoslo.

Anita se agarró la muñeca intentando esconder la pulsera. Truesdale la miró muy serio:

—Conque las sospechas del señor Delacorte eran ciertas... Faltaban objetos de la colección. —Se volvió hacia mí—. ¿Qué obras han robado?

—Creo que lo mejor será que espere a preguntárselo a la inspectora Berry —respondí al darme cuenta de que, como me pusiera a dar detalles sobre los libros robados, Kanesha se enojaría. Ella estaba al mando de la investigación y yo tenía que andarme con pies de plomo—. De hecho, lo mejor será que la llamemos ahora mismo.

—Me parece una excelente idea —dijo Truesdale con severidad.

De un par de zancadas, se acercó a la mesa de una de las ventanas de mirador, sacó un teléfono de una caja y marcó un número.

Mientras Truesdale hablaba con la comisaría del condado, yo observaba a Anita de reojo. Diesel se restregaba contra mis piernas para recordarme que seguía allí y le acaricié la cabeza, pero al ver que Anita no le quitaba ojo a la puerta, me acerqué a la entrada por miedo a que intentara escapar. Me lanzó una mirada airada.

—La inspectora Berry está de camino —dijo Truesdale acercándose.

Ambos nos quedamos vigilando a Anita.

—Nigel, no me puedo creer que te estés portando así... Después de todo lo que he hecho por ti también —protestó Anita con un mohín—. De no ser por mí, no te habrías enterado de lo que puso el señor...

—¡Calla! —El rugido de Truesdale fue tan fiero y atronador que Anita, Diesel y yo pegamos un brinco. Después, en un tono más sosegado pero sin perder un ápice de firmeza, añadió—: Creo que es mejor que no digas nada hasta que te busques un abogado. No querrás decir nada que te meta en más líos, ¿verdad?

Anita se lo quedó mirando y asintió sin decir palabra. Truesdale se volvió hacia mí:

—¿Por qué no lleva eso a la biblioteca y espera allí a la inspectora? Yo me quedo aquí vigilando a la señorita Milhaus para que no se escape.

«Y así os dejo solitos para que podáis hablar en privado», añadí para mis adentros. ¿De verdad me consideraba tan tonto?

—No, prefiero quedarme aquí esperando con usted —repuse con una sonrisa.

A nuestra espalda, una voz dijo:

—Ya me encargo yo. La inspectora viene enseguida.

Me alegró ver a Bates. La cosa podía haberse puesto fea si Truesdale me hubiera plantado cara.

Le entregué la carpeta archivística al agente envuelta en mi pañuelo.

—Estaba en el bolso de la señorita Milhaus. Es un objeto muy valioso. La inspectora se alegrará de que haya aparecido.

Con cuidado, Bates agarró la carpeta y el pañuelo y examinó el contenido con una expresión que delató su escepticismo en torno al valor de lo que tenía entre manos, pero se limitó a asentir.

—¿Por qué no esperan sentados? Será un momento. —Bates señaló los sofás y Anita fue a sentarse en uno. Obviando la sugerencia del agente, Truesdale se colocó junto a la repisa de la chimenea.

Al volver a mirar hacia Bates, vi que Sean estaba esperando en la puerta. Le hice un gesto para que entrara mientras iba a sentarme en la ventana de mirador. Sean vino a mi lado y Diesel se inclinó sobre mis piernas.

—¿Qué ha pasado? —me preguntó en voz baja—. Bates ha recibido una llamada y luego me ha echado a empujones y ha cerrado la biblioteca con llave.

Cuando le conté lo sucedido, exclamó:

—No puede ser. Qué increíble, estaba ahí mismo, en el bolso.

Asentí y Sean sonrió de oreja a oreja. Se agachó para rascarle la cabeza a Diesel.

—Bien hecho, minino.

Diesel respondió con un par de gorjeos y casi juraría que le devolvió una sonrisa.

—¿Qué está pasando? ¿Qué hacéis todos aquí?

Hubert Morris asomó por la puerta con cara de malas pulgas. Al ver a Anita en el sofá, miró su reloj y frunció el ceño.

—Anita, tenías que estar de camino a Memphis. Vas a perder el vuelo.

—Cállate, Hubie —farfulló ella entre dientes.

—A mí no me mandes callar. —Hubert avanzó varios pasos, pero se detuvo cuando Bates se volvió hacia él.

—¿Por qué no se sienta, señor Morris? La inspectora llegará enseguida.

En ese punto, Hubert reparó en la carpeta archivística que Bates tenía en la mano. Saltaba a la vista que había reconocido tanto la carpeta como el contenido.

—Es que... estoy muy ocupado. —Hubert retrocedió unos pasos—. Tengo que..., ejem, llamar a la funeraria. Sí, eso, tengo que hablar con ellos para ultimar los detalles del funeral de mi mujer.

Desafortunadamente para él, cuando se disponía a huir, Kanesha apareció en la puerta y le cerró el paso.

—¿Se va, señor Morris? —preguntó como si nada—. Si no le importa, preferiría que se quedara por aquí hasta que aclaremos la situación.

Con la cabeza gacha y el rabo entre las piernas, Hubert se acercó al segundo sofá y se dejó caer enfrente de Anita, rehuyendo su mirada furibunda.

—Bates, tengo que hablar con usted un minuto —dijo Kanesha sin moverse de la entrada.

Bates se le acercó e intercambiaron unas palabras en voz baja mientras los demás esperábamos en silencio. La tensión se podía cortar con un cuchillo.

Volví a pensar en lo que Anita le había dicho a Truesdale cuando él la había interrumpido y la había amenazado diciendo que era mejor que tuviera la boca cerrada hasta que se buscara un abogado. ¿Qué le había dicho exactamente? «De no ser por mí, no te habrías enterado de lo que puso el señor...». En ese momento el mayordomo la había cortado.

Habría apostado con los ojos cerrados a que las palabras que terminaban la frase eran: «en su testamento».

Anita le había dado a Truesdale el chivatazo, pero ¿cómo se había enterado del contenido del testamento de James Delacorte? Entonces recordé lo que me había contado Alexandra Pendergrast hacía un rato. La sobrina de Anita era la pasante de Q. C. Pendergrast y hablaban mucho por teléfono.

Así que la sobrina debía de haberse ido de la lengua y haber dado detalles del testamento del señor Delacorte.

Empecé a atacar cabos.

Si Truesdale ya sabía que era el principal heredero de James Delacorte, entonces el desmayo el día de la lectura del testamento había sido una pantomima para hacer creer a todo el mundo que le había cogido por sorpresa.

Además, si mi intuición sobre las palabras de Anita resultaba ser cierta, entonces el mayordomo claramente tendría un motivo de peso para asesinar al hombre para el que había trabajado toda la vida.

En lo que a mí respectaba, Truesdale acababa de pasar a la primera posición de la lista de sospechosos por el asesinato de James Delacorte.

CAPÍTULO TREINTA Y TRES

Kanesha se adentró en el salón tras intercambiar unas palabras con Bates. Se colocó cerca del extremo del sofá en el que estaba Anita, de tal forma que Sean y yo teníamos una vista privilegiada de todos los presentes.

—Señor Morris, señorita Milhaus. —Kanesha se detuvo, quizá para cerciorarse de que Hubert y Anita prestaban atención—. Voy a tener que pedirles que me acompañen a comisaría. Quiero hacerles algunas preguntas y será mejor que hablemos allí.

Hubert hizo amago de levantarse.

—¡Esto es indignante! No pueden tratarme así —farfulló colérico antes de dejarse caer de nuevo en el sofá.

—No he dicho que vaya a detenerlo, señor Morris...; por ahora. —Kanesha se llevó la mano derecha a la pistola que llevaba en el cinturón—. Hagámoslo por las buenas, ¿le parece?

Hubert asintió. Parecía estar mirando el arma reglamentaria de la inspectora y no pude sino rendirme ante la sutileza con la que la inspectora lo había intimidado.

Anita seguía sin pronunciar palabra. Cuando la miré, tenía los ojos cerrados y movía los labios, pero ningún sonido salía de ellos. ¿Estaba rezando? En ese caso, más le valía pedir un milagro, porque era lo único que podría ayudarlos a ella y a Hubert.

Desde su puesto junto a la chimenea, Truesdale lo observaba todo impertérrito. Evité cruzarle la mirada, porque no quería arriesgarme a que leyera mis sospechas. Nunca se me ha dado demasiado bien ocultar mis pensamientos.

Bates se acercó y le indicó a Hubert con un gesto que lo siguiera. Hubert se levantó del sofá y avanzó con piernas temblorosas hacia el agente, que lo sacó del salón agarrado del brazo.

—Señorita Milhaus —dijo Kanesha cortante. Anita parecía ajena a todo y la inspectora tuvo que darle un toque en el brazo para que reaccionara—. Voy a llevarla a comisaría. —La agarró del brazo cuando se levantó y tuvo que guiarla para que no pisara sus cosas, que seguían desperdigadas por el suelo.

Kanesha se detuvo y Anita con ella. La inspectora descolgó el transistor que llevaba al hombro y pulsó el botón para hablar:

—Franklin, venga al salón, y traiga el equipo. Primera puerta a mano derecha. —Volvió a colocar el transistor.

—Nos iremos dentro de nada —anunció Kanesha.

—Inspectora —dije, poniéndome en pie, y Kanesha volvió la cabeza en mi dirección—. Tengo que hablar con usted, es muy importante.

Kanesha puso cara de fastidio.

—Yo también tengo que hablar con usted, señor Harris. Tenga paciencia, por favor. En cuanto pueda, estaré con usted.

—Es urgente —dije.

Le sostuve su mirada asesina, no pensaba amilanarme.

En ese momento entró en el salón un agente rubio y fornido, y Kanesha le indicó con la mano que se acercara.

—Franklin, llévese a la señorita Milhaus a la comisaría. Iré en cuanto pueda para interrogarla.

—Sí, jefa. —Franklin condujo a Anita del brazo hacia la puerta—. Acompáñeme, por favor.

Cuando estuvieron fuera, Kanesha volvió a hablar:

—Señor Truesdale, necesito tomarle declaración y voy a empezar por usted. Por favor, siéntese.

La inspectora señaló el sofá previamente ocupado por Hubert y Truesdale obedeció, aunque no parecía nada contento.

Kanesha se volvió hacia mí:

—Señor Harris, si usted, su hijo y su gato hacen el favor de esperar en el otro salón, estaré con ustedes en cuanto acabe con el señor Truesdale.

Tenía que hablar con ella antes de que tomara declaración al mayordomo, pero iba a ser imposible hacerle cambiar de opinión, a menos que lo acusara abiertamente de asesinato allí mismo. Iba a tener que dejarlo estar. Al menos, podría aprovechar ese rato para ordenar las ideas y construir una argumentación contundente, pues imaginaba que Kanesha estaba convencida de que el asesino era Hubert o Anita. Su implicación en los hurtos de la colección de libros raros era innegable y Kanesha seguía pensando que los hurtos eran el móvil del asesinato.

—De acuerdo.

Me puse de pie y salí de la habitación seguido de Diesel y Sean sin mirar atrás.

Sean no abrió la boca hasta que atravesamos el vestíbulo, pero en cuanto estuvimos en el saloncito a puerta cerrada, dijo:

—Bueno, papá, ¿qué era eso tan urgente? Parecía que te iba a reventar una vena.

Lo escuchaba medio distraído, con la cabeza en otra parte. Recordé que había un escritorio y me fui derechito hacia él. En circunstancias normales, no habría osado fisgar en los cajones de una casa ajena, pero quería papel y lápiz para poner por escrito los fragmentos que recordaba y ver si conseguía sacar algo en claro.

—Creo que Truesdale es el asesino —dije, abriendo un cajón lateral del elegante buró. Mala suerte. Abrí el siguiente y bingo. Saqué tres folios de un papel con pinta de ser muy caro, me senté frente al escritorio y empujé la persiana superior para poder escribir en el tablero, donde encontré una bandejita con bolígrafos y lápices.

Diesel me apoyó una pata en la pierna y maulló. Le froté la cabeza apresuradamente y se sentó a mi lado.

—¿El mayordomo? No lo dirás en serio... —Sean se rio.

—Absolutamente. Tengo que ponerlo por escrito antes de que vuelva Kanesha. Te lo explicaré luego, ahora necesito que me dejes trabajar. —Me disculpé con una sonrisa.

—Claro, papá. —Sean tomó asiento—. Voy a quedarme aquí observando a Sherlock en acción.

Pasé por alto su agudeza y me concentré en el folio en blanco.

Cogí un bolígrafo, dispuesto a escribir todo lo que se me pasara por la cabeza. Ya lo reorganizaría si hacía falta después.

En el margen superior de la página, escribí el nombre del mayordomo en mayúsculas.

¿Por dónde empezar?

Me puse a escribir.

Truesdale estaba al corriente de las disposiciones del testamento antes de la muerte del señor Delacorte.

Se enteró por Anita, que a su vez lo supo por su sobrina, que trabaja para Q. C. Pendergrast.

Truesdale era actor en Inglaterra cuando el señor Delacorte lo conoció; por lo tanto, tanto el desmayo como la reacción a la noticia de la muerte de su jefe podrían fácilmente ser una farsa.

Eloise había relacionado dos veces, que yo recordara, a Truesdale con las galletas. Ella y el señor Delacorte compartían la afición por el dulce y solían merendar juntos. Eloise podría haber sido quien le diera las galletas con cacahuete al señor Delacorte, pero apostaría a que el suministrador original era Truesdale, que se las entregó a Eloise sabiendo que Delacorte se comería una y moriría de una reacción alérgica.

¿Eloise se habría quedado allí plantada viendo morir a James Delacorte?

Tras meditarlo brevemente lo descarté, no era una opción verosímil.

¿Qué había dicho de las galletas cuando apareció en la biblioteca con el tomo del registro desaparecido?

Tardé un poco, pero poco a poco fueron volviendo los detalles de aquella extraña conversación. Eloise había dicho que el señor Delacorte se había comido todas las galletas que le había dejado, y que iba a pedirle más a Truesdale y así quizá pudiera probarlas ella también.

Esta era mi versión de lo que creía que había sucedido el fatídico día: Truesdale le dio las galletas —con cacahuetes— a Eloise para que se las llevara al señor Delacorte. Probablemente le dijo que eran solo para el señor Delacorte, así que la pobre ni las probó, porque de lo contrario también habría muerto. Eloise dejó las galletas en el escritorio al no ver al señor Delacorte en la biblioteca y después Truesdale las retiró en cuanto supo que su amo había muerto.

¿Cuánto tiempo habría transcurrido hasta que volví de comer? Creía que no mucho. Si llego a aparecer antes, quizá hubiera atrapado a Truesdale con las manos en la masa, aunque es probable que me hubiera engatusado con algún cuento chino.

Después, Truesdale le dio más galletas a Eloise para asegurarse de que callara para siempre, pues si alguien prestaba atención a sus comentarios aparentemente disparatados, podía atar cabos y descubrirlo.

Si me hubiera dado cuenta antes, quizá Eloise seguiría con vida. Aquel pensamiento me ponía enfermo y furioso, pero no podía permitirme detenerme en eso. Tenía que seguir trabajando para inculpar al mayordomo.

¿Qué más había?

Los hurtos de la colección, claro. Al final, resultaba que no guardaban relación con el asesinato. Lo más probable era que Hubert y Anita se hubieran llevado el susto de su vida cuando murió el señor Delacorte. Eran lo bastante estúpidos como para pensar que podrían seguir robando mucho tiempo, porque el señor Delacorte los habría descubierto tarde o temprano. Mientras parecía por causas naturales, su muerte debió de parecerles un regalo caído del cielo, pero en cuanto se dictaminó que era un asesinato, empezaron a sudar. Tenían que saber que, en cuanto se desvelara su culpabilidad con los robos, pasarían a ser los principales sospechosos del crimen.

Quizá los estaba sobreestimando. Si no, ¿por qué se iría Anita a Memphis para coger un avión y vender el ejemplar de *Tamerlán*? ¿No veía que cualquiera relacionado con el caso que saliera de Athena levantaría sospechas?

Anita no perdía ocasión de demostrar a la gente de su alrededor lo inteligente que era y Hubert, por lo visto, también se tenía por un cerebrito. Cegados por su arrogancia, ambos fallaron en reconocer su ineptitud y su estrechez de miras al pensar que saldrían impunes de los robos de la colección del señor Delacorte.

A pesar de todo, no creía que hubieran matado a James Delacorte para ocultar sus hurtos.

Pendergrast había mencionado que el señor Delacorte había modificado sustancialmente el testamento una semana antes de morir. Nigel Truesdale sabía que era el principal heredero en ese nuevo testamento. Sin duda, el abogado podría confirmar el giro radical que había dado la posición del mayordomo.

El móvil del asesinato era la codicia, ni más ni menos. Truesdale quería retirarse, pero evidentemente el señor Delacorte no se lo permitía. Incluso en el propio testamento se mencionaba que el mayordomo podría al fin dejar de trabajar. También me acordé de que Helen Louise nos había contado a Sean y a mí que el señor Delacorte tenía fama de pagar mal al servicio doméstico.

Con James Delacorte muerto, a Truesdale se le abrían de pronto las puertas a una gran cantidad de dinero, y a una hermosa mansión por añadidura.

Recordé de pronto aquella escena tan rara que había presenciado cuando fui a buscarlo para informarle de la muerte de Delacorte. Vi que le entregaba un buen fajo de billetes a un hombre que me presentó como el jardinero. Ahora que lo pensaba bien, las palabras que intercambiaron no parecían las típicas de un mayordomo que paga a un jardinero por sus servicios. Truesdale dijo algo así como que le daría «el resto» en unos días más, mientras que el supuesto jardinero respondió que no pensaba seguir esperando mucho tiempo.

Me sobraban motivos para pensar que aquel tipo no era jardinero, sino usurero o corredor de apuestas. Tal vez Truesdale tenía problemas con el juego. En Misisipi las apuestas son legales y mucha gente apuesta por encima de sus posibilidades.

Eso era algo que Kanesha podía comprobar.

Dejé el papel sobre el tablero y di un repaso rápido a mis apuntes. Había hechos y había suposiciones. Kanesha podría comprobar los primeros y quizá encontraría pruebas concretas que conectaran a Truesdale con ambos asesinatos.

En ese momento entró Kanesha.

—Y bien, señor Harris, ¿qué era eso que tenía que contarme? Tengo que tomarle declaración, quiero que me cuente cómo encontró el *Tamerlán*. —Se acercó al escritorio.

Le entregué los papeles con mis notas.

—Léase esto primero y después hablamos.

Aceptó los folios de mala gana, pero no pudo leer mucho antes de preguntar:

—¿Me está diciendo que ha sido el mayordomo ahora que tengo a los dos sospechosos principales esperándome en la comisaría? ¿Y también va a decirme que los libros robados son cosa del mayordomo?

Me esforcé por mantener la templanza.

—No, sí que los robaron ellos. Siga leyendo, por favor.

«La paciencia es una virtud. Piensa en el sermón del domingo», me dije.

A regañadientes, Kanesha retomó la lectura y en esa segunda intentona parece que leyó hasta la última coma. De hecho, al llegar al final, se lo volvió a leer de arriba abajo.

—Interesante —dijo mirándome al terminar—. Bien, vayamos con su declaración: cuénteme lo que pasó cuando encontró el ejemplar de *Tamerlán*.

—Un momento —interrumpí. Sabía que se me habían subido los colores. Me estaba costando no perder los estribos—. ¿Y qué pasa con Truesdale? ¿No va a hacer nada?

—Es pura especulación. No puedo detener a alguien a partir de una serie de conjeturas.

—Ya sé que no hay ninguna prueba concluyente, pero ¿no le parece plausible?

—Sí, podría ser —reconoció—. Voy a hacer un par de comprobaciones. Si está usted en lo cierto cuando afirma que Truesdale estaba al corriente del cambio en el testamento antes de que se cometiera el asesinato, eso marca la diferencia. No puedo obviar las posibilidades, pero necesito algo más concreto para seguir.

Por mucho que me doliera admitirlo, sabía que la inspectora llevaba razón. Aunque estaba convencido de que Truesdale era el asesino, mi convicción no era suficiente. Miré a Sean, que llevaba un rato tratando de captar mi atención. Me extendió la mano para que le entregara los papeles y empezó a leer en cuanto se los di.

—Cuénteme lo que ocurrió cuando encontró a la señorita Milhaus con el ejemplar desaparecido de *Tamerlán*. —Kanesha parecía más impaciente que de costumbre—. Tengo que cerrar este tema.

—Por supuesto —dije. Relaté con todo detalle mis interacciones con Anita durante la mañana. Enfaticé sus intentos de engatusar a Truesdale y en qué me basaba para pensar que ella le había puesto al corriente del cambio en el testamento del señor Delacorte.

—Muy bien —dijo Kanesha, que no se molestó en tomar notas—. Necesito que venga a prestar declaración formal, señor Harris. Le agradecería que se pasara por la comisaría a lo largo del día, o mañana a más tardar. Bueno, si me disculpa, tengo sospechosos a los que interrogar.

Cuando se dio media vuelta para marcharse, no pude sino asentir. De nada valía enumerar más argumentos.

—Creo que estás en lo cierto y el mayordomo es el asesino, papá, pero ella también tiene razón. No hay pruebas sólidas para inculparlo —dijo Sean devolviéndome los folios en cuanto la puerta se cerró.

Estaba abatido. Me había emocionado mucho al llegar a esa conclusión, pero me había topado con la dura realidad encarnada en Kanesha Berry. Sabía que la inspectora y mi hijo tenían razón.

Ahora lo que tenía que hacer era demostrar que el mayordomo era el autor del crimen.

CAPÍTULO TREINTA Y CUATRO

Diesel gorjeó. Le di unas palmaditas, pero siguió gorjeando y pasó a darme cabezazos en la pierna hasta que bajé la vista y comprendí lo que quería.

—Tengo que sacar a Diesel —dije poniéndome en pie—. Vamos, muchacho.

Diesel trotó hacia la puerta.

—¿Qué pasa? ¿Te está diciendo que necesita usar la caja de arena?

—Más o menos —dije mientras atravesábamos el vestíbulo en dirección a la puerta—. Me había olvidado de que se ha comido el queso que encontró en el bolso de Anita y no sé qué tipo de queso era ni cuánto ha comido. Quizá le ha sentado mal y tiene que salir a hacer sus necesidades.

Cuando abrí la puerta, Diesel salió como un rayo. Me apresuré tras él y Sean salió en último lugar. Bajé las escaleras del jardín delantero a tiempo de ver una cola peluda que desaparecía entre uno de los arriates de flores, tras unas azaleas que quedaban a la derecha. Me acerqué a esperar a que terminara y Sean permaneció en la galería. Estaba enfadado conmigo mismo; si le hubiera quitado antes el queso, Diesel no estaría teniendo una digestión pesada.

—¿Y ahora qué? ¿Volvemos a casa? —preguntó Sean—. La biblioteca está cerrada y no podemos seguir con el inventario.

—Pues sí. Aquí poco podemos hacer.

Diesel apareció entre las azaleas y maulló. Le froté la cabeza.

—Lo siento, muchacho. Debería haber impedido que te pegaras ese atracón. Eres un pillín y un tragaldabas, pero no ha sido culpa tuya.

Sean se rio cuando Diesel y yo lo alcanzamos en la galería.

—De verdad, a veces parece que lo tratas como a un ser humano.

—Si alguna vez necesitas pruebas de que he perdido la chaveta —ironicé—, siempre puedes recurrir a esto para que me encierren.

El ruido de un vehículo que se acercaba por el camino de entrada me hizo mirar atrás. Un coche de la comisaría del condado aparcó delante del mío. El agente Bates salió por la puerta del conductor y se encaminó hacia nosotros.

—Buenos días, señor Harris. —Levantó la mano y me ofreció una llave—. De parte de la jefa, para que puedan entrar en la biblioteca y seguir con el inventario. Me ha pedido que le dijera que agradecería que continuara la labor.

—Por los pelos, agente. Estábamos a punto de marcharnos a casa —dije aceptando la llave.

Bates asintió.

—También me ha pedido que le dijera que se ha llevado al señor Truesdale a comisaría para tomarle declaración de los acontecimientos de esta mañana.

—Gracias. Me alegra oír eso. Puede decirle que seguiremos con el inventario y avanzaremos todo lo que podamos.

—Sí, señor.

Bates se despidió con un toque en el sombrero y volvió al coche patrulla.

—Volvemos al tajo —le dije a Sean mientras subíamos las escaleras del porche.

—No sé tú, papá, pero no me importaría beber algo. —Me miró ceñudo mientras cerraba la puerta.

—Buena idea. Seguro que a Diesel también le apetece un poco de agua.

Eché a andar hacia la cocina y Diesel me siguió trotando.

En la casa reinaba un silencio sepulcral y pensé que quizá éramos los únicos ocupantes, a no ser, claro, que Daphne Morris y Cynthia Delacorte estuvieran también por allí.

Entramos en la cocina y nos servimos unos vasos de agua y un cuenco para Diesel, que bebió con ávidos lametazos y gorjeó con placer al final.

Sean volvió a llenarse el vaso mientras yo aclaraba el mío. Tenía la mano en el grifo cuando oí una puerta que se abría.

Al volvernos, Cynthia Delacorte, con el uniforme del hospital y cara de cansancio, entraba en la cocina por la puerta trasera.

Se detuvo al vernos.

—Hola —saludó.

—Buenos días —contesté—. ¿Qué tal?

—Agotada. —Reprimió un bostezo mientras alcanzaba el frigorífico para sacar una botella de leche de medio litro. Se la bebió de un trago y la tiró a la papelera de envases.

—Ha estado toda la noche en el hospital, ¿verdad? —dijo Sean mientras Cynthia pasaba a nuestro lado sin pronunciar palabra—. ¿Se ha enterado de las últimas noticias?

Cynthia se quedó mirando a mi hijo.

—Me fui al hospital ayer a las siete de la tarde. ¿De qué me está hablando?

—De la mujer de su primo —contesté.

—¿Eloise? —Cynthia sacudió la cabeza—. ¿Qué le pasa? ¿Se ha puesto mala? ¿Tengo que ir a verla? —La idea no parecía hacerle mucha gracia, pues debía de estar soñando con meterse en la cama.

—No, lamento comunicarle que Eloise ha muerto. Su tía la encontró ayer por la noche.

Me preguntaba cómo iba a reaccionar, pues, en mi experiencia, siempre había mantenido sus emociones a raya. La bolsa de tela que llevaba al hombro resbaló y cayó al suelo. Su conmoción era obvia.

—¿Qué demonios ha pasado?

—Según Stewart, que habló con su tía, fue una reacción alérgica a alguna comida.

—O sea, igual que el tío James. —Cynthia frunció el ceño—. Pero ¿cómo diantres ingirió cacahuetes?

—Creo que en unas galletas —dije—. Igual que su tío.

Cynthia no pareció oír mi comentario; tenía la vista clavada en algo a mi espalda.

—¡Malnacido!

—¿Cómo dice? —exclamé sobresaltado. A mi lado, Diesel maulló.

—Disculpen —respondió Cynthia, centrándose en nosotros de nuevo. Observó al gato y volvió a mirarme—. Creo que sé de dónde salieron esas galletas.

Me dio un vuelco el corazón; podía ser la prueba que necesitaba para incriminar a Truesdale.

—¿De dónde?

—Ayer antes de marcharme a trabajar pasé por aquí, como de costumbre, para llevarme algo de picar porque la cafetería del hospital cierra por las noches. —Hizo una pausa—. Justo cuando llegué —dijo señalando la puerta trasera por la que acababa de entrar—, empezó a sonar el teléfono de la antecocina, el que usa el mayordomo, y cuando entré vi a Truesdale ahí al fondo. —Indicó con el dedo otra puerta en la pared del fondo, a unos cuatro metros. Echó a andar en esa dirección y Sean, Diesel y yo la seguimos—. Iba a responder el teléfono y dejó algo en esta mesa antes de entrar a la antecocina. —Cynthia apoyó la mano en una mesa que había contra la pared—. Fui al frigorífico y saqué un poco de queso, unas uvas y un par de manzanas para llevarme al trabajo, y después volví a la puerta trasera. Fue entonces cuando me fijé en la mesa y vi lo que Truesdale había dejado.

Su silencio me estaba impacientando y no pude evitar preguntar:

—¿Y qué era?

—Un plato de galletas. Había bastantes, más de una docena. Eran chiquititas.

Sean y yo intercambiamos una mirada. Esto conectaba a Truesdale con la muerte de Eloise, pero ¿cómo demostrar que fue él quien le dio las galletas? Era especialmente difícil dado que no quedaba ninguna.

—¿Y qué hizo usted entonces? ¿Se fue?

—Sí, pero cogí una galleta y me marché antes de que Truesdale volviera. Pensé que no se daría cuenta si faltaba una —dijo Cynthia, un poco avergonzada—. Por norma general no tomo dulces, solo fruta..., pero tenían muy buena pinta. Pensé que por una no iba a pasar nada.

—¿Y se la comió? —Rogué al cielo que por obra de algún milagro no lo hubiera hecho, porque esa galleta podía ser la prueba del delito.

—Bueno, ganas no me faltaban... —dijo Cynthia, volviendo al otro lado de la cocina, a donde estaba su bolsa en el suelo. Se agachó y rebuscó hasta que agarró el asa de una bolsa térmica portalimentos—. La metí aquí, pero para cuando tuve ocasión de comer algo, estaba hecha pedazos, así que me comí la fruta y el queso. Dejé las migajas aquí dentro.

Sean y yo dimos un paso adelante mientras Cynthia abría la cremallera de la bolsa para mostrarnos su contenido. Contuve el aliento al mirar: una pequeña manzana roja entre migas de galletas.

—Gracias a Dios que no las tiró. Son una prueba importante.

—Siempre y cuando en esas migas haya trazas de cacahuete —dijo Sean, sacando el abogado que llevaba dentro—. Si no, adiós a tu prueba.

—¿Qué hago con ellas? —preguntó Cynthia—. Estoy tan cansada que voy a desfallecer.

—Entiendo que esté usted agotada —dije comprensivo—, pero esto es crucial. Tiene que entregar los restos de la galleta en la comisaría cuanto antes.

—Tiene razón —accedió—. Ya dormiré después... No vuelvo a tener turno hasta el sábado por la noche.

—Creo que deberíamos ir ahora mismo —propuso Sean—, antes de que despachen a Truesdale.

—Buena idea —dije—. Vámonos. Sean, tú conduces, yo voy a llamar ya mismo para avisar de que vamos y de que ha aparecido una prueba importante.

Cynthia volvió a cerrar la bolsa térmica y a guardársela en la bolsa de tela. Salió de la cocina tras Sean, y Diesel y yo cerramos la comitiva. Ya había sacado el teléfono del bolsillo y estaba marcando el número de la comisaría.

CAPÍTULO TREINTA Y CINCO

E l sábado preparamos cena para cuatro. Helen Louise Brady vino de invitada especial.

En realidad debería decir que éramos seis: Diesel y Dante también estaban presentes.

Stewart insistió en cocinar y, en honor a la presencia de Helen Louise —y del *gâteau au chocolat* que trajo de postre—, preparó *vichyssoise, coq au vin* y judías verdes. Recordé que Helen Louise me había contado una vez que la *vichyssoise* era un plato nacido en Estados Unidos, si bien es cierto que creado por un cocinero de origen francés que trabajaba en el Ritz-Carlton de Nueva York. Daba igual cuál fuera su origen, el caso es que estaba deliciosa.

Pude constatar que tanto Helen Louise como Stewart eran animales sociales: hicieron buenas migas enseguida y nos tuvieron entretenidos con su conversación durante la primera mitad de la cena.

Cuando al fin llegamos al postre y todos nos servimos una porción de tarta con una taza de café recién hecho, Helen Louis se volvió hacia mí:

—Ya está bien de hablar de comida, Stewart y yo podríamos pasarnos horas, pero ya vale. ¿Qué novedades tenemos en el caso del mayordomo asesino?

Terminé de masticar aquella tarta deliciosamente pecaminosa antes de responder ante la mirada ávida de Helen Louise:

—Por ahora está oficialmente acusado de asesinar a Eloise.

—¿Solo a la pobre Eloise? —preguntó desconcertada—. ¿Y qué hay de James Delacorte?

Me encogí de hombros.

—Creo que Kanesha está esperando a colgarle ese asesinato porque sigue sin tener pruebas sólidas que lo relacionen con el crimen. Pero sigue hurgando y estoy seguro de que, si hay pruebas, las encontrará.

—Lo que saben seguro es que Truesdale se enteró por Anita Milhaus del cambio en el testamento —apuntó Sean—. Su sobrina, la que trabaja para Q. C. Pendergrast, confesó que se lo contó a su tía.

—Y seguro que Anita estaba tan feliz de contarle a Kanesha que ella misma había comunicado la buena nueva. —Pinché otro trozo de tarta.

—Al menos le han echado el guante por el asesinato de Eloise. Y todo gracias a mi querida prima Cynthia —dijo Stewart—. Sigo sin dar crédito... Es siempre tan silenciosa, entra y sale de casa sin hacer ruido, que la mitad del tiempo me olvido de que está. Suerte que sea una golosa, por mucho que intente disimularlo. Si no llega a llevarse esa galleta, Truesdale podría haberse ido de rositas.

—¿Así que al final la galleta era de cacahuete? —Helen Louise dio un sorbo al café.

—Siguen esperando los resultados del laboratorio de criminalística —contesté—, pero Kanesha me ha dicho que está convencida de que se encontrarán restos de cacahuete y que, además, han averiguado dónde compró las galletas Truesdale.

—¿Dónde? —Helen Louise abrió unos ojos como platos.

Tuve que reírme.

—En el Piggly Wiggly, ¿dónde si no? Aunque parezca mentira, Truesdale tenía el recibo. Las compró con otras cosas para la casa y guardó el recibo para su libro de cuentas.

—El tío James le hacía justificar hasta el último céntimo —dijo desdeñoso Stewart con los ojos puestos en el último trozo de pastel que le quedaba en el plato—. Supongo que tenía la costumbre tan interiorizada que lo hizo sin darse cuenta.

—Otra pieza del rompecabezas para incriminarlo —dijo Sean, sirviéndose una segunda porción, más pequeña esta vez—. Este pastel está de muerte, Helen Louise.

—Gracias. —Si Helen Louise hubiera sido un gato, habría ronroneado.

Mi propio gato, apostado junto a mi silla, había mendigado, con éxito, un par de trocitos de pollo, pero me cuidé bien de que no probara el chocolate. Advertí a Stewart de que no les diera trocitos de pastel ni a Dante ni a Diesel, aunque me aseguró que ya estaba al corriente de los peligros del chocolate para perros y gatos.

Entre Sean y Stewart, Dante había conseguido engullir una buena cantidad de pollo, no me cabía duda. Era un pequeño pedigüeño encantador, pero no tardaría en tener problemas de peso si mi hijo y mi inquilino seguían consintiéndolo.

—Al final, Cynthia ha resultado ser una caja de sorpresas —dije—. Menos mal que entró en escena. Bueno, y Diesel también. —Le rasqué entre las orejas—. Si no llega a fisgar en la bolsa de Anita, quizá hubiera llegado a coger el avión y vender el ejemplar de *Tamerlán* al comprador de Chicago.

—Me dijiste que esa parte de la investigación está ahora en manos del FBI, ¿no? —Helen Louise también repitió con un segundo trozo de pastel. Lo miré con ansia, pero me contuve: una porción generosa era más que suficiente.

—Sí, porque por lo visto Hubert y Anita vendieron el lote de primeras ediciones de Faulkner a un coleccionista de California, que tiene que devolverlas, obviamente. Me imagino que a Hubert y Anita les tocará indemnizarlo.

—Ya veréis como tiene que vender la pulsera de diamantes, me juego algo. —Sean dejó el tenedor en la mesa y apartó el plato de postre.

—No me entra en la cabeza que pensaran que se irían de rositas —dijo Helen Louise.

Stewart soltó una carcajada.

—Si conocieras a fondo a Hubert, lo entenderías. Está tan pagado de sí mismo que probablemente nunca se le ocurrió pensar que alguien podría adivinar lo que estaba tramando, aunque hubiera años de pruebas que demostraran lo contrario... —Stewart volvió a reír—. En ese sentido, Anita era su alma gemela. Tiene gracia, en el fondo, lo estúpidos que son y ni siquiera lo saben.

Cuando Kanesha me había dicho que el delincuente medio tenía el cerebro de una mosca, llevaba razón. A Anita le sobraba el «sentido libresco», como decía mi tía Dottie, pero andaba lamentablemente corta de sentido común.

—Oye, papá, ¿y Kanesha te ha contado cómo pudo entrar Hubert en el dormitorio de James Delacorte para llamarte aquella noche? —preguntó Sean.

—Resulta que tenía una copia del juego de llaves de su tío.

—¿Y cómo es que no la encontraron cuando registraron la casa? —preguntó Stewart perplejo—. En mi habitación buscaron bien a fondo. Hasta me hicieron vaciarme los bolsillos.

—Hubert las llevaba en el bolsillo cuando se lo llevaron a comisaría el otro día —contesté—. Kanesha consiguió que confesara que había hecho la llamada y también le contó dónde escondía aquel juego de llaves.

—¿Dónde? —Stewart se inclinó hacia adelante cuando hice una pausa.

—Según me han dicho, hay una chimenea en su habitación que debe de tener un tablón secreto que oculta un pequeño compartimento.

Helen Louise soltó una carcajada.

—Me encanta, al más puro estilo de Nancy Drew y *La escalera escondida*. Si no recuerdo mal, en el libro las casas antiguas estaban llenas de escondites ingeniosos y pasadizos secretos.

—La casa familiar tiene un pasadizo secreto —dijo Stewart—. Es de antes de la guerra, creo. Cynthia y yo jugábamos allí de pequeños, como si fuéramos Nancy Drew y Frank Hardy. Estaba sucísimo, todo lleno de telas de araña y de trampas para ratones. —Se estremeció con un escalofrío—. Aún me sorprende que no pilláramos ninguna enfermedad.

—No tenía ni idea —dije—. ¿Kanesha está al corriente de su existencia?

—Sí, se lo conté yo —dijo Stewart y rompió a reír. Cuando se serenó y fue capaz de hablar, añadió—: Lo siento, es que fue la monda. Le enseñé la entrada a uno de esos inspectores grandotes y cachas y entró con un compañero a explorar... Tendríais que haber visto qué pinta tenían cuando salieron de allí. —Volvió a reír—. Salieron sucísimos. Yo se lo advertí, pero se empeñaron en entrar.

—¿Dónde está la entrada? —preguntó Sean.

—En el salón principal —contestó Stewart—. Había otra, pero la clausuraron hace años. Va bajo tierra hasta una de las construcciones anexas que hay del otro lado de la finca.

—Un callejón sin salida en todos los sentidos.

—Exactamente —confirmó Stewart.

—¿Y qué pasará ahora con la propiedad? —preguntó Helen Louise.

—Si no llegan a demostrar que Truesdale asesinó a James Delacorte —contestó Sean—, lo más probable es que siga quedándoselo todo. Si lo condenan por el asesinato de Eloise, le caería la pena de muerte, así que entraríamos en un caso peliagudo, pero si lo condenan por los dos asesinatos, ya no puede heredar. La legislación del estado de Misisipi no permite que alguien se beneficie de un crimen.

—Entonces, si le cae la condena por doble asesinato, ¿qué pasa? —preguntó Stewart—. ¿Heredará Hubert?

Sean se recostó en el respaldo de la silla contemplando a su público.

—Lo más probable es que lo herede su madre, por ser la pariente más cercana. Aunque es un caso complicado, especialmente habida cuenta de que a uno de los herederos está a punto de caerle una acusación de robo.

—Parece que alguien se lo ha mirado a fondo —dije—. ¿Te estás preparando el examen de acceso a la abogacía de Misisipi?

Sean se ruborizó ligeramente.

—No exactamente... Lo he comentado, ejem..., con Alexandra Pendergrast. Solo he repetido lo que me ha dicho.

—Ah, muy bien. —Reprimí una sonrisa para no arriesgarme a avergonzar a mi hijo con más preguntas. Dada su anterior animadversión hacia ella, me sorprendía que hubieran hablado. Tal vez se había dado cuenta de que no todas las abogadas tenían que ser como su antigua jefa. Yo albergaba esa esperanza, porque Alexandra era una joven encantadora.

Helen Louise me miró divertida. Le había contado lo suficiente de las interacciones entre Sean y Alexandra Pendergrast como para que entendiera lo que se me estaba pasando por la cabeza.

—Volvamos con el malo malísimo —dijo Helen Louise—. Estoy convencida de que si alguien puede demostrar que cometió los dos asesinatos, esa es Kanesha. Es peor que un terrier y un bulldog juntos.

—Amén —dije—. Cuando Truesdale se las vea con ella, seguro que confiesa solo para que no se siga ensañando con él.

Helen Louise alzó su taza de café.

—Propongo un brindis. Por Kanesha, la peor pesadilla de los criminales.

Stewart, Sean y yo levantamos nuestras tazas.

—Por Kanesha —repetimos.

—Yo tengo otro —dijo Sean—. Por mi padre, que en realidad fue el que primero lo averiguó y dejó que Kanesha se llevara los méritos.

Me puse colorado. Siempre me han incomodado este tipo de situaciones, pero intenté aguantar el tipo con gracia.

—Y por Diesel —añadió Stewart—. El minino listo que fue a buscar queso y encontró un tesoro muy valioso.

Diesel maulló al oír su nombre y todos reímos cuando me puso las patas en las piernas y levantó la cabeza por encima de la mesa para mirar. Le rasqué la cabeza y lo abracé. Dante ladró, quizá sintiéndose un poco fuera de juego, y todos volvimos a reír.

—Creo que me toca —dije, levantando de nuevo mi taza—. Por la familia y por los amigos, de ayer y de hoy. —Miré a mi hijo, que me devolvió una mirada feliz y plácida que me llenó de alegría—. Y por los nuevos comienzos.

AGRADECIMIENTOS

El apoyo incondicional y siempre entusiasta de Michelle Vega, mi editora, ha hecho soportable un año difícil; le debo más de lo que puedo expresar con palabras. Nancy Yost, mi agente, también ha estado ahí cuando he necesitado un hombro amigo, y se lo agradezco mucho. Eloise L. Kinney, extraordinaria correctora, me ha salvado de muchas meteduras de pata.

El grupo de los martes por la noche me hizo, como siempre, valiosas aportaciones sobre gran parte del manuscrito. Gracias a Amy, Bob, Kay, Laura, Leann y Millie por sus útiles sugerencias. Una vez más, un agradecimiento especial a Enzo, Pumpkin, Curry, y al personal bípedo, Susie, Isabella y Charlie, por ofrecernos un lugar tan agradable y acogedor para reunirnos a trabajar.

Terry Farmer, orgullosa madre de tres gatos Maine Coon, Figo, Anya y Katie, sigue siendo mi asesora técnica en todos los asuntos felinos. Cualquier imprecisión en el retrato que hago de Diesel y su comportamiento es culpa mía, no suya. Carolyn Haines se ha desvivido por ayudarme a lanzar esta serie y, como siempre, me admira y agradezco su incesante generosidad con otros escritores. Como con cada libro que escribo, debo dar las gracias a Patricia R. Orr y Julie Herman por estar ahí para animarme y alentarme. Sin ellas no sería capaz.

COZY MYSTERY

Serie *Misterios de*
Hannah Swensen
Autor: Joanne Fluke

 1

 2

Serie *Misterios bibliófilos*
Autor: Kate Carlisle

 1

 2

Serie *Coffee Lovers Club*
Autor: Cleo Coyle

 1

MIRANDA JAMES

Miranda James es la autora superventas del *New York Times* de la serie *Cat in the Stacks Mysteries*, que incluye los títulos *Twelve Angry Librarians*, *No Cats Allowed* y *Arsenic and Old Books*, así como de *Southern Ladies Mysteries*, serie que incluye *Fixing to Die*, *Digging Up the Dirt* y *Dead with the Wind*. James vive en Misisipi.

Más información en: catinthestacks.com
y facebook.com/mirandajamesauthor.

Descubre más títulos de la serie en:
www.almacozymystery.com

Serie
MISTERIOS FELINOS

1

2